Diogenes Taschenbuch 21888

de
te
be

Mark Twain

Meister-erzählungen

Mit einem Vorwort von N. O. Scarpi

Auswahl und Bearbeitung von Marie-Louise Bischof und Ruth Binde

Diogenes

Die Übertragung der Einleitung
besorgte N. O. Scarpi
Die Erstausgabe dieser Auswahl erschien
1960 im Diogenes Verlag
Umschlagillustration nach einer colorierten
Lithographie des 19. Jahrhunderts
›Das Dampfboot Natchez‹

Veröffentlicht als Diogenes Taschenbuch, 1990

80/90/43/1
ISBN 3 257 21888 5

Inhalt

Stimme von den Sternen

Mitten im Zweiten Weltkrieg war es, da verbrachte der ehrenwerte Mr. A. P. Herbert, Abgeordneter der Universität Oxford im englischen Unterhaus, einige Tage auf dem Krankenbett damit, einen Umbruch im Sternenhimmel vorzubereiten. Vor irdischen Umbrüchen hat das den entschiedenen Vorteil, daß es ein unblutiger Sport ist, und daß die Betroffenen nichts davon spüren.

Mit dieser Neuordnung des Himmels war nun nicht gemeint, daß die Englein von jetzt an statt Posaune lieber Blockflöte blasen sollten. Nein, sie bezog sich ausschließlich auf die Benennung der Sterne, mit der Mr. Herbert gar nicht zufrieden ist. Zunächst fühlte man sich versucht, an den alten Scherz von der Dame zu denken, die zu einem Astronomen sagt:

»Ich verstehe, daß man die Entfernung und die Zusammensetzung der Himmelskörper errechnet hat; wie aber hat man ihre Namen erfahren?«

Ganz tiefernst war es auch Mr. Herbert nicht, aber seine Vorschläge haben doch etwas mehr Sinn. Die heute gebräuchlichen Namen sind ihm zu schwierig; Perseus, Andromeda, der Löwe, der Stier, der Skorpion, die Jungfrau gingen noch an, aber – so meint Mr. Herbert – der Studierende wird nur selten einen Zusammenhang zwischen Sternbild und Namen entdecken können. Andromeda gleicht keinem Mädchen in der Not und der Löwe keinem Löwen, um so weniger als er in eine Sichel endet.

Vor allem richtet sich Mr. Herberts unblutiger Feldzug

gegen die arabischen Namen, die die meisten Leser bei dieser Gelegenheit zum ersten Mal erfahren dürften: Dubbe, Fomalhaut, Ras Alhague, Betelgeuze, Scheat, Alpheratz ...

Ja, wir Nicht-Araber und Nicht-Astronomen können damit wenig anfangen. Nicht viel mehr, wenn man uns sagt, daß Arided ›Hennenschnabel‹ heißt, Albireo ›Hennenschwanz‹, Diphda ›Der zweite Frosch‹, Enif ›Die Nase‹ und Fomalhaut, einer der schönsten Sterne, ›Fischmaul‹.

Diese Namen findet Mr. Herbert der Sterne ausgesprochen unwürdig. Von nun an sollten die Sterne dazu beitragen, irdische Namen zu verewigen, Namen großer Männer, großer Frauen, großer Städte, und die Sternbilder würden Männer, Frauen und Städte nach Beruf, Land und Erdteil vereinen. Den Großen Bären nimmt Mr. Herbert als guter Patriot für England in Anspruch; aber er verteidigt sich gleich selber gegen den Vorwurf, er wolle den ganzen gestirnten Himmel in das ins Wanken geratene englische Kolonialsystem einbeziehen, und öffnet die gestirnten Weiten gastfreundlich für alle. Die Cassiopeia verschenkt er an Amerika, Rußland gönnt er den Löwen, weil der nun einmal in eine Sichel endet. Man war im Krieg, und so gehörte auch Stalin in dieses Sternbild, während im Sternbild der Tyrannen wohl einige recht bekannte Namen zu lesen waren, doch noch keiner, der einem Verbündeten Englands gehört hatte. Bei den Frauen war die Jungfrau von Orleans mit Madame Curie vereint, Sappho mit der schönen Helena, obgleich der Geschmack der beiden Damen nicht die gleiche Richtung einschlug; auch zu Kleopatra würden wir verstohlen aufblicken dürfen, wenn unsere Frau gerade anderweitig beschäftigt ist. Ein Sternbild nennt Mr. Herbert freundlich *The children's corner,* und darin haben Aesop und Andersen, Grimm und Peter Pan ihre Gestirne, während Wilhelm Busch und Walt Disney noch warten müssen, bis man auch für sie Sterne entdeckt hat.

Der allerenglischste Gedanke aber ist es, den Humoristen ein Sternbild zu weihen, in dem leider nur sehr wenige Menschen geboren sind. Ja, bei Mr. Herbert ist ein Eckchen in der Unendlichkeit – kann es, o heiliger Einstein, in dem in sich gekrümmten Raum etwas wie ein Eckchen geben? – dem Humor vorbehalten, der von der Erde so wirkungsvoll vertrieben wird.

Aber, ach, nur drei Männer kennt Mr. Herbert, die eines Sterns würdig wären! Und zwar Aristophanes, Swift und – dreimal dürft ihr raten – Mark Twain! Das allerdings sind so hell leuchtende Sterne, daß andere neben ihnen verblassen würden. Man freut sich ihrer Pracht, wie das Goethe empfiehlt, aber man soll sich nicht damit begnügen, sondern ihnen auch auf Erden einen möglichst großen Platz gönnen; zumal jenem, der uns als nächster vom Himmel herableuchtet, Mark Twain, der seinen Stern erst vor fünfzig Jahren bezogen hat. Welche Fülle an Witz, an Klugheit, ja, auch an Weisheit strahlt auf uns herab! Hier und dort fehlt natürlich auch die Ahnung der Träne nicht, die zutiefst in jedem guten Humoristen zittert. Das große köstliche Werk, das er uns hinterlassen hat, bereichert er sozusagen noch von seinem Stern herab, denn es haben sich manche erhaltenswerten Betrachtungen in seinem Nachlaß gefunden, aus welchen hier in deutscher Übersetzung zwei veröffentlicht werden, die zusammen mit dem schon früher publizierten ›Offenen Brief an Schriftsteller‹ anstelle einer langen Einleitung unsern Band eröffnen sollen.

Der Maler Vilbert sagte einmal zu Degas:

»Du wirst vielleicht finden, daß meine Bilder zu reich, zu üppig sind, aber schließlich ist doch die Malerei ein Luxusartikel.«

»Deine vielleicht«, entgegnete Degas. »Meine ist ein dringender Gebrauchsartikel.«

Das gilt auch für Mark Twains Schriften; sie sind ein dringender Gebrauchsartikel im Haushalt der Menschheit. Und dieses Bewußtsein darf nicht verloren gehen. Unser Himmel ist schon an und für sich nicht sehr hell, sorgen wir dafür, daß der Stern Mark Twain sich nicht von uns abwendet. Denn er ist ein Stern erster Größe im Sternbild der Humoristen, und wenn wir seine Strahlen schwarz auf weiß auf uns einwirken lassen, so muß man kein Astrolog sein, um die Wirkung vorauszusagen.

N. O. Scarpi

Akademische Ehren

Vor drei Wochen kam aus England ein Telegramm, das mich einlud, nach Oxford zu fahren und dort am sechsundzwanzigsten des nächsten Monats (Juni 1907) *ein Ehrendoktorat in Empfang zu nehmen. Ich sagte unverzüglich zu. Während der letzten zwei Jahre habe ich mit großer Entschiedenheit erklärt, die Tage des Reisens seien für mich endgültig vorüber, und nichts könne mich mehr dazu veranlassen, den Ozean noch einmal zu überqueren; und dennoch war ich keineswegs über den Eifer erstaunt, mit dem ich diesen Entschluß wieder fallen ließ, als die schmeichelhafte Einladung mich erreichte. Ich hätte eine Einladung, nach London zu kommen und einen Bauplatz in London in Empfang zu nehmen, ablehnen können, und das ohne jegliche Schwierigkeit; mit einem akademischen Grad aber ist es anders bestellt; das ist eine Ehrung, um derentwillen ich jederzeit jede Entfernung zurücklegen würde.*

An so einem neuen akademischen Grad habe ich die gleiche kindliche Freude, die ein Indianer an einem frischen Skalp hat, und diese Freude zu verbergen, bemühe ich mich ebensowenig, wie der Indianer es tut. Ich erinnere mich an die Zeit, als ich auf der Straße einen abgewetzten, uralten halben Real fand und feststellte, daß sein Wert für mich dadurch wesentlich gesteigert wurde, daß ich ihn nicht verdient hatte. Ich erinnere mich, daß ich zehn Jahre später in Keokuk eine Fünfzigdollarnote auf der Straße fand, und auch in diesem Fall erhöhte der Wert der Banknote sich sehr wesentlich durch die Betrachtung, daß ich sie nicht selber verdient hatte. Ich erinnere mich an die Zeit, da ich, nach einem Zwischenraum von acht Jahren, in San Francisco, seit drei Monaten ohne Arbeit und ohne Geld, bei der Kreuzung der Commercial- und der Montgomery-Street ein Zehncentstück fand und merkte, daß dieses Zehncentstück, weil ich es nicht verdient hatte, mir mehr Freude bereitete, als hundert verdiente Zehncentstücke mir bereitet hätten. Im Verlauf meines Lebens habe ich etliche hunderttausend Dollar verdient, doch gerade weil ich sie verdient hatte, besaßen sie für mich keinen andern als ihren Geldwert, und so sind die Einzelheiten, die Daten ihres Eingangs in meinem Gedächtnis verschwommen und in vielen Fällen meinem Gedächtnis überhaupt entschwunden. Wie dauerhaft, wie brennend lebenskräftig ist dagegen die Erinnerung an die drei unverdienten Funde!

Nun, akademische Ehrungen sind für mich unverdiente Funde, und sie verschaffen mir die Freude, die eben den auf solche Art erworbenen Besitztümern anhaftet; und die Zahl meiner Geldfunde ist bis zum heutigen Tag der Zahl der Funde von akademischen Ehrungen genau gleich – drei; zwei von Yale, eine von der Universität von Missouri. Es freute mich über alle Maßen, als Yale mich zum ›Master of Arts‹, zum Magister der Künste, machte, weil ich von Kunst keine Ahnung hatte. Und geradezu erschüttert hat mich die Freude, als Yale mich zum Doktor der Literatur erhob, weil ich durchaus nicht dafür zuständig bin, als Doktor die Literatur von irgendwem zu behandeln, es sei denn meine eigene, und selbst die könnte ich ohne die Hilfe meiner Frau nicht bei gutem Gesundheitszustand erhalten. Abermals war es eine Freude für mich, als die Universität von Missouri mich zum Doktor der Rechte ernannte, denn auch das war ein unverdienter Nutzen, weil ich von den Gesetzen gerade nur weiß, wie man sie umgeht, ohne erwischt zu werden. Und jetzt, in Oxford, soll ich zum Doktor der Philologie gemacht werden, und das ist gleichfalls ein völlig unverdienter Profit, denn wenn ich das, was ich von der Philologie nicht weiß, in bares Geld verwandeln könnte, wäre ich Multimillionär.

Oxford heilt eine geheime alte Wunde, die mich viele, viele Jahre hindurch einmal im Jahr brennend geschmerzt hat. Ganz privat bin ich mir wohl bewußt, daß ich eine Generation lang ebenso allgemein gefeiert wurde wie nur irgendein Schriftsteller, den Amerika je hervorgebracht hat, und ganz privat weiß ich auch, daß ich auf meinem besondern Gebiet die ganze Zeit über an der Spitze meiner Gilde stand, ohne daß jemand mir diesen Platz streitig machen konnte; und so war es alljährlich schmerzhaft für mich, mitanzusehen, wie unsere Universitäten eine Summe von zweihundertfünfzig akademischen Ehrentiteln auf Leute von geringer und zeitgebundener Bedeutung gehäuft haben, auf Leute von lokaler und vergänglicher Berühmtheit, auf Leute, die binnen zehn Jahren ins Dunkel, in die Vergessenheit geweht werden – mir aber nie ein Ehrendoktorat angeboten haben. In diesen verflossenen fünfunddreißig oder vierzig Jahren habe ich mitangesehen, wie unsere Universitäten neun- oder zehntausend akademische Ehrentitel ausgeteilt, mich aber jedesmal übergangen haben. Von all diesen Tausenden waren keine fünfzig außerhalb Amerikas bekannt und keine hundert sind heute auch nur innerhalb Amerikas noch berühmt. Diese Vernach-

lässigung hätte einen weniger robusten Menschen als mich umgebracht, mich aber hat sie nicht getötet; sie hat nur mein Leben verkürzt und meine Konstitution geschwächt. Jetzt aber werde ich meine Kräfte wiederfinden! Von all diesen mit Titeln überhäuften und vergessenen Tausenden sind nicht mehr als zehn von Oxford geehrt worden, und ich weiß sehr wohl – nicht anders als ganz Amerika und die übrige Christenheit – daß die Verleihung eines Titels von Oxford eine höhere Ehrung darstellt als irgendeine andere Universität diesseits und jenseits des Ozeans einem zuteil werden lassen kann, und fünfundzwanzigmal mehr wert ist als jede andere – sei sie heimatlich oder ausländisch.

Und jetzt, da ich mich dieser fünfunddreißig Jahre lang angehäuften Menge von Galle und gekränktem Stolz entleert habe, will ich die Sache fallen lassen, mein Gefieder glätten und von etwas anderem reden.

Humor

Die Wiederholung ist auf dem Gebiet des Humors eine gewaltige Macht. Häufig angewendet wird fast jede sorgfältig stilisierte und unabgeänderte Formulierung schließlich das Lachen erzwingen, wenn man sie, ernst und gewichtig, in Abständen, fünf- oder sechsmal wiederholt.

Als ich vor vierzig Jahren in San Francisco zum zweiten Mal in meinem Leben einen Vortrag zu halten wagte, da unternahm ich es, die Wahrheit dieses Satzes auf die Probe zu stellen. Mein erster Vortrag war recht befriedigend verlaufen. Dann bereitete ich einen zweiten vor, hatte aber Angst davor, denn die ersten fünfzehn Minuten meines Textes waren nicht humoristisch. Ich spürte die Notwendigkeit, etwas vorangehen zu lassen, das dem Publikum ein herzhaftes Gelächter abringen mußte und von Anfang an eine gute, freundliche Beziehung herstellte, statt daß man den Leuten erlaubte, in einer kritischen Stimmung zu erstarren. Denn das konnte verhängnisvoll sein.

In diesem Sinn bereitete ich einen Plan vor, so verwegen, daß ich noch heute staune, wo ich damals die Courage hernahm, ihn auch wirklich auszuführen. Fünf oder sechs Jahre lang war San Francisco von einer albernen, pointelosen, aber nicht umzubringenden Anekdote heimgesucht worden, die jedermann längst satt hatte; bis zum Überdruß satt. Diese verschimmelte Anekdote einem Bürger von San Francisco zu erzählen, hieß, sein Leben aufs Spiel zu setzen. Nun, ich beschloß, meinen Vortrag just mit dieser Geschichte zu beginnen und sie so oft zu wiederholen, bis die bloße Wiederholung das Haus eroberte und zum Lachen brachte.

Fünfzehnhundert Menschen waren im Saal, und da ich ziemlich lange Reporter einer Zeitung von San Francisco gewesen war, kannte ich einige hundert von ihnen. Sie hatten mich gern, ob sie wollten oder nicht, sie bewunderten mich, und ich wußte, es würde sie kränken, enttäuschen, im tiefsten Herzen grämen, wenn sie mich diese greuliche Anekdote hervorholen hörten, als hielte ich sie für neu und gut. Ich begann mit der Schilderung meines ersten Tages in der Überlandkutsche; und dann sagte ich:

»An einer kleinen abgelegenen Station, draußen auf der Ebene, stieg am nächsten Tag ein Mann ein, schwatzte eine Weile ganz lustig, und dann sagte er: ›Ich kann euch die komischste Geschichte von der Welt erzählen, wenn ihr zuhören wollt. Horace Greeley fuhr einmal über diese Straße. Als er von Carson City aufbrach, sagte er zu dem Kutscher, Hank Monk, er müsse in Placerville eine Rede halten, und es sei ihm sehr daran gelegen, möglichst bald dort anzukommen. Hank Monk knallte mit der Peitsche und schlug ein mörderisches

Tempo ein. Der Wagen hopste so entsetzlich auf und ab, daß alle Knöpfe von Horaces Rock absprangen und schließlich sein Kopf glatt durch das Dach der Kutsche hinausschoß; da schrie er Hank Monk zu und bettelte, er möchte doch ein wenig gemächlicher fahren, denn gar so eilig wie vorher sei es ihm nun doch nicht. Aber Hank erwiderte: Bleiben Sie nur sitzen, Horace; ich bring Sie rechtzeitig hin! Und tatsächlich – was von Horace Greeley noch übrig war, kam rechtzeitig in Placerville an!‹«

Ich erzählte das farblos und eintönig, ohne auch nur ein einziges Wort zu betonen, und es gelang mir, der Anekdote ein Höchstmaß an Langeweile und Läppischkeit zu verleihen. Dann hielt ich inne und sah sehr selbstzufrieden drein, als erwartete ich einen Ausbruch schallenden Gelächters. Natürlich gab es nichts mehr, was einem Gelächter auch nur von ferne ähnlich war. Es herrschte Totenstille. Soweit das Auge reichte, bot dieses Meer von Gesichtern einen gramvollen Anblick; manche zogen beleidigte Mienen, manche machten aus ihrer Erbostheit kein Hehl, meine Freunde und Bekannten schämten sich, und der Saal als Gesamtheit wirkte, als hätte er ein Brechmittel geschluckt.

Ich versuchte es mit einem verlegenen Ausdruck, und das brachte ich ausgezeichnet zustande. Eine Weile lang sagte ich gar nichts, sondern stand nur da, und meine Hände bewegten sich gleichsam in einem stummen Anruf an die Barmherzigkeit meiner Zuhörer. Und vielen tat ich auch wirklich leid – das konnte ich sehen. Doch ich merkte auch, daß die übrigen nach Blut dürsteten. So begann ich von neuem und stotterte unbeholfen meine Schilderung der Überlandfahrt herunter. Diesmal noch mit weiteren Einzelheiten ausgestattet. Und dann steuerte ich abermals auf meine Anekdote los, als lebte ich in der Überzeugung, ich hätte sie beim ersten Mal nicht gut erzählt, und glaubte, das nächste Mal, mit mehr Kunst vorge-

tragen, müßte sie dem Publikum gefallen. Der Saal merkte, daß ich auf die Anekdote lossteuerte, und nun war die Entrüstung sehr deutlich. Und dann sagte ich:

»Gerade als wir von Julesburg wegfuhren, saß ich neben dem Kutscher, und da fing er an: ›Ich kann Ihnen die komischste Geschichte von der Welt erzählen, wenn Sie zuhören wollen. Horace Greeley fuhr einmal über diese Straße. Als er von Carson City aufbrach, sagte er zu dem Kutscher, Hank Monk, er müsse in Placerville eine Rede halten, und es sei ihm daran gelegen, möglichst bald dort anzukommen. Hank Monk knallte mit der Peitsche und schlug ein mörderisches Tempo ein. Der Wagen hopste so entsetzlich auf und ab, daß alle Knöpfe von Horaces Rock absprangen und schließlich sein Kopf glatt durch das Dach der Kutsche hinausschoß; da schrie er Hank Monk zu und bettelte, er möchte doch ein wenig gemächlicher fahren, denn gar so eilig wie vorher sei es ihm nun doch nicht. Aber Hank erwiderte: Bleiben Sie nur sitzen, Horace; ich bring Sie rechtzeitig hin! Und tatsächlich – was von Horace Greeley noch übrig war, kam rechtzeitig in Placerville an!‹«

Abermals hielt ich inne und sah zufrieden und erwartungsvoll drein, doch kein Laut war zu hören. Das Haus war stumm wie das Grab. Wieder zog ich eine verlegene Miene. Wieder ließ ich meine Hände hin und her fummeln. Ich gab mir Mühe, den Eindruck zu erwecken, als wäre ich den Tränen nahe, und abermals, nach längerem Schweigen, begann ich mit der Schilderung der Überlandfahrt, und abermals stotterte und stolperte ich, und dann fing ich wieder an, auf die Anekdote loszusteuern. Diesmal war die Ungeduld des Saales unverkennbar, aber ich ließ mich nicht abhalten und versuchte, die ganze Zeit wie ein Mensch auszusehen, der bestimmt weiß, daß es einen geheimnisvollen Grund geben mußte, warum die Leute nicht merkten, wie komisch die

Anekdote war, und daß man es ihnen zweifellos beibringen konnte, wenn es mir nur gelang, sie richtig zu erzählen; und darum müsse ich noch einen dritten Versuch wagen. Ich sagte:

»Ein oder zwei Tage später nahmen wir bei einer Straßenkreuzung einen Mann aus Denver auf, und eine Weile lang schwatzte er recht lustig ...« und jetzt folgte die Anekdote in ihrer ganzen, unerbittlichen Länge ... »›Bleiben Sie nur sitzen, Horace; ich bring Sie rechtzeitig hin! Und tatsächlich – was von Horace Greeley noch übrig war, kam rechtzeitig in Placerville an!‹«

Mit einem Mal spürten die ersten Reihen den Witz der Sache und lachten. Das Lachen erfaßte die Reihen hinter ihnen und setzte sich immer weiter fort bis an das äußerste Ende des Saales; dann wogte es vorwärts und wieder zurück, und nach einer Minute tobte und toste das Gelächter hemmungslos wie ein Sturm.

Für mich war das himmlische Musik, denn ich war vor Besorgnis und Schwäche ganz entkräftet, und gleichzeitig war ich beinahe überzeugt davon, daß ich den ganzen Abend hier stehen und die Anekdote erzählen müßte, bevor ich den Leuten beibringen konnte, daß ich ihnen eine köstliche Satire zum besten gab. Ich weiß mit Gewißheit, daß ich durchgehalten und sie so lange mit dieser Geschichte beglückt hätte, bis ihr Widerstand gebrochen wäre; denn ich war zutiefst meiner Sache sicher, daß die eintönige Wiederholung mein Publikum unfehlbar am Ende besiegen müsse.

Viele Jahre später fand in der Chickering Hall in New York ein Autorenabend statt, und da meinte ich, ich könnte es abermals mit der Anekdote versuchen und feststellen, ob die Wiederholung auch auf ein Publikum wirken würde, das keine Ahnung von der Geschichte hatte und den Witz an der Sache ausschließlich in der Wiederholung fände, wenn es ihn überhaupt fand; denn in der Anekdote selbst war ja kein Quentchen von etwas, das irgendeines Menschen Sinn für Humor anregen konnte – es sei denn eines Idioten. Ich saß neben James Russel Lowell auf der Estrade, und er fragte mich, was ich lesen würde. Ich sagte, ich wolle mit eintöniger, trauriger Stimme eine kurze und völlig pointelose Anekdote erzählen, und das sei mein ganzes Programm. Er meinte:

»Das ist aber eine seltsame Idee. Was wollen Sie damit erreichen?«

»Nur ein Gelächter«, erwiderte ich. »Ich will, daß das Publikum lacht.«

»Natürlich wollen Sie das«, sagte er. »Das ist ja Ihr Beruf. Man erwartet es auch von Ihnen. Glauben Sie aber, daß man über eine alberne, pointelose Anekdote lachen wird, die Sie noch dazu eintönig und traurig erzählen?«

»Ja«, erklärte ich. »Die Leute werden lachen.«

»Sie sind eine gefährliche Gesellschaft, glaube ich«, sagte Lowell. »Ich will mich doch lieber ans andere Ende der Estrade setzen, um nichts von den faulen Eiern abzubekommen.«

Als ich an der Reihe war, stand ich auf und wiederholte – trocken und traurig – das Kunststück, das ich vor so vielen Jahren in San Francisco fertiggebracht hatte. Es war eine Prüfung, wie ich sie in meinem reichbewegten Leben nie schwerer und bitterer erlebt hatte. Kein Hauch einer Reaktion war zu spüren. Erst als ich die saft- und kraftlose Anekdote, ohne ein Wort daran zu ändern, fünfmal erzählt hatte, kam das Publikum auf den Witz der Sache, und das herzzerreißende Schweigen wurde von einem höchstwillkommenen Ausbruch von Heiterkeit fortgespült. Das belebte mich, und ich hatte es wahrhaftig nötig, denn hätte ich die Geschichte noch viermal erzählen müssen, so wäre ich gestorben – und dennoch hätte ich es getan, selbst wenn ich einen Mann gebraucht hätte, um mich aufrecht zu halten. Ein oder zwei Minuten dauerte das schallende Gelächter, und es besänftigte segensreich mein Gemüt.

Mr. Lowell schüttelte mir herzlich die Hand und sagte:

»Mark, das war ein Triumph der Kunst! Und es war auch ein Triumph des Mutes! Lieber würde ich auf einem verlorenen Posten stehen und den Soldatentod riskieren, als Ihnen das nachzumachen.«

Während der ersten vier Wiederholungen, erzählte er mir, angesichts dieses stummen, steifen, erstaunten Publikums, habe er geglaubt, er müsse aus Angst um mich vergehen. Nie zuvor habe ein menschliches Wesen ihm so leid getan, und es sei ihm dauernd kalt über den Rücken gelaufen, bis endlich die fünfte Wiederholung das Haus erschütterte und die Erlösung brachte.

Offener Brief an Schriftsteller oder solche, die es werden wollen

Wenn jemand die Redaktion einer Zeitung oder einer Zeitschrift übernimmt, so schicken ihm allerhand Leute, die sich in der Schriftstellerei üben, sofort ihre Manuskripte zu und bitten ihn um sein Urteil über ihre Erzeugnisse. Nachdem er in acht bis zehn Fällen diesem Verlangen entsprochen hat, nimmt er schließlich seine Zuflucht zu einer allgemeinen Predigt, die er in sein Blatt einrückt, um allen späteren Briefstellern kundzutun, daß dies ein für allemal seine Antwort ist. Auf dieser Stufe meiner literarischen Laufbahn bin ich jetzt auch angelangt; ich höre auf, denen, die sich bei mir Rat holen wollen, privat zu schreiben und mache mich an die Ausarbeitung meiner öffentlichen Predigt.

Da die betreffenden Zuschriften alle denselben Inhalt ha-

ben und nur dem Wortlaut nach verschieden sind, so lasse ich hier als Durchschnittsbeispiel den letzten Brief folgen, welchen ich erhalten habe:

»Sehr geehrter Herr,
Ich bin ein junger Mann, der eben die Schule verlassen hat und im Begriff steht, ins Leben einzutreten. Wohin ich aber auch sehe, finde ich keine Beschäftigung, die mir so recht gefällt. Ist das Schriftstellerleben leicht und einträglich, oder ist es wirklich ein so saures Brot, wie man immer sagt? Es muß doch bequemer sein als viele, ja als die meisten Berufsarten; mich drängt es unwiderstehlich, mich darauf zu werfen. Auf Brechen oder Biegen, ich will mein Glück damit versuchen, will schwimmen oder untersinken, triumphieren oder erliegen. Wie hat man es denn aber anzufangen, wenn es einem in der Literatur glücken soll? – Fürchten Sie sich ja nicht, mir die Sache genau so darzustellen, wie sie ist. Im schlimmsten Fall würde mein Vorhaben eben mißlingen, davor ist man doch niemals geschützt. Ich habe an die juristische Laufbahn gedacht, auch an fünf oder sechs andere Berufe, aber überall fand ich die gleichen Übelstände – alles überfüllt, vollgepfropft, immer mehr Angebot als Nachfrage, der Erfolg ein Ding der Unmöglichkeit, weil es viel zu viele Hände gibt und zu wenig Arbeit. Aber ich muß etwas anpacken, und so suche ich denn mein Heil bei der Literatur. Eine innere Stimme sagt mir, daß dies das rechte Feld für meine Begabung ist, sofern ich überhaupt Talent dazu habe. Ich lege einige Proben bei. Bitte, lesen Sie dieselben und teilen Sie mir Ihre aufrichtige, unparteiische Meinung mit. Und dann noch etwas – ich bedaure, Ihnen zur Last zu fallen, aber erinnern Sie sich daran, daß Sie selbst einmal ein junger Anfänger gewesen sind und verschaffen Sie mir Arbeit für eine Zeitung. Sie stehen mit vielen Redaktionen in Verbindung, und ich bin gänzlich unbekannt.

Auch bitte ich Sie, mir möglichst günstige Bedingungen zu erwirken; ich weiß wohl, daß ich anfangs nicht auf hohe Bezahlung rechnen kann, aber, wieviel, meinen Sie, daß man für Artikel wie die beiliegenden ungefähr fordern könnte? Ich habe noch eine Menge dergleichen in meiner Mappe; wenn Sie diese unterbringen und es mich wissen lassen, kann ich Ihnen andere schicken, die ebensogut, vielleicht sogar besser sind.

Einer baldigen Antwort undsoweiter

Ihr ergebener undsoweiter.«

»Ich will Ihnen offen und ehrlich antworten. Ob, was ich zu sagen habe, von großem Wert für Sie sein wird, oder ob Sie finden werden, daß es sich nicht der Mühe lohnt, meine Ratschläge zu befolgen, sind Dinge, deren Entscheidung ich mit Freuden Ihrem eigenen Urteil überlasse.

Zunächst enthält Ihr Brief mehrere Fragen, die jeder nur nach eigener Lebenserfahrung endgültig beantworten kann. Diese Fragen übergehe ich einfach und erwidere Ihnen folgendes:

1. Daß die Literatur, das geistliche Amt, die Medizin, die Jurisprudenz und alle andern Berufsarten ins Stocken geraten sind und nicht die erwünschten Fortschritte machen, daran ist nicht Mangel an Arbeit schuld, sondern Mangel an Arbeitskräften. Wenn jemand Ihnen das Gegenteil versichert, so sagt er eine Unwahrheit. Wollen Sie prüfen, ob meine Behauptung richtig ist, so versuchen Sie doch einmal, einen Redakteur, Berichterstatter, Verwalter, Werkführer, Handwerker oder Künstler, der in seinem Fach Hervorragendes leistet, für irgendeine Arbeit zu gewinnen! Sie werden finden, daß der Mann schon eine Stelle hat und überreichlich beschäftigt ist. Er ist nüchtern, fleißig, tüchtig und zuverlässig, und die Nachfrage nach ihm ist groß. Keinen Tag hat er frei, außer durch besondere Vergünstigung von seiten seines Arbeitge-

bers, der städtischen Verwaltung oder des Publikums im allgemeinen. Können Sie aber Faulenzer brauchen, Tagediebe, Halbgebildete, Leute ohne Energie, leichtsinnige und bequeme Redakteure, Berichterstatter, Anwälte, Ärzte und Handwerker, so wenden Sie sich, wohin Sie wollen. Von der Sorte sind Millionen zu haben, man findet sie überall und braucht nur die Hand auszustrecken.

2. Ich werde mich wohl hüten, über den literarischen Wert Ihrer Erzeugnisse eine Meinung abzugeben. Das Publikum ist der einzige Kritiker, dessen Urteil überhaupt etwas gilt. Sie brauchen mir das nicht aufs Wort zu glauben; denken Sie nur einmal einen Augenblick darüber nach und entscheiden Sie selbst. Hätten, zum Beispiel, Goethe oder Milton Ihnen ihre Erstlings-Manuskripte unterbreitet, so würden Sie mit Tränen in den Augen gesagt haben: ›Nein, bitte, schreiben Sie nichts mehr!‹ – Und Sie sehen doch, wie beliebt ihre Sachen sind. Wäre es Ihnen überlassen worden, Sie hätten vielleicht gesagt, der ›Faust‹ sei langweilig und das ›Verlorene Paradies‹ nicht erheiternd genug; aber beide haben guten Absatz, wie Sie wohl wissen. Viele Leute, die klüger und besser waren als Sie, haben vor kaum zwei Jahrhunderten geringschätzig von Shakespeare gesprochen, der alte Herr hat sie indessen alle überlebt. Darum will und kann ich nicht über Ihre Schriftstellerei zu Gericht sitzen. Wenn ich sie nach bestem Wissen und Gewissen lobte, könnte ich dem Publikum auf die Dauer die entsetzlichste Langeweile aufbürden; wenn ich sie nach bestem Wissen und Gewissen für unbrauchbar erklärte, würde ich der Welt möglicherweise einen noch unbekannten und unentwickelten Dickens oder Shakespeare rauben.

3. Ich schrecke vor der Aufgabe zurück, Ihnen schriftstellerische Arbeit zu verschaffen, für welche Sie Honorar beanspruchen. Sobald Ihre Leistungen selbst den Beweis geliefert haben, daß sie wirklich wertvoll sind, werden Sie nie mehr herumzugehen brauchen, um nach literarischer Beschäftigung zu suchen. Sie werden alle Hände voll zu tun und mehr Grütze im Kopf nötig haben, als Ihnen vielleicht jemals zur Verfügung steht, um nur die Hälfte der Arbeit zu verrichten, die man Ihnen antragen wird. Will der angehende Schriftsteller den Beweis erbringen, daß er wirklich etwas Gutes zu leisten vermag, so weiß ich ein ganz einfaches Mittel, ein vollkommen sicheres Verfahren, um diesen Zweck zu erreichen: er schreibe so lange ohne Bezahlung, bis ihm jemand Honorar anbietet. Wird ihm im Laufe von drei Jahren kein Honorar angeboten, so darf er dies mit vollem Vertrauen als ein Zeichen betrachten, daß ihn die Natur zum Holzhacker bestimmt hat. Wenn er auch nur ein Körnchen Weisheit besitzt, wird er sich mit Würde zurückziehen und den ihm vom Himmel verordneten Beruf ergreifen.«

Ein Verfahren, wie ich es hier schildere, haben Leute wie Charles Dickens und andere hervorragende Schriftsteller befolgen müssen; aber meinem Klienten wird es schwerlich zusagen. Der junge angehende Literat ist ein sehr, sehr sonderbares Geschöpf. Er weiß, daß, wenn er Klempner werden wollte, der Meister von ihm ein Zeugnis über sein bisheriges sittliches Betragen verlangen und ihm das Versprechen abfordern würde, wenigstens drei, vielleicht sogar vier Jahre bei ihm in der Lehre zu bleiben. Er müßte im ersten Jahr die Werkstatt fegen, Wasser holen, Feuer anzünden und dazwischen lernen, wie man Öfen schwärzt. Als Lohn für diese Dienste erhielte er seine Kost und zwei billige Anzüge. Im zweiten Jahr käme die Unterweisung im Handwerk an die Reihe, und als Wochenlohn würde ihm ein Dollar ausgezahlt, im dritten Jahr zwei und im vierten drei. Als ausgelernter Klempner könnte er dann wöchentlich fünfzehn bis zwanzig, vielleicht auch dreißig Dollar verdienen; zu einem Wochen-

lohn von fünfundsiebzig Dollar würde er es aber niemals bringen. Bei jedem Handwerk, für das er sich entscheidet, muß er dieselbe langwierige und schlechtbezahlte Lehrlingszeit durchmachen. Advokat oder Doktor zu werden ist aber noch hundertmal schwerer, denn da erhält er nicht nur während der ganzen Zeit keinen Lohn, sondern er hat noch eine große Summe für seinen Unterricht zu bezahlen und genießt das Vorrecht, sich selbst ernähren und kleiden zu dürfen.

Das alles weiß der angehende Literat und hat doch die Dreistigkeit, sich zur Aufnahme in die Schriftstellergilde zu melden und seinen Teil von ihren hohen Ehren und Einkünften zu verlangen, ohne zur Rechtfertigung für seine Anmaßung auch nur eine zwölfmonatige Lehrzeit nachweisen zu können. Er würde nur unschuldsvoll lächeln, wollte man ihm zumuten, ohne vorherige Anweisung selbst das einfachste Blechnäpfchen anzufertigen. Aber, ohne Kenntnis der Grammatik, phrasenhaft, weitschweifig und mit den verschrobenen Begriffen von Welt und Menschen, die er sich in irgendeinem Neste hinter dem Mond angeeignet hat, getraut sich der unwissende Gelbschnabel, die Feder, diese gefährliche Waffe, zur Hand zu nehmen, um damit die gewaltigen Mächte: Handel, Finanzen, Krieg und Politik aufs Geratewohl anzugreifen. Wenn es nicht so traurig wäre, würde es einfach lächerlich sein. Der arme Junge wagt sich ohne bestandene Lehrzeit nicht in die Klempnerwerkstatt hinein, aber er scheut sich nicht, mit ungeübter Hand ein Werkzeug zu ergreifen und zu führen, welches Königsthrone zu stürzen, Religionen zu ändern und das Wohl oder Wehe ganzer Völker zu entscheiden vermag.

Wenn der Verfasser jenes Briefes für die Zeitungen, die in der Nachbarschaft seines Wohnorts erscheinen, unentgeltlich schreiben will, so ist hundert gegen eins zu wetten, daß er so viele Aufträge erhält, als er unter dieser Bedingung nur irgend übernehmen kann. – Stellt sich dann heraus, daß seine Schreibereien wirklich etwas wert sind, so finden sich sicherlich eine Menge Leute, die ihm Geld dafür anbieten.

Zum Schluß will ich ihm als ernste und wohlgemeinte Ermutigung noch einmal die Tatsache zu Gemüte führen, daß annehmbare und lesenswerte Schriftsteller höchst selten sind. Verleger von Büchern und Zeitungen suchen unablässig nach ihnen, und zwar mit solchem Eifer, daß sie sich bei dem Geschäft keinen Augenblick Rast oder Ruhe gönnen.

Skizzen und Erzählungen

Die Echosammlung
oder die Geschichte des Stadtreisenden

Der arme Fremde mit den traurigen Augen! Es lag etwas Mitleiderregendes in seiner demütigen Miene, seinem müden Blick, seinem abgeschabten, ehemals gutgeschnittenen Anzug. Ich bemerkte unter seinem Arm eine Aktenmappe, wie sie Stadtreisende, Inseratenakquisiteure und andere Agenten zu tragen pflegen.

Nun, diese Leute flößen einem stets Interesse ein. Bevor ich eigentlich wußte, wie es geschah, erzählte mir der Fremde seine Lebensgeschichte, der ich mit Aufmerksamkeit und Teilnahme folgte. Er erzählte ungefähr folgendes:

»Meine Eltern starben, als ich noch ein kleines unschuldiges Kind war. Mein Onkel Ithuriel schloß mich in sein Herz und zog mich wie sein eigenes Kind auf. Er war mein einziger Verwandter in der ganzen Welt; doch er war gut, reich und großmütig. Ich kannte keinen Mangel an etwas, was für Geld zu haben war. Ich studierte an der teuersten Universität, und als ich meine Examen mit Glanz bestanden hatte, ging ich, in Begleitung eines Kammerdieners und eines weiteren Lakaien, auf Reisen. Vier Jahre lang flatterte ich auf leichten Schwingen in den prächtigen Gefilden der Fremde umher, wenn Sie diesen Ausdruck einem Menschen gestatten wollen, dessen Sprache stets poetisch gefärbt war; ja, in der Tat, ich spreche zu Ihnen im Vertrauen, denn Ihre Augen verraten mir, daß auch in Ihnen, mein Herr, die Flamme göttlicher Beredsamkeit brennt. In jenen fernen Ländern lernte ich die Welt und ihre verfeinerte Kultur kennen. Was aber meinem angeborenen ästhetischen Geschmack am meisten entsprach, war der dort unter den Reichen herrschende Brauch, elegante und kostbare Seltenheiten und hübsche Liebhabereien zu sammeln; und in einer verhängnisvollen Stunde unternahm ich es, meinen Onkel Ithuriel für diese ausgezeichnete Beschäftigung zu begeistern.

Ich schrieb ihm und erzählte von der äußerst umfangreichen Muschelsammlung eines Bekannten, von der außergewöhnlichen Sammlung von Meerschaumpfeifen eines andern, von der wunderbaren Sammlung unleserlicher Autogramme eines dritten, der unschätzbaren Sammlung chinesischen Prozellans eines vierten und von eines fünften bezaubernder Briefmarkensammlung und so weiter und so fort. Bald sollten meine Berichte Früchte tragen. Mein Onkel begann sich nach etwas umzusehen, das sich zu sammeln lohnte. Sie wissen vielleicht, wie leicht eine solche Leidenschaft ausartet. Seine Sammelwut griff um sich wie ein rasendes Fieber, obwohl ich nichts davon wußte. Er begann seine große Schweinezucht zu vernachlässigen; bald darauf zog er sich vollends zurück, wurde aber, statt ein bequemer Privatmann, ein wilder Raritätenjäger. Sein Reichtum war ungeheuer und er schonte ihn nicht. Zuerst versuchte er es mit Kuhglocken. Er legte eine Sammlung an, die fünf große Säle füllte und alle Arten von Glocken umschloß, von der Urzeit bis zur Gegenwart. Nur eine fehlte. Diese eine, ein antikes Stück und das einzige noch vorhandene Exemplar seiner Art, war im Besitz eines andern Sammlers. Mein Onkel bot eine ungeheure Summe dafür, aber der andere verkaufte nicht. Die Folgen können Sie sich denken. Ein echter Sammler legt bekanntlich einer Sammlung, die nicht vollständig ist, keinen Wert bei. Sein glühendes Herz erkaltet; er verkauft seinen Schatz und wendet seine Aufmerksamkeit einem andern Gebiet zu, das noch unausgebeutet zu sein scheint.

So machte es auch mein Onkel. Er versuchte es nun mit Ziegelsteinen. Nachdem er eine umfangreiche und interessante Sammlung zusammengetragen hatte, stellte sich die alte Schwierigkeit ein; wieder brach ihm das Herz, und er verkaufte seine abgöttisch geliebte Sammlung an einen ehemaligen Bierbrauer, der den fehlenden Ziegel besaß. Daraufhin versuchte er es mit steinernen Äxten und anderem vorgeschichtlichem Werkzeug, entdeckte aber bald, daß die Fabrik, die solches herstellte, andere Sammler ebenso eifrig versorgte wie ihn selbst. Er verlegte sich nun auf aztekische Inschriften und ausgestopfte Walfische – abermals ein Mißgriff, verbunden mit unendlichen Mühen und Kosten. Denn als seine Sammlung endlich vollständig zu sein schien, kam aus Grönland ein ausgestopfter Walfisch an, und aus der Cundurango-Gegend Mittelamerikas eine aztekische Inschrift, die beide alles frühere in den Schatten stellten. Mein Onkel beeilte sich, die kostbaren Stücke zu erwerben: er bekam den ausgestopften Walfisch, ein anderer Sammler aber die Inschrift. Eine echte Cundurango jedoch ist, wie Sie vielleicht wissen, ein Besitz von so unendlichem Wert, daß ein Sammler, wenn er sie erst einmal erlangt hat, sich eher von seiner Familie trennt als von ihr. So verkaufte denn mein Onkel seine Sammlung bis zum letzten Stück und sein bisher kohlschwarzes Haar wurde in einer einzigen Nacht weiß wie Schnee.

Nun ließ er sich Zeit und überlegte. Er wußte, eine neue Enttäuschung könnte ihn das Leben kosten. Er war entschlossen, diesmal Dinge zu wählen, die kein anderer sammelte. Er überlegte lange und reiflich, dann betrat er noch einmal den Kampfplatz. Diesmal, um eine Sammlung von Echos anzulegen.«

»Wovon?« rief ich erstaunt.

»Von Echos, mein Herr. Seine erste Erwerbung war ein Echo in Georgia mit vierfachem Widerhall, seine nächste ein sechsfaches Echo in Maryland; dann folgten ein dreizehnfaches Echo in Maine, ein neunfaches in Kansas und ein zwölffaches in Tennessee, das er billig bekam, weil es sozusagen ›baufällig‹ war, denn ein Teil des Felsens, der es zurückwarf, war zusammengestürzt. Mit einem Aufwand von einigen tausend Dollar glaubte er es wiederherstellen und durch Aufmauerung des Felsens seinen Widerhall verdreifachen zu können; aber der Architekt, der die Arbeit übernahm, hatte nie zuvor ein Echo gebaut, und so verdarb er es vollends. Bevor er es verpfuschte, antwortete es wie eine keifende Schwiegermutter, aber hinterher taugte es höchstens noch für ein Taubstummenasyl.

Als nächstes kaufte er eine Partie kleiner doppelläufiger Echos in verschiedenen Staaten und Territorien; man gewährte ihm zwanzig Prozent Rabatt, weil er die ganze Partie abnahm. Dann erwarb er ein Echo in Oregon, das wie eine Kanone donnerte; es kostete ein kleines Vermögen, kann ich Ihnen verraten. Sie müssen nämlich wissen, daß auf dem Echomarkt die Preisskala genau so rasch ansteigt wie die Karatskala bei den Diamanten; auch gebrauchen beide Handelszweige dieselben Fachausdrücke. Ein einkarätiges Echo liegt nur zehn Dollar über dem Preis des Grund und Bodens, auf dem es ruht, ein zweikarätiges oder doppelläufiges Echo ist viermal soviel wert, ein fünfkarätiges kostet mehr als neunhundert, ein zehnkarätiges aber dreizehntausend Dollar. Das Echo meines Onkels in Oregon, das er das ›Echo des großen Abgrunds‹ nannte, war ein Kleinod von zweiundzwanzig Karat und kostete zweihundertsechzehntausend Dollar – einschließlich Grund und Boden, denn es lag zweihundert Meilen von jeder Niederlassung entfernt.

Nun, in dieser Zeit war mein Lebensweg ein Rosenpfad.

Ich war der anerkannte Bewerber um die einzige und liebliche Tochter eines englischen Grafen und wurde geliebt bis zur Raserei. In ihrer teuren Nähe schwamm ich in einem Meer des Entzückens. Da ich, wie man wußte, der Alleinerbe meines Onkels war, dessen Vermögen man auf fünf Millionen Dollar schätzte, gaben die Eltern bereitwillig ihre Zustimmung. Sie ahnten so wenig wie ich, daß mein Onkel sich aufs Sammeln verlegt hatte; zumindest glaubten sie, daß er es nur ganz nebenbei betrieb, zu seinem ästhetischen Vergnügen.

Plötzlich zogen sich über meinem ahnungslosen Haupt die Wolken zusammen. Jenes göttliche Echo war entdeckt worden, das alle Welt seitdem als den großen Koh-i-noor oder ›Berg des Widerhalls‹ kennt. Es war ein Kleinod von fünfundsechzig Karat. Wenn man es ansprach, gab es eine Viertelstunde lang Antwort, allerdings nur an windstillen Tagen. Aber siehe da, zu gleicher Zeit entdeckte mein Onkel, daß es noch einen anderen Echosammler gab. Beide beeilten sich, den einzigartigen Kauf abzuschließen. Das Grundstück bestand aus zwei kleinen Hügeln mit einem flachen Tal dazwischen und lag, weit von jeder Siedlung entfernt, im Hinterland des Staates New York. Beide Männer erreichten gleichzeitig den Ort, doch wußte keiner von des andern Anwesenheit. Das Grundstück mit dem Echo gehörte nicht einem Mann allein. Den einen Hügel besaß ein gewisser Williamson Bolivar Jarvis, den andern ein gewisser Harbison J. Bledso; das Tal bildete die Grenzlinie. Während nun mein Onkel mit Jarvis handelseinig wurde und den Hügel um zweihundertfünfundachtzig Dollar kaufte, erwarb die Gegenpartei Bledsos Hügel für nicht weniger als drei Millionen.

Können Sie sich vorstellen, was daraus folgte? Die großartigste Echosammlung war ein für allemal zur Unvollständigkeit verdammt, denn ihr gehörte nur die eine Hälfte des Echos Nummer Eins der ganzen Welt. Keiner der beiden

Käufer war mit diesem geteilten Eigentumsrecht zufrieden, doch wollte keiner dem andern seinen Anteil verkaufen. Es kam zu Beschimpfungen, Zänkereien und wechselseitigem Gekränktsein. Schließlich ging jener andere Sammler, boshaft wie nur ein Konkurrent einem Sammler gegenüber sein kann, daran, seinen Hügel abzutragen.

Sehen Sie, da er das Echo selbst nicht erlangen konnte, wollte er es auch keinem andern gönnen. Er wollte seinen Hügel abtragen lassen, und dann blieb meines Onkels Echo ohne Widerhall. Mein Onkel machte ihm Vorhaltungen, doch der Mann entgegnete nur: ›Mir gehört die eine Hälfte des Echos; ich habe beschlossen, diese Hälfte zu zerstören; kümmern Sie sich um Ihre Hälfte.‹

Mein Onkel ging vor Gericht. Der andere erhob Einspruch und brachte die Angelegenheit vor eine höhere Instanz. Sie führten den Prozeß weiter bis zum Obersten Gerichtshof der Vereinigten Staaten. Es entstand ein großer Wirrwarr. Zwei der Richter waren der Meinung, ein Echo sei ein persönliches Eigentum; obwohl nicht greifbar, sei es doch käuflich und verkäuflich und daher ein besteuerbarer Gegenstand. Zwei andere Richter vertraten die Ansicht, das Echo sei eine Liegenschaft, denn es hafte offenbar an Grund und Boden und sei immobil. Andere Richter behaupteten, ein Echo sei überhaupt nicht zu übereignen. Zuletzt fiel die Entscheidung, die erklärte, ein Echo sei ein Eigentumsobjekt; die beiden Prozeßgegner seien getrennte und voneinander unabhängige Eigentümer der beiden Hügel, jedoch gemeinsame Besitzer des Echos. Dem Beklagten stehe es daher völlig frei, seinen Hügel abzutragen, da er ihm allein gehöre, doch müsse er eine Kaution von drei Millionen Dollar stellen, als Ersatz für den Schaden, den er damit dem halben Anteil meines Onkels am Echo zufüge. Des weiteren verbot das Urteil meinem Onkel, ohne Erlaubnis des Gegners dessen Hügel als Widerhall für seine Hälfte des Echos zu benutzen; könne er unter diesen Umständen seinen Zweck nicht erreichen, so sei das sehr bedauerlich, aber der Gerichtshof könne nichts daran ändern. Den gleichen Bescheid erhielt der Beklagte. Sie können sich das Ergebnis denken. Keiner der beiden wollte dem andern die Erlaubnis zur Benutzung seines Eigentums erteilen, und so blieben die erstaunlichen und berühmten Fähigkeiten des Echos unbenutzt. Seit jenem Tag liegt das wertvolle Besitztum brach und ist unverkäuflich.

Eine Woche vor meiner Hochzeit, während ich noch in einem Meer von Wonne schwamm und der hohe Adel von fern und nah zur Verherrlichung dieses Ereignisses herbeieilte, traf die Nachricht vom Tode meines Onkels ein, zugleich mit der Abschrift seines Testaments, das mich zum Alleinerben einsetzte. Er war dahingegangen – ach, mein teurer Wohltäter lebte nicht mehr. Der Gedanke daran bedrückt mein Herz noch heute, nach so langer Zeit. Ich überreichte das Testament dem Grafen, meinem Schwiegervater, da ich es vor Tränen nicht lesen konnte. Der Graf überflog es und sagte dann finster: ›Das nennen Sie Reichtum, Sir? So etwas ist nur in Ihrem schwindelhaften Amerika möglich. Sie sind zwar Alleinerbe, aber nur von einer umfangreichen Echosammlung, sofern man etwas, das weit und breit über das ganze amerikanische Festland verstreut ist, überhaupt eine Sammlung nennen kann. Und das ist nicht alles, Sir; Sie stecken in Schulden bis über die Ohren; unter all diesen Echos ist nicht eines, das nicht mit einer Hypothek belastet ist. Ich bin nicht hartherzig, Sir, aber ich muß das Interesse meines Kindes wahren. Hätten Sie auch nur ein Echo, das Sie mit Recht Ihr Eigentum nennen könnten, das frei von Lasten wäre, so daß Sie sich mit meinem Kind dorthin zurückziehen könnten, um das Land durch unverdrossenen Fleiß zu kultivieren, so würde ich nicht nein sagen; aber ich kann mein Kind nicht an einen Bettler verheiraten. Verlaß ihn, mein Liebling! Und Sie, Sir, nehmen Sie Ihre hypothekenbelasteten Echos und verschwinden Sie für immer aus meinen Augen.‹

Meine edle Cölestine klammerte sich unter Tränen an mich, umschlang mich mit liebenden Armen und schwor, sie wolle gern, ja, mit tausend Freuden die Meine werden, auch wenn ich nicht ein einziges Echo auf Erden besäße. Aber es durfte nicht sein; wir wurden auseinandergerissen – sie, um sich innerhalb eines Jahres langsam zutode zu grämen – ich, um einsam mich hinzuschleppen auf des Lebens langem, beschwerlichem Pfad, täglich, stündlich betend um die Erlösung, die uns wiedervereinigen soll in einem himmlischen Reich, wo die Unglücklichen Frieden und die Müden ihre Ruhe finden. Und nun, mein Herr, wenn Sie so freundlich sein wollten, sich die Karten und Pläne in meiner Mappe anzusehen. Bestimmt kann ich Ihnen ein Echo billiger abgeben als sonst irgendwer. Dieses hier zum Beispiel, das meinen Onkel vor dreißig Jahren zehn Dollar gekostet hat und eines der reizendsten Objekte in Texas ist, überlasse ich Ihnen für ...«

»Einen Augenblick, bitte«, sagte ich. »Mein Freund, ich habe heute noch keinen Augenblick Ruhe gehabt vor Agenten. Ich habe eine Nähmaschine gekauft, die ich nicht brauche; ich habe eine Landkarte gekauft, die voller Fehler ist; ich habe eine Uhr gekauft, die nicht geht; Mottengift, das die Motten jeder andern Nahrung vorziehen; ich habe eine Menge nutzloser Erfindungen gekauft, und jetzt habe ich die Geschichte satt. Ich möchte keines von Ihren Echos auch nur geschenkt. Ich würde es nicht an Ort und Stelle lassen. Ich bin wütend auf jeden, der mir ein Echo verkaufen will. Sehen Sie diesen Revolver hier? Packen Sie Ihre Musterkollektion ein und verschwinden Sie; lassen Sie es nicht zum Blutvergießen kommen.«

Aber er lächelte nur, ein trauriges, sanftes Lächeln, und brachte noch mehr Pläne zum Vorschein. Sie wissen ja, wie es ausgeht; hat man einem Agenten erst einmal die Tür geöffnet, so ist man verloren.

Nach Verlauf einer unerträglichen Stunde wurden wir handelseinig. Ich kaufte zwei doppelläufige Echos in gutem Zustand und erhielt ein drittes als Zugabe, das, wie er sagte, unverkäuflich sei, weil es nur deutsch spräche. »Früher war es mehrsprachig«, sagte er, »aber inzwischen hat es den größten Teil seiner Sprachfertigkeit eingebüßt.«

Der berühmte Springfrosch der Provinz Calaveras

Auf die Bitte eines Freundes hin, der mir aus dem Osten geschrieben hatte, suchte ich den freundlichen und geschwätzigen alten Simon Wheeler auf, fragte ihn, wie mir aufgetragen war, nach dem Freund meines Freundes, nach *Leonidas W.* Smiley, und erzähle nun das Ergebnis. Ich hege den leisen Verdacht, daß *Leonidas W.* Smiley eine erfundene Gestalt ist, daß mein Freund eine Person dieses Namens überhaupt nicht kannte und nur annahm, die Frage würde den alten Wheeler an seinen berüchtigten *Jim* Smiley erinnern, so daß er sich ins Zeug legen und mich mit den ebenso ermüdend weitschweifigen wie für mich nutzlosen Erinnerungen an diesen Mann halb zu Tode langweilen würde. Wenn das meines Freundes Absicht war, so erreichte er sie.

Ich fand Simon Wheeler in der Bar der alten, verlotterten Kneipe im ehemaligen Minenlager von Los Angeles; er saß neben dem Ofen, und ich stellte fest, daß er fett und kahlköpfig war und auf seinem ruhigen Gesicht den Ausdruck gewinnender Einfalt und Freundlichkeit trug. Er stand auf und wünschte mir guten Tag. Ich erklärte ihm, ein Freund von mir habe mich beauftragt, mich nach einem seiner liebsten Jugendfreunde zu erkundigen, einem gewissen *Leonidas W.* Smiley, dem Pfarrer *Leonidas W.* Smiley, einem jungen Diener des Herrn, der, wie er gehört habe, einige Zeit in Los Angeles Camp amtiert hatte. Ich fügte hinzu, daß, falls er mir etwas über den Pfarrer *Leonidas W.* Smiley erzählen könnte, ich ihm dafür sehr zu Dank verpflichtet wäre.

Simon Wheeler drückte mich in eine Ecke und setzte sich mit seinem Stuhl so davor, daß ich mich nicht rühren konnte; dann ließ er die nun folgende monotone Erzählung vom Stapel. Nicht ein einziges Mal lächelte er dabei, nie runzelte er die Stirn, nie änderte seine Stimme die freundlich dahinfließende Tonart, in der er seinen ersten Satz begonnen hatte, nie verriet er die leiseste Spur von Begeisterung; doch durch die endlose Erzählung rann ein Rinnsal eindrucksvoller Ernsthaftigkeit und Aufrichtigkeit, so daß ich merkte, daß er, weit von der Vorstellung entfernt, seiner Erzählung könne etwas Lächerliches oder Seltsames anhaften, sie vielmehr als ein wirklich bedeutsames Ereignis ansah und ihren beiden Helden eine wahrhaft geniale Raffiniertheit zugestand. Mir erschien das Schauspiel eines Mannes, der mit ernsthafter Heiterkeit und ohne auch nur einmal zu lächeln ein solch seltsames Garn abspann, ausgesprochen absurd. Wie ich schon vorhin sagte, fragte ich ihn, was er vom Pfarrer *Leonidas W.* Smiley wüßte, und erhielt folgende Antwort. Ich ließ ihn auf seine eigene Weise erzählen, ohne ihn je zu unterbrechen:

»Hier gab es mal einen Mann namens Jim Smiley, im Winter neunundvierzig – oder vielleicht war es auch der Frühling fünfzig – ich erinnere mich nicht mehr genau, doch muß es das eine oder das andere gewesen sein, denn ich entsinne mich, daß die große Wasserleitung noch nicht fertiggestellt war, als er zum ersten Mal im Camp auftauchte. Auf alle Fälle war er ein äußerst seltsamer Mann, denn er schloß auf alles, was sein Auge erblickte, eine Wette ab, wenn er jemanden finden konnte, der bereit war, auf die eine oder andere Seite zu setzen; wenn der andere nicht Widerpart halten wollte, wechselte er einfach die Seite. Wie es dem anderen Mann paßte, war es ihm recht; wenn nur überhaupt eine Wette zustande kam, war er zufrieden. Aber stets hatte er Glück, stets ging er als Sieger hervor. Er war jederzeit bereit und lauerte dauernd auf eine Chance; nie konnte einer eine anfechtbare Behauptung aufstellen, ohne daß der Bursche eine Wette anbot, wobei es ihm, wie ich schon sagte, ganz gleich war, auf welche Partei er setzte. Nach einem Pferderennen fand man ihn, je nachdem, schwimmend im Geld oder völlig pleite; wenn sich zwei Hunde rauften, begann er sofort zu wetten; und wenn sich zwei Katzen balgten, desgleichen; wenn zwei Hähne sich stritten, wettete er; ja selbst wenn zwei Vögel auf einer Hecke saßen, wettete er, welcher zuerst wegfliegen würde; oder wenn ein Meeting im Camp stattfand, erschien er regelmäßig, um auf Pfarrer Walker zu wetten, den er für den besten Bußprediger hielt, und das war er auch, wirklich ein guter Mann. Wenn er einen Käfer sah, einen Pillendreher etwa, der sich irgendwohin auf den Weg gemacht hatte, so wettete er, wie lange er brauchen würde, um sein Ziel zu erreichen, und wenn man die Wette annahm, so folgte er dem Pillendreher, und sei es bis Mexiko, aber bestimmt fand er heraus, wohin das Tier wollte und wieviel Zeit es für den Weg brauchte. Viele von den Jungen hier haben diesen Smiley gekannt und können Euch von ihm erzählen. Tatsächlich, es machte ihm nichts aus – er wettete auf alles, der verflixte Prahlhans. Einmal lag Pfarrer Walkers Frau längere Zeit schwerkrank darnieder, und es sah so aus, als wäre sie nicht mehr zu retten; aber eines Morgens kam er herein, und Smiley erkundigte sich, wie es ihr ginge, und der Pfarrer sagte, es gehe ihr wesentlich besser – dem Himmel sei Dank für seine unendliche Gnade – ja so gut, daß sie sich, mit Hilfe der Vorsehung, bald völlig erholen werde; und Smiley sagte, ohne auch nur nachzudenken: ›Na, ich wette zwei Dollar, daß sie nicht wieder auf die Beine kommt.‹

Dieser Smiley hatte einen Gaul, die Jungens nannten ihn

den Viertelstunden-Klepper, doch das war nur zum Scherz, müßt Ihr wissen, denn er war schneller als das, und für gewöhnlich gewann er auf dem Gaul, obwohl er langsam war und immer Asthma hatte oder Brustfellentzündung oder die Schwindsucht oder sonst so etwas Ähnliches. Für gewöhnlich erhielt er zwei- oder dreihundert Yard Vorsprung und wurde dann unterwegs eingeholt; aber immer gegen Ende des Rennens wurde er wild und ganz desperat und begann sich zu bäumen und die Beine zu spreizen, ging mit allen Vieren in die Luft oder brach seitwärts aus durch die Hecke und wirbelte mehr und mehr Staub auf und erregte mit seinem Husten und Schnauben und Trompeten immer mehr Spektakel – und erreichte das Ziel, immer eine Nasenlänge voraus, so knapp, daß man es kaum feststellen konnte.

Und er hatte einen kleinen, kurzbeinigen Köter, der auf den ersten Blick keinen Cent wert und höchstens dazu geeignet schien, im Winkel zu hocken, dekorativ auszusehen und nach etwas Stehlbarem auf der Lauer zu liegen. Doch sobald man Geld auf ihn setzte, war es ein anderer Hund; sein Unterkiefer schob sich vor wie das Vordeck eines Dampfbootes, und er fletschte wild die Zähne. Dann konnte ihn ein Hund packen, beuteln und beißen, ihn zwei- oder dreimal über seine Schulter werfen, und Andreas Jackson – so hieß der Köter – Andreas Jackson sah aus, als ließe er sich alles gefallen und hätte nichts anderes erwartet – und die Wetten auf den Gegner wurden verdoppelt, bis das ganze Geld angelegt war; und plötzlich schnappte Andreas zu, erwischte den anderen Hund am Hinterbein und fror daran fest – er kratzte nicht, versteht Ihr, sondern schnappte nur zu und hielt fest, bis man das Handtuch warf – und sollte es ein Jahr dauern. Smiley gewann jede Wette mit dem Köter, bis er einmal auf einen Hund traf, der keine Hinterbeine hatte, denn sie waren ihm von einer Kreissäge abgesägt worden, und als der Kampf lang genug gedauert hatte und alles Geld gesetzt war und der Köter jetzt seinen alten Trick anwenden wollte, sah er sofort, wie man ihn betrogen und wie der andere Hund ihn sozusagen in der Falle hatte. Und er schien erstaunt und sah plötzlich ganz entmutigt aus und versuchte gar nicht mehr, den Kampf zu gewinnen und wurde daher schlimm zugerichtet. Er sah Smiley mit einem Blick an, als wollte er ihm sagen, sein Herz sei gebrochen und sein Herr sei schuld, weil er ihm einen Hund vorgesetzt hatte, der keine Hinterbeine zum Zuschnappen besaß, was doch sein Haupttrick beim Kampf war; und dann hinkte er ein Stückchen zur Seite, legte sich nieder und starb. Es war ein guter Köter, der Andreas Jackson, bestimmt, und hätte sich einen Namen gemacht, wenn er am Leben geblieben wäre, denn er hatte Schneid und die rechte Veranlagung – ich weiß es, denn er selbst konnte ja nicht sprechen, und ich kann nicht glauben, daß ein Hund unter solchen Bedingungen einen solchen Kampf ausfechten könnte, wenn er kein Talent besäße. Ich werde immer ganz traurig, wenn ich an seinen letzten Kampf denke und welchen Ausgang er nahm.

Na also, dieser Smiley hatte Rattenterrier und Kampfhähne und Kater und sonst noch alles mögliche und Ihr konntet ihm keine Wette anbieten, worin er Euch nicht überbot.

Eines Tages fing er einen Frosch, nahm ihn mit nach Hause und erklärte, er wolle ihn dressieren; und tatsächlich tat er drei Monate nichts anderes, als den Frosch in seinen Garten zu setzen und ihm das Hüpfen beizubringen. Und Ihr könnt Euch darauf verlassen, er brachte es ihm bei. Er gab ihm hinten einen kleinen Stups, und im nächsten Augenblick wirbelte der Frosch durch die Luft wie ein Eierkuchen – schlug einen Salto oder zwei, wenn er gut abgesprungen war, und landete flach auf den Füßen wie eine Katze. So dressierte er ihn auch zum Fliegenfangen und hielt ihn derart im Training, daß er jede Fliege fing, die er sah. Smiley erklärte, ein Frosch brauche nur die richtige Dressur, dann brächte er fast alles fertig – und ich glaub's ihm. Habe ich ihn doch tatsächlich Daniel Webster hier auf den Fußboden setzen sehen – Daniel Webster war der Name des Frosches – dann rief er: ›Daniel, Daniel, Fliegen!‹ und rascher als ein Wimpernschlag sprang der Frosch hoch, schnappte eine Fliege von dem Schanktisch dort und klatschte auf den Fußboden zurück wie ein solider Lehmklumpen; dann kratzte er sich mit dem Hinterfuß seitlich am Kopf, so gleichgültig, als wüßte er gar nicht, daß er etwas getan hatte, was andere Frösche nicht können. Ihr habt nie einen bescheideneren und offenherzigeren Frosch gesehen, denn so war er veranlagt, und wenn es galt, aus dem Stand zu springen, so sprang er mit einem Satz weiter als jedes andere Tier seiner Art. Der Sprung aus dem Stand, müßt Ihr wissen, war seine besondere Stärke; und sobald es darum ging, setzte Smiley auf ihn jeden Cent, den er besaß. Smiley war ungeheuer stolz auf seinen Frosch und hatte allen Grund dazu, denn Leute, die weit herumgekommen waren, sagten, er übertrumpfe alle Frösche, die sie je gesehen hätten.

Nun, Smiley hielt das Tier in einer kleinen Lattenkiste und nahm es manchmal mit zur Stadt, um darauf zu wetten. Eines Tages begegnete ihm und seiner Kiste ein Kerl – er war fremd im Camp – und sagte:

›Was habt Ihr denn da in der Kiste?‹

Und Smiley, anscheinend gleichgültig, antwortete:

›Vielleicht einen Papagei, vielleicht einen Kanarienvogel; könnte ja sein, stimmt aber nicht – es ist nur ein Frosch.‹

Und der Kerl nahm die Kiste, blickte aufmerksam hinein, drehte sie so rum und so rum und sagte schließlich: ›Hm – das stimmt. Na und, wozu braucht Ihr ihn?‹

›Nun‹, sagte Smiley leichthin und sorglos, ›zu einer Sache

ist er wenigstens gut zu gebrauchen, denke ich: Im Wettspringen kann er jeden Frosch der Provinz Calaveras schlagen.‹

Der Kerl nahm die Kiste wieder und warf noch einmal einen langen, nachdenklichen Blick hinein, gab sie Smiley zurück und sagte ziemlich beiläufig: ›Na, ich entdecke an dem Frosch nichts, was ihn von anderen Fröschen unterscheidet.‹

›Ihr vielleicht nicht‹, sagte Smiley. ›Vielleicht versteht Ihr was von Fröschen, vielleicht auch nicht; vielleicht habt Ihr Erfahrung mit ihnen, vielleicht seid Ihr auch nur ein Amateur. Jedenfalls habe ich mir meine Meinung gebildet, und ich wette vierzig Dollar, daß er besser springt als jeder andere Frosch in der ganzen Provinz.‹

Und der Kerl überlegte eine Minute und sagte dann freundlicher, ja fast traurig: ›Nun, ich bin hier ein Fremder und habe keinen Frosch; doch wenn ich einen hätte, würde ich mit Euch wetten.‹

Daraufhin sagte Smiley: ›Schon recht! Schon recht! Wenn Ihr einen Augenblick die Kiste hier halten wollt, will ich Euch einen Frosch fangen gehen.‹ Und der Kerl nahm die Kiste und legte seine vierzig Dollar neben Smileys Geld, hockte sich hin und wartete.

So saß er eine ziemliche Weile und überlegte und überlegte, holte dann den Frosch aus der Kiste, sperrte ihm den Mund auf, zog einen Teelöffel aus der Tasche und füllte den Frosch mit Vogelschrot – stopfte ihn damit voll bis zum Kinn – und setzte ihn auf die Erde. Smiley ging unterdessen zum Sumpf, stapfte eine Weile im Schlamm herum und fing schließlich einen Frosch; er steckte ihn ein, brachte ihn dem Kerl und sagte:

›Nun, wenn Ihr soweit seid, so setzt ihn neben Daniel, seine Vorderfüße genau in einer Reihe mit Daniels, dann gebe ich das Kommando.‹ Und dann sagte er: ›Eins – zwei – drei – spring!‹ Und er und der Kerl stupsten die Frösche von hinten, und der neue Frosch sprang davon, aber Daniel lüpfte nur etwas das Hinterteil und zog die Schultern hoch, so – wie ein Franzose – aber es nützte nichts – er konnte sich nicht rühren; er saß so fest am Boden wie ein Amboß und konnte sich nicht besser bewegen als ein verankertes Schiff. Smiley war äußerst erstaunt und auch enttäuscht, aber er hatte natürlich keine Ahnung, was los war.

Der Kerl nahm das Geld und machte sich davon; im Gehen deutete er mit dem Daumen über seine Schulter hinweg nach Daniel – so – und sagte noch einmal sehr nachdenklich: ›Ich verstehe nicht, wieso dieser Frosch besser sein soll als jeder andere.‹

Smiley stand da, kratzte sich den Kopf und blickte lange auf Daniel nieder; schließlich sagte er: ›Ich frage mich nur, warum zum Kuckuck der Frosch so versagt hat – ich frage mich, ob irgend etwas mit ihm los ist, er sieht, so scheint es mir, merkwürdig geschwollen aus.‹ Und er packte Daniel beim Genick, hob ihn hoch und sagte: ›Ei, verflucht, der wiegt ja mindestens fünf Pfund!‹ Er stellte ihn auf den Kopf, und das Vieh spuckte zwei Hände voll Schrotkörner aus. Und dann sah er, woran es gelegen hatte, und wurde fast verrückt. Er setzte den Frosch nieder und rannte hinter dem Kerl her, aber er hat ihn nicht eingeholt. Und ...«

Hier hörte Simon Wheeler aus dem Vorgarten seinen Namen rufen und stand auf, um nachzusehen, was man von ihm wollte. Und im Weggehen sich nach mir umwendend, sagte er: »Bleibt sitzen, wo Ihr seid, Fremder, und macht's Euch bequem – ich bin gleich wieder da.«

Doch, meiner Treu, ich glaubte nicht, daß eine Fortsetzung der Lebensgeschichte des unternehmungslustigen Vagabunden *Jim* Smiley etwas Wesentliches über den Pfarrer

Leonidas W. Smiley zutage fördern würde, und so drückte ich mich.

In der Tür traf ich den geselligen Wheeler, der gerade zurückkehrte; er hielt mich am Knopfloch fest und begann von neuem:

»Na, und der Smiley hatte eine gelbe, einäugige Kuh, die hatte keinen Schwanz, bloß einen kurzen Stummel wie ein Bananenvogel . . .«

»Ach, zum Kuckuck mit Eurem Smiley und seiner verkrüppelten Kuh!« murmelte ich gutmütig, verabschiedete mich von dem alten Herrn und ging.

Einiges über Barbiere

Alle Dinge sind dem Wechsel unterworfen, ausgenommen die Barbiere, die Gewohnheiten der Barbiere und die Umgebung der Barbiere. Diese ändern sich nie. Was man erlebt und erfährt, wenn man zum erstenmal eine Barbierstube betritt, das erlebt und erfährt man später in allen andern Barbierstuben, bis an das Ende seiner Tage.

Heute morgen wollte ich mich wie gewöhnlich rasieren lassen. Als ich auf die Türe zusteuerte, trat ein Mann aus der Jonesstraße und tat dasselbe. Ich beschleunigte meine Schritte, aber umsonst; er war mir um eine Sekunde voraus, ich folgte ihm auf den Fersen und sah, wie er den einzigen unbesetzten Stuhl einnahm, wo der erste Barbier sein Amt versah. Das trifft sich immer so. Ich setzte mich mit der stillen Hoffnung nieder, Erbe des Stuhles zu werden, welcher dem besseren von den zwei übrigen Barbiergehilfen gehörte, denn dieser hatte schon angefangen, seinem Kunden das Haar zu kämmen, während sein Kollege noch damit beschäftigt war, dem seinigen die Locken zu ölen und einzureiben. In großer Spannung beobachtete ich, was für Aussichten sich mir boten. Als ich sah, daß Nummer zwei drohte Nummer eins einzuholen, verwandelte sich meine Spannung in Besorgnis. Als Nummer eins einen Augenblick innehielt, um einem neuen Ankömmling, der ein Haarmittel kaufte, Geld herauszugeben und dabei im Wettlauf zurückblieb, wurde meine Besorgnis zur Angst. Als Nummer eins das Versäumte wieder nachholte und gleichzeitig mit seinem Kollegen dem Kunden das Handtuch abnahm und den Puder aus dem

Gesicht wischte, so daß sich unmöglich voraussehen ließ, welcher von den beiden zuerst ›Der Nächste‹ rufen würde, stockte mir der Atem vor banger Erwartung. Als ich nun aber sah, daß sich Nummer eins im entscheidenden Moment noch damit aufhielt, seinem Kunden ein paarmal mit dem Kamm durch die Augenbrauen zu fahren, da wußte ich, daß er den Wettlauf um dieses einzigen Augenblicks willen verloren habe. Entrüstet stand ich auf und verließ den Laden, um nicht Nummer zwei in die Hände zu fallen; denn jene beneidenswerte Festigkeit besitze ich nicht, die den Menschen in den Stand setzt, einem dienstbereiten Barbiergehilfen ruhig ins Angesicht zu sehen und ihm zu sagen, man wolle auf seinen Kollegen warten.

Etwa fünfzehn Minuten blieb ich draußen und kam dann wieder zurück, in der Hoffnung, es werde mir besser glükken. Natürlich waren jetzt alle Stühle besetzt und vier Männer warteten schweigend, ungesellig, zerstreut und mit gelangweilten Mienen, wie das immer der Fall ist, wenn Leute in einer Barbierstube darauf warten, daß die Reihe an sie kommt.

Ich ließ mich auf einem steinharten Sofa nieder und vertrieb mir eine Weile die Zeit damit, die eingerahmten Anzeigen verschiedener Quacksalber zu lesen, die ihre Haarfärbemittel anpriesen. Dann las ich die fettigen Namen auf den Brillantineflaschen, welche einzelnen Kunden gehörten, und las auch die Namen und Zahlen auf den Barbierbecken, die als Privateigentum in den offenen Fächern des Schrankes standen, studierte die beschmutzten und schadhaften billigen Drucke an den Wänden, welche Schlachten darstellten, ehemalige Präsidenten, wollüstig zurückgelehnte Sultaninnen und das langweilige, ewig wiederkehrende kleine Mädchen, das des Großvaters Brille aufsetzt. Auch verfluchte ich in meinem Herzen den lustigen Kanarienvogel und den unausstehlichen

Papagei, die selten in einer Barbierstube fehlen. Zuletzt suchte ich mir aus den vorjährigen illustrierten Zeitungen, welche auf dem schmutzigen Mitteltisch herumlagen, die am wenigsten zerlesene heraus und starrte die unerhört schlechten Abbildungen alter, vergessener Ereignisse an, die sie enthielt.

Endlich kam ich an die Reihe. Eine Stimme rief: »Der Nächste!« und ich geriet natürlich in die Hände von Nummer zwei. So geht es immer. Ich äußerte schüchtern, daß ich Eile hätte, was ihm einen so tiefen Eindruck machte, daß er tat, als hätte er es nicht gehört. Er schob mir nun den Kopf in die Höhe und legte mir eine Serviette unters Kinn. Er fuhr mir mit den Fingern in den Halskragen und stopfte ein Handtuch hinein. Er grub seine Klauen in mein Haar und sagte, es müsse geschnitten werden. Ich erwiderte, ich wolle es nicht schneiden lassen. Da wühlte er wieder darin und meinte, es sei für die jetzige Mode ziemlich lang, besonders hinten; es müsse durchaus unter die Schere. Ich sagte, es wäre erst vor einer Woche geschnitten worden. Darauf sann er einen Augenblick gedankenvoll nach und fragte dann mit verächtlicher Miene, wer es besorgt habe. »Sie!« antwortete ich schnell. Da war er in der Falle.

Nun begann er den Seifenschaum zu rühren und sich dabei im Spiegel zu besehen; von Zeit zu Zeit hielt er inne und trat näher herzu, um sein Kinn in Augenschein zu nehmen und einen kleinen Pickel zu besichtigen. Dann seifte er mir eine Seite des Gesichts gründlich ein und wollte eben die andere in Angriff nehmen, als zwei sich beißende Hunde seine Aufmerksamkeit fesselten. Er lief ans Fenster, blieb dort stehen bis der Kampf vorbei war und verlor beim Wetten über den Ausgang zwei Schillinge an die andern Barbiergehilfen, was mich mit Genugtuung erfüllte. Nun strich er mir die Seife vollends mit dem Pinsel auf und begann sie mit der Hand einzureiben.

Dann schärfte er sein Rasiermesser auf einem alten Hosenträger, wobei ihn ein lebhaftes Gespräch über den öffentlichen Maskenball sehr aufhielt, bei dem er am Abend zuvor in rotem Kattun und falschem Hermelin eine Art König dargestellt hatte. Daß seine Kameraden ihn mit einem Dämchen aufzogen, welches er durch seine Reize erobert haben sollte, schmeichelte ihm sehr, und er versuchte die Unterhaltung auf jede mögliche Weise fortzusetzen, indem er tat, als ärgere ihn die Neckerei. Dies trieb ihn auch zu einer abermaligen genauen Betrachtung seiner Person im Spiegel; er legte das Rasiermesser hin, bürstete sich das Haar mit großer Umständlichkeit, klebte sich eine kühne Locke im Bogen vorn auf die Stirn, machte sich hinten einen wundervollen Scheitel und strich sich beide Seitenflügel mit genauester Sorgfalt über die Ohren. Inzwischen trocknete mir der Seifenschaum im Gesicht und zehrte mir förmlich am Leben.

Nun begann er mich zu rasieren. Er drückte mir mit den Fingern im Gesicht herum, um die Haut zu dehnen, und warf meinen Kopf hin und her, wie es ihm bei dieser Arbeit gerade paßte. Solange er nur die weniger empfindlichen Stellen berührte, litt ich keine Schmerzen, als er aber an meinem Kinn herumzukratzen, zu scharren und zu schaben begann, bekam ich Augenwasser. Nun brauchte er meine Nase als Anfasser, um die Winkel meiner Oberlippe besser rasieren zu können. Indessen vergnügte ich mich damit, mir auszudenken, wo er mich heute wohl schneiden werde; ich hatte es jedoch noch zu keiner Entscheidung gebracht, als er mir zuvorkam und mir das Kinn aufritzte. Sogleich begann er sein Messer zu schärfen – das hätte er vorher tun sollen. Ich mag nicht zu dicht an der Haut rasiert sein, daher wollte ich ihn nicht zum zweitenmal an mich kommen lassen und versuchte ihn zu überreden, das Rasiermesser fortzulegen, aus Angst, er möchte an die Seite meines Kinns geraten, wo meine allerempfindlichste Stelle ist, die kein Messer zum zweitenmal berühren darf ohne Schaden anzurichten. Er sagte, er müsse nur noch einige Rauhheiten glätten, und schon fuhr er über den verbotenen Grund und Boden hin, und das gefürchtete Brennen und Prickeln meiner Haut begann sich, wie erwartet, bemerkbar zu machen. Nun tauchte er das Handtuch in Lorbeerbranntwein und klatschte mir damit ins Gesicht, bald hier, bald dort – ein widerliches Gefühl! Dann nahm er das trockene Ende des Handtuchs und schlug mir auch dieses ins Gesicht. Nun goß er mir Branntwein auf die wunde Stelle, verklebte sie mit Stärkemehl, feuchtete sie wieder mit Branntwein an und würde gewiß in alle Ewigkeit mit Kleben und Anfeuchten fortgefahren haben, wenn ich mich nicht dagegen aufgelehnt hätte.

Er puderte mir nun das ganze Gesicht, richtete mich in die Höhe, wühlte nachdenklich mit den Händen in meinem Haar und schlug vor, mir die Kopfhaut gründlich zu waschen, das sei notwendig, sehr notwendig! Ich entgegnete, daß ich mir erst gestern im Bade das Haar tüchtig gereinigt hätte. Da war er wieder in der Falle.

Hierauf empfahl er mir *Smith's Haarverschönerungstinktur* und bot mir eine Flasche zum Kauf an. Das schlug ich aus. Nun pries er mir *Jones' Wonne des Toilettentisches* und wollte mir von diesem neuen Wohlgeruch ein Fläschchen verkaufen. Aber ich ging nicht darauf ein. Er drang endlich in mich, ein gräßliches Mundwasser seiner eigenen Erfindung mitzunehmen.

Nachdem auch dieser letzte Versuch fehlgeschlagen war, ging er wieder an seine Arbeit, bestreute mich über und über mit Puder bis zu den Beinen, fettete mir die Haare ein, obwohl ich Einspruch dagegen erhob, zog und riß mir dabei eine Menge Haare mit der Wurzel aus, kämmte und bürstete dann den Rest, teilte mir hinten einen Scheitel ab und klebte mir die unvermeidliche bogenförmige Haarlocke auf die Stirn. Während er mir dann meine dünnen Augenbrauen auskämmte und mit Pomade beschmierte, erging er sich über die Leistungen seines schwarz und braun gefleckten Dachshundes, bis ich das Pfeifen des Mittagszuges hörte und wußte, daß ich fünf Minuten zu spät zum Bahnhof kommen würde. Nun nahm er mir das Handtuch ab, wischte mir damit noch einmal über das Gesicht, fuhr mir wieder mit dem Kamm durch die Augenbrauen und rief munter: »Der Nächste!«

Adams Tagebuch
Auszüge

Montag Dieses neue Geschöpf mit dem langen Haar ist mir überall im Weg. Es ist immer hinter mir her und streicht beständig um mich herum. Ich mag das nicht. Ich bin nicht an Gesellschaft gewöhnt. Ich wünschte, es bliebe bei den übrigen Tieren ... Es ist heute bewölkt und ich denke, wir werden Regen bekommen. Wir? Wer ist wir? Woher habe ich nur das Wort? Ich erinnere mich jetzt – das neue Geschöpf braucht es immer.

Dienstag Habe den großen Wasserfall untersucht, der ganz bestimmt zum Besten gehört, was das Grundstück zu bieten hat. Das neue Geschöpf nennt ihn den NIAGARA-FALL. Warum weiß ich wirklich nicht. Wenn es sagt, das Ding sehe aus wie ›Niagara‹, so hat das keinen Sinn. Es ist nur so ein Einfall, nur leeres Geschwätz. Ich selber komme gar nicht mehr dazu, irgend etwas zu benennen. Das neue Geschöpf tauft alles, was uns gerade in die Quere kommt, ehe ich auch nur den geringsten Einwand dagegen erheben kann. Und das immer unter dem gleichen Vorwand: daß es so ›aussehe‹.

Mittwoch Habe mir einen Unterschlupf gegen den Regen gebaut. Aber ich konnte da nicht allein und in Frieden leben. Sofort war das neue Geschöpf gleichfalls drinnen. Als ich es hinauszudrängen versuchte, vergoß es Wasser aus den beiden Löchern, mit welchen es sieht, wischte es mit dem Rücken seiner Pfoten fort und gab dabei Töne von sich, wie manche der andern Tiere, sobald ihnen etwas weh tut oder sie sich fürchten. Wenn es nur nicht sprechen wollte! Es schwatzt beständig. Das klingt fast wie Hohn und Spott, als wollte ich mich über das arme Geschöpf lustig machen. Doch diese Absicht liegt mir fern. Ich habe die menschliche Stimme nie zuvor gehört, und jeder neue und fremde Laut, welcher das feierliche Schweigen in dieser träumerischen Einsamkeit unterbricht, beleidigt mein Ohr, wie eine falsche Note. Und obendrein ist dieser neue Laut immer so nahe bei mir, dicht an meiner Schulter, dicht an meinem Ohr, erst auf dieser, dann auf der andern Seite. Ich war nur gewöhnt Laute zu hören, die mehr oder weniger entfernt von mir sind.

Freitag Das Benennen geht unaufhaltsam weiter, ich kann dagegen tun, was ich will. Ich hatte für das große Grundstück hier einen sehr guten Namen erfunden, der hübsch und zugleich musikalisch klang – GARTEN EDEN. Ich gebrauche den Namen jetzt noch, aber nicht öffentlich, nur verstohlen. Das neue Geschöpf behauptet, man sehe in der ganzen Landschaft nur Wald, Felsen und Wasser, der Anblick erinnere nicht im mindesten an einen Garten, sondern sehe aus wie ein Park und nichts anderes. So hat es ihm denn, ohne mich weiter zu fragen, den Namen NIAGARAFALL-PARK gegeben. Das finde ich wirklich etwas eigenmächtig. Und schon kann man auf der Wiese eine große Tafel mit der folgenden Warnung sehen: ›Es ist verboten, den Rasen zu betreten!‹ Mein Leben ist nicht mehr so glücklich wie früher.

Samstag Das neue Geschöpf ißt zuviel Früchte. Wir werden wahrscheinlich bald Mangel daran haben. Schon wieder ›wir‹ – das ist ja sein Wort, und vom ewigen Hören auch bereits meines.

Ziemlich neblig heute früh. Ich selbst gehe nicht in den

Nebel hinaus. Aber das neue Geschöpf tut es. Es geht in allen Wettern aus und kommt dann mit schmutzigen Füßen wieder hereingestampft. Dabei spricht es fortwährend. Früher war es hier so angenehm und ruhig.

Sonntag Glücklich überstanden! Dieser Tag wird immer ermüdender. Der Sonntag wurde im letzten November zum Ruhetag gewählt und abgesondert. Früher hatte ich in jeder Woche schon sechs Ruhetage. Und heute? Heute morgen fand ich das neue Geschöpf, wie es mit Erdklumpen nach dem verbotenen Baum warf, um die Äpfel herunterzuholen.

Montag Das neue Geschöpf sagt, sein Name sei Eva. Das ist ganz recht, und ich will nichts dagegen einwenden. Es sagt, der Name sei dazu da, damit ich es rufen könne, wenn ich es bei mir zu haben wünsche. Darauf erwiderte ich, daß dann der Name überflüssig sei. Dieser Ausspruch hob mich augenscheinlich in der Achtung des neuen Geschöpfs. Und wirklich, das Wort ›überflüssig‹ ist sehr gut und von allgemeiner Bedeutung, so daß es bei jeder Gelegenheit wiederholt zu werden verdient. Darauf sagte mir das Geschöpf, daß es gar kein ›Es‹, sondern eine ›Sie‹ sei. Das ist zum mindesten zweifelhaft, aber mir ist es einerlei. Sie mag sein was sie will, wenn sie nur ihrer Wege gehen und nicht beständig reden wollte!

Dienstag Sie sagt, dieser Park würde eine äußerst erquikkende und reinliche Sommerfrische abgeben, für den Fall, daß sich Gäste dafür finden ließen. ›Sommerfrische‹ – was heißt denn das schon wieder? Offenbar wieder so eine neue Erfindung ihres rastlosen Hirns und ihres noch ruheloseren Mundes, ein Wort ohne Sinn. Was ist eine Sommerfrische?

Aber es ist besser, ich frage sie gar nicht erst danach, sie hat ohnehin eine wahre Sucht, alles zu erklären.

Freitag Sie hat es für gut befunden, mich zu bitten, nicht mehr über den Wasserfall zu gehen, wie ich es gewohnt war. Wem geschieht denn damit etwas zuleide? Sie sagt, es mache sie schaudern. Ich möchte nur wissen, warum. Seit ich hier bin, habe ich es immer getan. Das Hineinspringen, das Untertauchen und die Aufregung dabei machen mir Vergnügen. Und dann die Erfrischung, wenn es so heiß ist! Ich habe immer gedacht, daß der Fall gerade dafür da wäre. Wenigstens hat er, soviel ich sehen kann, sonst keinen Zweck, und irgendeinen Zweck muß er doch haben. Und nun kommt sie und sagt, die ganze Geschichte sei nur um der malerischen Szenerie willen aufgestellt, wie das Rhinozeros und das Mastodon.

Bin darauf auf einem Faß den Fall hinuntergesegelt – auch das war nicht nach ihrem Geschmack. Dann in einem Waschzuber; sie gab sich immer noch nicht zufrieden. Da schwamm ich in einem nagelneuen Schwimmanzug aus Feigenblättern, der dabei fast in Fetzen ging, durch den Strudel unterhalb des Falles und durch die Stromschnellen oberhalb des Falles. Nun bekam ich endlose Vorwürfe wegen meiner Verschwendungssucht. Ich fühle mich hier von allen Seiten eingeengt. Ein Ortswechsel wird mir gut tun.

Samstag Am letzten Dienstagabend bin ich durchgebrannt und habe mir dann, nachdem ich zwei Tage lang gewandert war, einen neuen Unterschlupf gebaut, an einer ganz abgelegenen Stelle. Aber meine sorgfältigen Bemühungen, meine Spuren zu verwischen und zu verbergen, waren umsonst – sie hat mich trotzdem aufgespürt, mit Hilfe eines Tieres, welches sie gezähmt hat und ›Wolf‹ nennt. Sie stürzte plötzlich zu mir herein, machte wieder das klägliche Geräusch, das ich nicht hören mag, und ließ das Wasser aus den beiden Löchern, mit denen sie sieht, hervorschießen. Es blieb mir nichts anderes übrig, als mit ihr zurückzukehren. Aber ich werde sofort wieder ausreißen, wenn sich eine Gelegenheit bietet.

Sie beschäftigt sich mit lauter überflüssigen Dingen. Unter anderem versucht sie herauszubekommen, warum die Löwen und Tiger genannten Tiere auf diesem großen Grundstück von Gras und Blumen leben, während ihre Zähne doch so geformt seien, als ob sie sich gegenseitig auffressen sollten. Das ist einfach verrückt!

Sonntag Glücklich überstanden!

Montag Ich glaube, daß ich herausgefunden habe, wozu die Woche da ist: sie gibt einem Zeit, um sich von der Ermüdung des Sonntags zu erholen. Das ist gar keine schlechte Idee ...

Ich habe Eva schon wieder an dem verbotenen Baum erwischt. Sie war hinaufgeklettert, und ich warf mit Erdklumpen nach ihr, bis sie herunterkam. Sie sagte nur, es hätte es ja niemand gesehen. Ich glaube, das ist für sie eine genügende Rechtfertigung, um die gefährlichsten Dinge zu unternehmen. Ich sagte ihr dies auch ins Gesicht. Das Wort ›Rechtfertigung‹ erregte ihre Bewunderung und zugleich, wie mir schien, ihren Neid, der immer sehr leicht erregt wird. Es ist aber auch ein sehr gutes Wort.

Dienstag Das neueste, was sie mir erzählt hat, ist, daß sie aus einer aus meinem Körper stammenden Rippe gemacht sei. Das scheint mir eine gewagte Behauptung. Ich vermisse keine Rippe.

Besonderes Kopfzerbrechen bereitet ihr der junge Habicht, mit dem sie sich so viel abgibt. Sie sagt, daß er kein Gras vertrage, und fürchtet daher, ihn nicht aufziehen zu können, weil er, wie sie sich einbildet, verwestes Fleisch zur Nahrung haben müsse. Ein Habicht sollte sich, meiner Meinung nach, mit dem begnügen, was vorhanden ist. Man kann doch nicht nur diesem Vogel zuliebe die ganze Ordnung der Dinge umkehren.

Samstag Gestern ist sie in den Teich gefallen, als sie sich im Wasser betrachtete. Sie tut das immer, sobald sie an einen Teich kommt, nur ist sie bis jetzt noch nie hineingefallen. Sie hat so viel Wasser geschluckt, daß sie beinahe erstickte. Das sei ein höchst unbehagliches Gefühl, erklärte sie, als sie wieder draußen war. Sie bedauerte auch die armen Geschöpfe, welche im Wasser leben müssen. Sie nennt sie ›Fische‹. Sie hat nämlich immer noch nicht aufgehört, allen möglichen Dingen ganz unnütze Namen anzuhängen. Diese kommen gar nicht, wenn sie den Namen ruft, aber das macht ihr nicht das geringste; sie ist eine solche Törin! Die Folge war, daß sie gestern abend eine ganze Menge Fische einfing und diese, um sie aufzuwärmen, in mein Bett brachte. Aber ich habe die Tiere seitdem beobachtet und festgestellt, daß sie durchaus nicht glücklicher waren als vorher. Nur viel stiller sind sie den ganzen Tag gewesen. Und wenn es wieder dunkel wird, werde ich sie einfach vor die Türe werfen. Ich will nicht wieder mit ihnen schlafen, denn sie sind unangenehm schleimig und naßkalt, und das Liegen zwischen ihnen, namentlich wenn man nichts anhat, ist höchst unbehaglich.

Sonntag Glücklich überstanden!

Dienstag Jetzt hat sie sich mit einer Schlange eingelassen. Die andern Tiere sind darüber froh, weil sie beständig an ihnen herumhantierte und sie nicht in Ruhe ließ. Auch mir ist das recht, weil die Schlange gleichfalls spricht und ich mich etwas erholen kann.

Freitag Sie sagt mir, die Schlange habe ihr geraten, die Frucht von dem Baume zu kosten, und ihr versprochen, daß das Ergebnis eine große, schöne und edle Fortentwicklung sein werde. Ich sagte ihr, es würde aber noch etwas anderes daraus entstehen – der Tod würde in die Welt kommen. Doch das war ein großer Mißgriff von mir, und ich hätte besser getan, die Bemerkung für mich zu behalten. Es brachte sie nur auf den Gedanken, daß sie dann den kranken Habicht gesundmachen und den trübselig einherschleichenden Löwen und Tigern frisches Fleisch zur Nahrung verschaffen könnte. Ich riet ihr noch einmal dringend, von dem Baume fernzubleiben. Sie sagte, das wolle sie nicht. Ich sehe allerlei Unannehmlichkeiten voraus und denke wieder ans Auswandern.

Mittwoch Ich habe eine gute Zeit hinter mir. An jenem Abend bin ich durchgebrannt und die ganze Nacht hindurch geritten, so schnell mein Pferd ausholen konnte. Ich hoffte, aus dem Park herauszukommen und ein anderes Land zu erreichen, bevor die große Not hereinbrechen würde. Es sollte mir indessen nicht gelingen. Eine Stunde nach Sonnenaufgang hatte ich die Grenze noch immer nicht erreicht. Dafür befand ich mich auf einer grasbewachsenen, mit Blumen bedeckten Ebene, auf der Tausende von Tieren versammelt waren, teils schlafend, teils weidend, teils miteinander spielend, wie das bei den Tieren Brauch war. Aber plötzlich stießen sie allesamt ein entsetzliches Gebrüll und Geheul aus, und schon im nächsten Augenblick lief auf der ganzen Ebene alles wirr durcheinander. Wie rasend fielen die Tiere übereinander her und zerfleischten sich gegenseitig. Ich hätte so etwas nie für möglich gehalten, doch begriff ich sofort, was geschehen war – Eva hatte von der verbotenen Frucht gegessen, und im selben Augenblick war auch der Tod in die Welt gekommen!

Die Tiger stürzten sich auf mein Pferd und zerrissen es, ohne sich an meine Bitten oder Befehle zu halten. Ja, sie hätten auch mich gefressen, wenn ich nicht mit knapper Not entkommen wäre.

Außerhalb des Parks stieß ich auf diesen Platz, wo ich seitdem ein paar Tage ganz angenehm zugebracht habe, bis sie mich auch hier aufstöberte und plötzlich vor mir stand. Aber seltsamerweise gelang es mir gar nicht recht, mit ihr böse zu sein. Auch sie fand den Platz nicht übel und hatte natürlich sofort wieder einen Namen für ihn – weil er gerade so aussah. Schließlich war ich sogar ganz froh, daß sie mich gefunden hatte, da es hier weder Früchte noch Beeren gab wie drüben im Park, und sie ein paar von den Äpfeln des verbotenen Baumes mitgebracht hatte. Ich war so hungrig, daß ich mich genötigt sah, sie zu verspeisen. Eigentlich ging es gegen meine Grundsätze – aber ich habe damals entdeckt, daß der Mensch seinen Grundsätzen nur treu zu bleiben pflegt, wenn er genug zu essen hat.

Auch etwas Neues habe ich an ihr entdeckt. Sie kam in einer Art Umhüllung von Zweigen und Laubgewinden, und als ich sie fragte, was dieser neue Unsinn bedeuten solle, ihr das ganze grüne Zeug herunterriß und auf die Erde warf – da zitterte sie an allen Gliedern und wurde rot im Gesicht. Es war das erste Mal, daß ich jemanden zittern und rot werden sah, es kam mir nicht nur unschön, sondern geradezu blödsinnig vor. Auf meine Frage meinte sie nur, ich würde das gleich an mir selbst erfahren. Es stimmte. Trotz meines Hungers legte ich den Apfel halb angebissen beiseite – es war obendrein der feinste, den ich je gekostet habe, noch dazu bei so vorgeschrittener Jahreszeit – und begann, mich selber mit dem Grünzeug zu behängen, das ich ihr eben vom Leibe gerissen hatte. Dann sah ich sie an, wie sie so dastand, und befahl ihr mit Entrüstung, noch mehr Zweige und Blätter zu holen. Es sei ja geradezu skandalös! Sie gehorchte mir eifrig. Nun schlichen wir beide nach dem Platz zurück, wo sich vorhin die wilden Tiere bekämpft hatten, und sammelten einige von den Fellen. Ich befahl ihr, daraus einige Anzüge für uns zusammenzunähen, in denen wir uns öffentlich zeigen konnten. Sie sind hart und unbequem, aber jedenfalls nach der neuesten Mode, und das ist ja schließlich bei Kleidern die Hauptsache.

Ich finde neuerdings auch, daß sie eine ganz gute Gesellschafterin ist. Ohne sie würde ich jetzt recht einsam und traurig sein, nachdem ich meinen Grundbesitz verloren habe. Überdies hat sie mir eben gesagt, daß wir jetzt nach der neuen Ordnung der Dinge für unsern Lebensunterhalt arbeiten müssen. Da kann sie sich nützlich machen. Sie wird arbeiten, und ich werde sie beaufsichtigen.

Ein Jahr später Wir haben es Kain getauft. Sie hat es eingefangen, während ich weit draußen im Land war, um zu jagen und Fallen zu stellen. Sie fing es, wie sie mir bei meiner Rückkehr erzählte, im Gehölz, einige Meilen südlich von der Erdwohnung, die wir angelegt haben. Es sieht uns gewissermaßen ähnlich und ist vielleicht irgendwie mit uns verwandt. Wenigstens glaubt dies Eva, aber meiner Meinung nach ist das ein Irrtum. Allein der gewaltige Unterschied in der Größe rechtfertigt die Annahme, daß es nur eine andere, unbekannte Art Tier ist – vielleicht ein Fisch. Als ich es aber ins Wasser warf, um mir Gewißheit zu verschaffen, sank es sofort unter, worauf sie ihm nachsprang und es herauszog, ohne mir die nötige Zeit zu lassen, die Sache durch meinen Versuch zu entscheiden. Ich bin aber noch immer der Überzeugung, daß es ein Fisch ist, während es ihr so gleichgültig zu sein scheint, was es ist, daß sie es mir um keinen Preis zu einem neuen Versuch überlassen will. Das verstehe ich nicht. Neuerdings ist mir vieles an ihr unverständlich geworden. Seit sie das Geschöpf im Hause hat, scheint ihre Natur verändert. Auf Versuche läßt sie sich schon gar nicht mehr ein. Sie hat auch noch nie ein Tier derart in ihr Herz geschlossen wie dieses, doch vermag sie mir keinen Grund dafür anzugeben. Ich glaube wirklich, daß ihr der gesunde Menschenverstand abhanden gekommen ist. Bisweilen trägt sie den Fisch halbe Nächte lang auf ihren Armen umher, obschon er nur winselt und jammert, weil er ins Wasser möchte. Und wenn ich mich dann anerbiete, ihn zum nächsten Teich zu tragen und hineinzuwerfen, so sträubt sie sich mit Händen und Füßen dagegen, als ob ihr Leben auf dem Spiel stände. Bei solchen Gelegenheiten kommt ihr dann wieder das Wasser aus den Gucklöchern in ihrem Gesicht. Sie drückt den Fisch an ihre Brust, klopft ihm sachte auf den Rücken, macht mit ihrem Munde allerlei Töne, die ihn beruhigen sollen, und ist außer sich vor Sorge und Angst um das Geschöpf. Sie hat das nie mit einem andern Fisch getan. Ich zerbreche mir oft den Kopf darüber. Ehe wir von unserm Grundstück vertrieben wurden, hat sie wohl auch von Zeit zu Zeit junge Tiger herumgetragen und ihr Spiel mit ihnen getrieben, aber doch nicht immerfort und niemals bei Nacht. Auch hat sie es sich nie so zu Herzen genommen, wenn ihnen das Frühstück nicht gut bekam.

Sonntag Den Sonntag scheint sie dazu auserwählt zu haben, nicht zu arbeiten, sondern ganz erschöpft von der Arbeit der Woche dazuliegen und den Fisch auf sich herumkrabbeln zu lassen. Dabei entlockt sie ihrem Mund allerlei Töne und behauptet, das belustige ihn. Manchmal steckt sie auch seine kleinen Pfoten oder Vorderflossen in den Mund, worauf er zu lachen beginnt. Übrigens habe ich bisher noch nie beobachtet, daß ein Fisch lachen kann – und deshalb steigen mir doch gewisse Zweifel auf ...

Der Sonntag gefällt mir nun selber ganz gut, ermüdet es doch Körper und Geist zugleich, wenn man während der Woche fortwährend die Arbeit anderer überwachen muß. Es sollte eigentlich noch mehr Sonntage geben. In den früheren Zeiten, auf dem großen Grundstück, waren die Sonntage kaum zum Aushalten, jetzt beginnen sie mir ganz gelegen zu kommen.

Mittwoch Es ist kein Fisch. Das weiß ich jetzt – aber darum kann ich noch lange nicht begreifen, was es eigentlich ist. Wenn es etwas haben will und es nicht gleich bekommt, verführt es den tollsten und abscheulichsten Lärm. Wenn es aber hat, was es sich wünscht, oder sonst zufrieden ist, sagt es ›Gugu‹ oder etwas ähnliches. Es ist kein Mensch, denn es kann nicht gehen, es ist kein Vogel, sonst könnte es fliegen, es ist kein Frosch, denn es hüpft nicht, es ist auch keine Schlange, weil es nicht kriechen kann. Daß es kein Fisch ist, weiß ich ebenfalls ganz bestimmt, obgleich ich nicht dazukomme, es schwimmen zu lassen. Wenn Eva es nicht auf den Armen trägt, liegt es meist am Boden auf dem Rücken und streckt die Füße in die Luft. Das habe ich noch bei keinem Tier gesehen. Ich glaube, es muß ein Riesenkäfer sein. Wenn es stirbt, will ich es auseinandernehmen und sehen, wie es zusammengesetzt ist. Dieser Sache muß ich auf den Grund kommen.

Drei Monate später Das Problem wird immer rätselhafter. Es raubt mir fast den Schlaf. Das Geschöpf liegt nicht mehr am Boden, sondern kriecht nun auf seinen vier Füßen herum. Doch es unterscheidet sich wesentlich von den übrigen Vierfüßlern, denn seine Vorderbeine sind ungewöhnlich kurz. So ragt denn der Hauptteil seiner Person ganz unproportioniert in die Höhe, was sehr häßlich aussieht. Im übrigen ist es ganz so gebaut wie wir, doch beweist schon die Art seiner Fortbewegung, daß es nicht zu unserer Gattung gehört. Die Kürze der Vorder- und die Länge der Hinterbeine deuten darauf hin, daß es aus der Känguruhfamilie stammt. Doch unterscheidet es sich auch hier wieder von dem wirklichen Känguruh; denn es kann nicht hüpfen wie dieses. Es muß eine seltsame und interessante Abart sein, die bisher noch nicht katalogisiert worden ist. Da ich dieselbe entdeckt habe, halte ich mich auch für berechtigt, mir den Ruhm dieser Entdekkung für alle Zeiten dadurch zu sichern, daß ich dem neuen Geschöpf meinen Namen beilege. Ich habe es ›Kaengurum Adamiensis‹ getauft.

Es muß ein ganz junges Exemplar gewesen sein, als Eva es in dem Gehölz fing, denn es ist seitdem beständig gewachsen. Jetzt ist es wohl fünfmal so groß wie damals, und wenn es etwas haben will und es nicht gleich bekommt, macht es dreißigmal mehr Lärm als früher. Mit Zwang und Gewalt kann man ihm nicht beikommen, im Gegenteil, das macht die Sache nur noch schlimmer. Deshalb habe ich das Zwangssystem wieder aufgegeben, zumal ich damit Eva gegenüber einen besonders schwierigen Stand hatte. Sie besänftigt es, indem sie ihm zuredet und es liebkost und ihm alles gibt, was sie ihm kurz vorher noch abgeschlagen hat.

Wie ich schon erwähnt habe, war ich nicht zu Hause, als sie es brachte. Sie sagte mir, sie habe es im Walde gefunden. Es ist mir unbegreiflich, daß es das einzige seiner Art sein soll, aber ich habe mich während der ganzen Zeit müde und lahm gesucht, um ein zweites Exemplar zu finden, teils um es unserer Sammlung einzuverleiben, teils als Spielgefährten für unseres. Es würde dann gewiß ruhiger sein und sich leichter zähmen lassen. Aber ich kann keines finden. Merkwürdig! Es kann doch nur auf dem Erdboden leben, und wenn es sich fortbewegt, müßte es doch eine Fährte hinterlassen. Ich habe wohl ein Dutzend Fallen und Schlingen gelegt, doch ohne jeden Erfolg. Die kleinen Tiere kann ich alle fangen, nur dieses eine nicht. Die andern Tiere gehen meist aus Neugierde in die Falle, nur um zu sehen, wozu die Milch eigentlich dort aufgestellt ist, glaube ich. Die Milch trinken sie nie, sie werfen sie höchstens um.

Drei Monate später Unser adamitisches Känguruh wächst noch immer, was höchst seltsam und beunruhigend ist. Ich habe noch kein Känguruh gesehen, das so lange braucht, um seine volle Größe zu erreichen. Auf dem Kopf hat es jetzt einen Pelz. Keinen Känguruhpelz, sondern eher etwas wie unser eigenes Haar, nur daß es sich feiner und weicher anfühlt und statt schwarz rot ist. Wenn das noch lange dauert, verliere ich nächstens den Verstand über die tollen und unberechenbaren Sprünge in der Entwicklung dieses unklassifizierten zoologischen Naturspiels. Könnte ich nur ein zweites fangen – doch das ist eine vergebliche Hoffnung. Es handelt sich um eine neue Art, und von dieser existiert nur dieses eine Exemplar, soviel steht jetzt fest. Seit vorgestern ist mir auch noch der letzte Zweifel geschwunden. Ich hatte ein wirkliches Känguruh gefangen und mit nach Hause gebracht, in der Hoffnung, daß das unsrige in seiner Einsamkeit froh sein würde, wenigstens in einem ihm etwas verwandten Tier Gesellschaft zu finden. Unter uns Fremden, die nichts von seiner Art und Weise, seinen Wünschen und Begierden verstehen, mußte es doch darin, wie ich glaubte, einen kleinen Trost finden. Doch das war ein Mißgriff! Beim Anblick des eingefangenen Känguruhs geriet es in solche Angstkrämpfe, daß ich sofort wußte, es habe noch kein derartiges Geschöpf gesehen. Mir tut das kleine Tier leid. Es schreit bei der geringsten Gelegenheit und ich kann nichts tun, um es glücklich zu machen oder dafür zu sorgen, daß es sich bei uns wie unter seinesgleichen fühlt. Trotzdem möchte ich es nicht mehr missen. Wenn ich es nur zähmen könnte, aber auch das will nicht gelingen. Je mehr ich es versuche, desto schlimmer wird es. Es tut mir weh, das kleine Ding bei seinen Anfällen von Kummer und stürmischer Leidenschaft zu sehen. Eigentlich möchte ich, wir wären es wieder los; doch wage ich diesen Wunsch gar nicht auszusprechen. Erstens ist es mir doch nicht ganz ernst damit und zweitens würde Eva von einem solchen Vorschlag kein Wort hören wollen. Das scheint sehr grausam und selbstsüchtig von ihr – aber vielleicht hat sie doch recht. Es wäre dann möglicherweise noch einsamer als vorher. Wenn es mir schon nicht gelungen ist, ein zweites Exemplar seiner Gattung zu finden, so würde auch es vergeblich danach suchen.

Fünf Monate später Es ist kein Känguruh! Nein! Seit einigen Tagen kann es selbst auf den Hinterbeinen stehen, wenn es sich gleichzeitig mit einer seiner Vorderpfoten an Evas Finger klammert. Über ein paar Schritte kommt es dabei freilich noch nicht hinaus, sondern jedesmal fällt es bald wieder auf alle Viere zurück. Aber das genügt, um uns die Gewißheit zu verschaffen, daß es kein Känguruh ist. Wahrscheinlich ist es eine Art Bär. Nur hat es keinen Schwanz und – wenigstens bis jetzt – kein haariges Fell, außer auf dem Kopf. Übrigens sind Bären gefährlich, ich weiß das seit jener Vernichtungsschlacht der wilden Tiere. Darum werde ich unserem Tierchen nicht mehr lange erlauben, sich ohne Maulkorb herumzutreiben.

Neulich habe ich Eva wieder ein richtiges, ausgewachsenes

Känguruh versprochen, damit sie dann dieses laufen lassen könne. Aber alles, was ich damit erreichte, war, daß aus den Gucklöchern in ihrem Gesicht Feuer sprühte, und sie seitdem den kleinen Bären noch weniger denn je von der Hand läßt. Ich fürchte, sie wird uns durch ihre Torheit in neue Gefahren stürzen. Seit sie den Verstand verloren hat, ist sie wie umgewandelt.

Vierzehn Tage später Ich habe seinen Mund untersucht. Noch ist es unschädlich, denn es hat erst einen Zahn. Auch einen Schwanz hat es noch immer nicht. Dafür macht es mehr Lärm als je zuvor, vor allem in der Nacht. In den letzten beiden Nächten war es so schlimm, daß ich ausgezogen bin. Doch morgen will ich zum Frühstück wieder hinübergehen, um nachzusehen, ob es noch mehr Zähne bekommen hat. Sobald es den ganzen Mund voller Zähne hat, ist es höchste Zeit, daß wir es fortschicken, Schwanz hin oder her. Ein Bär braucht schließlich keinen Schwanz, um gefährlich zu sein.

Vier Monate später Ich bin fast einen Monat lang wieder auf einem Jagd- und Fischausflug gewesen. In der Zwischenzeit hat der Bär gelernt, sich ohne Hilfe auf den Hinterbeinen fortzubewegen und etwas, das wie ›Poppa‹ und ›Momma‹ klingt, zu sagen. Es ist sicherlich eine ganz neue Art. Diese Töne, die sich ganz wie Worte anhören, mögen etwas rein Zufälliges sein und an sich gar nichts zu bedeuten haben. Aber selbst dann ist die Sache noch immer merkwürdig genug, und jedenfalls etwas, was kein anderer Bär kann. Diese Ähnlichkeit mit menschlicher Rede, dazu das Fehlen des Pelzes und der absolute Mangel eines Schwanzes, beweisen zur Genüge, daß es nicht nur eine besondere, sondern eine ganz neue Art Bär ist. Nun beabsichtige ich, seinetwegen auf eine neue Forschungsexpedition auszugehen und die großen Wälder weiter im Norden nach einem zweiten Exemplar zu durchsuchen.

Drei Monate später Es war ein langer, langweiliger Jagdausflug, von dem ich eben zurückgekehrt bin. Ich hatte gar keinen Erfolg. Was aber hat Eva in der Zwischenzeit fertiggebracht? Ohne sich vom Platze zu rühren und sich im mindesten anzustrengen, hat sie unterdessen auf dem neuen Grundstück ein zweites Exemplar eingefangen! Hat man je von solchem Glück gehört?

Am nächsten Tag Ich habe das neue Geschöpf mit dem alten verglichen. Es besteht kein Zweifel, daß sie derselben Gattung angehören. Ich hätte gerne eines von beiden für meine Sammlung ausgestopft. Aber Eva ist gegen das Ausstopfen im allgemeinen, und in diesem Falle wollte sie erst recht nichts davon wissen. Deshalb mußte ich diese Absicht wieder aufgeben, obwohl ich finde, daß ich unter allen Umständen darauf hätte bestehen sollen. Man stelle sich den Verlust für die Wissenschaft vor, wenn sie plötzlich abhanden kämen und nichts von ihnen zurückbliebe!

Das ältere von beiden ist jetzt das zahmere. Es kann lachen und plappern wie ein Papagei, von denen es das sicher gelernt hat, denn die Nachahmungsgabe ist bei ihm sehr stark ausgeprägt. Wer weiß, vielleicht wird es zuletzt selbst eine Art Papagei. Ich würde mich nicht darüber wundern, wenn ich bedenke, was es schon alles gewesen ist seit jenen ersten Tagen, als ich es für einen Fisch hielt. Das neue ist ebenso häßlich wie seinerzeit das andere. Es hat eine gelblich-rote Fleischfarbe und auf dem Kopf nur hie und da einen leichten Ansatz von Pelz. Sie hat ihm auch schon einen Namen gegeben. Abel nennt sie es.

Zehn Jahre später Es sind Buben! Wir wissen das nun schon seit längerer Zeit. Was uns irregeführt hat, war ihre anfängliche Winzigkeit und Gestaltlosigkeit. Wir hatten das noch nie erlebt, daher unsere lange Ungewißheit. Jetzt haben wir uns daran gewöhnt. Ein paar Mädchen sind auch schon angekommen.

Abel ist ein guter Junger. Für Kain wäre es besser gewesen, wenn er ein Bär geblieben wäre.

Was mich betrifft, so sehe ich nach all diesen Jahren ein, daß ich Eva anfangs unrecht getan habe. Es ist besser außerhalb des Gartens mit ihr zu leben, als im Garten ohne sie. Ich fand zuerst, sie rede zuviel. Doch jetzt würde es mich betrüben, wenn diese Stimme verstummen und ich sie mein Lebtag nicht mehr hören sollte. Gesegnet sei der Apfelbiß, der uns zusammenführte und mich die Güte ihres Herzens erkennen ließ.

Meine Uhr

Eine lehrreiche kleine Geschichte

Meine schöne neue Uhr ging nun schon anderthalb Jahre weder vor noch nach, sie war kein einziges Mal stehengeblieben und an dem Werk war nie etwas zerbrochen. Es kam soweit, daß mir ihr Urteil über die Tageszeit für unfehlbar, ihre Konstitution und ihre Anatomie für unverderblich galt. Schließlich aber vergaß ich sie eines Abends aufzuziehen, und über Nacht lief sie ab. Ich trauerte darüber, als sei dies Versehen ein Vorbote von kommendem Unheil und Mißgeschick. Erst allmählich wurde meine Stimmung heiterer, ich zog die Uhr wieder auf, stellte sie nach Gutdünken und schlug mir alle abergläubischen Gedanken und trüben Ahnungen aus dem Sinn.

Am nächsten Morgen trat ich in den Laden des ersten Uhrmachers der Stadt, um meine Uhr genau stellen zu lassen. Der Herr nahm sie mir aus der Hand, um dieses Geschäft für mich zu besorgen.

»Sie geht vier Minuten nach«, sagte er dabei, »der Regulator muß vorgeschoben werden.«

Ich versuchte ihn daran zu hindern, ich suchte ihm begreiflich zu machen, daß der Gang der Uhr unübertrefflich sei. Vergebens – der Kohlkopf in Menschengestalt sah nur das eine: die Uhr ging vier Minuten nach und der Regulator mußte vorgestellt werden. Ich flehte, er solle die Uhr in Ruhe lassen, ich sprang angstvoll um ihn herum, doch alles umsonst. Mit kaltblütiger Grausamkeit vollbrachte er die schändliche Tat.

Von nun an begann meine Uhr schneller und schneller zu laufen, von Tag zu Tag mehr. Innerhalb einer Woche geriet sie in wahres Fieber, ihr Puls stieg bis auf hundertfünfzig Grad im Schatten. Nach knapp zwei Monaten hatte sie alle Uhren der Stadt weit hinter sich gelassen und war dem Kalender vierzehneinhalb Tage voraus. Noch hing das bunte Oktoberlaub an den Bäumen und sie tummelte sich schon im Novemberschnee. Die Zahltermine für die Hausmiete, für alle fälligen Rechnungen und sonstigen Schulden kamen in so wahnsinniger Hast näher, daß ich mir kaum mehr zu helfen wußte.

So brachte ich sie denn zum Uhrmacher, um sie regulieren zu lassen. Dieser fragte mich, ob sie schon jemals repariert worden sei. Als ich das mit der Bemerkung verneinte, dies sei noch nie nötig gewesen, glitt ein boshaftes Lächeln über seine Züge. Gierig öffnete er die Uhr, guckte hinein, klemmte sich ein Ding ins Auge, das aussah wie ein kleiner Würfelbecher, und betrachtete das Räderwerk genau.

»Sie muß gereinigt und geölt werden«, sagte er, »und außerdem reguliert; kommen Sie in einer Woche wieder.«

Gereinigt, geölt und reguliert war meine Uhr; aber nun ging sie schrecklich langsam, ihr Ticken klang wie Grabgeläute. Jetzt begannen mir die Eisenbahnzüge vor der Nase wegzufahren, ich kam zu allen Verabredungen zu spät, ja, ich versäumte mein Mittagessen. Allmählich machte meine Uhr aus drei Tagen vier; zuerst wurde es bei mir gestern, dann vorgestern, dann letzte Woche, und schließlich gewann ich die Vorstellung, ich treibe mich einsam und verlassen in der vorletzten Woche herum und die Welt entschwinde meinem Gesichtskreis. Es schien mir, als entwickelte sich in mir so etwas wie ein heimliches Kameradschaftsgefühl für die Mumie im Museum, sowie die Sehnsucht, mit ihr in Gedankenaustausch zu treten.

Ich begab mich zu einem andern Uhrmacher. In meiner Gegenwart nahm er die ganze Uhr auseinander und sagte, der Zylinder sei ›gequollen‹; in drei Tagen könne er ihn aber wieder auf das richtige Maß bringen.

Hierauf hielt die Uhr eine gute ›Durchschnittszeit‹, sonst nichts. Den halben Tag raste sie wie der Teufel unter fortwährendem Schnarren, Quieken, Schnauben und Schnaufen, so daß ich vor Lärm meine eigenen Gedanken nicht hören konnte. Keine Uhr im ganzen Lande hätte sie in ihrem tollen Lauf einzuholen vermocht. Den Rest des Tages blieb sie allmählich immer mehr zurück und trödelte derart, daß sie ihren ganzen Vorsprung einbüßte und von sämtlichen Uhren wieder eingeholt wurde. Einmal in vierundzwanzig Stunden aber war sie auf dem richtigen Fleck und gab die Zeit genau an. Dies hielt sie pünktlich ein und niemand hätte daher behaupten können, sie erfülle ihre Pflicht und Schuldigkeit nicht.

An die Tugend einer Uhr stellt man jedoch höhere Ansprüche, als daß sie nur von Zeit zu Zeit richtig geht. Ich trug sie daher abermals zu einem andern Uhrmacher. Er sagte, die Hauptwelle sei zerbrochen, und ich sprach ihm meine Freude darüber aus, daß der Schaden nicht größer sei. Ehrlich gesagt, ich hatte noch nie etwas von einer Hauptwelle gehört, aber ich wollte mich doch einem Fremden gegenüber nicht unwissend zeigen. Die Welle wurde ersetzt; was die Uhr jedoch damit gewann, verlor sie anderswo. Die Uhr ging jetzt eine Weile und dann blieb sie wieder eine Weile stehen, ganz nach ihrem Belieben. Und jedesmal, wenn sie wieder losging, gab es einen Rückstoß wie bei einer alten Muskete. Ein paar Tage lang wattierte ich meine Brusttasche; schließlich brachte ich sie zu einem neuen Uhrmacher.

Der zerlegte sie in einzelne Stücke, drehte die Trümmer vor seinem Vergrößerungsglas hin und her und meinte, es müsse an der ›Hemmung‹ etwas nicht in Ordnung sein. Das besserte er aus und setzte die Uhr wieder zusammen. Nun ging sie gut – nur alle zehn Minuten klappten die Zeiger zusammen wie eine Schere und legten den Rest der Runde gemeinsam zurück.

Der weiseste Mann auf Erden konnte aus solch einer Uhr nicht klug werden, und nicht herausbekommen, welche Tageszeit es sei. Ich ging also zum fünften Uhrmacher, um das Ding reparieren zu lassen. Dieser Mann meinte, der Kristall sei verbogen und die Spiralfeder krumm, auch müsse ein Teil des Werkes neu gefüttert werden. All diese Schäden beseitigte er, und meine Uhr ließ nun nichts mehr zu wünschen übrig, nur dann und wann, nach etwa acht Stunden regelmäßiger Tätigkeit, geriet in ihrem Innern alles in Bewegung; sie begann zu summen wie eine Biene, und die Zeiger rasten so rasch ums Zifferblatt, daß man sie nicht mehr unterscheiden konnte, und sie nur noch ein zartes Spinngewebe darstellten. In sechs oder sieben Minuten hatte sie die nächsten vierundzwanzig Stunden durchwirbelt, dann blieb sie mit einem Knall ganz stehen.

Schweren Herzens ging ich zu einem weitern Uhrmacher und sah zu, wie er das Werk auseinandernahm. Dabei ermannte ich mich, ihn in ein strenges Verhör zu nehmen, denn die Sache ging mir jetzt über den Spaß. Ursprünglich hatte die Uhr zweihundert Dollar gekostet, und ich hatte jetzt bereits etwa zwei- bis dreitausend für Reparaturen ausgegeben. Während ich dem Manne zusah, kam er mir plötzlich bekannt vor. Nein, ich irrte mich nicht – der Uhrmacher war ein früherer Dampfbootmaschinist, und nicht einmal ein guter. Er betrachtete die Teile sorgfältig, genau wie die andern Uhrmacher auch, und fällte dann seinen Urteilsspruch mit derselben Überzeugung.

Er sagte: »Sie entwickelt zuviel Dampf – wir müssen den Schraubenschlüssel an das Sicherheitsventil hängen!«

Ich schlug ihm auf der Stelle den Schädel ein und ließ ihn auf meine Kosten begraben.

Mein Onkel William – Gott hab ihn selig! – pflegte zu sagen, ein gutes Pferd sei ein gutes Pferd, bis es einmal durchgegangen wäre, und eine gute Uhr eine gute Uhr, bis sie den Reparierern in die Hände fiele. Er zerbrach sich oftmals den Kopf, was denn eigentlich aus allen erfolglosen Kesselflickern, Büchsenmachern, Schustern, Hufschmieden und Maschinisten schließlich würde – aber niemand konnte ihm je Auskunft geben.

Die romantische Geschichte der Eskimomaid

»Ja, ich will Ihnen aus meinem Leben alles erzählen, was Sie gerne wissen möchten, Mr. Twain«, sagte sie mit ihrer sanften Stimme, und dabei schaute sie mir mit ihren treuherzigen Augen mild ins Angesicht, »denn es ist lieb und gut von Ihnen, daß Sie mich gern haben und Ihnen daran liegt, meine Geschichte zu erfahren.«

In Gedanken versunken hatte sie mit einem winzigen beinernen Messerchen Walfischfett von ihren Wangen geschabt und es auf ihren Pelzärmel übertragen, ganz vertieft in den Anblick des Nordlichtes, das seine flammenden Strahlen aus dem Himmel schoß und die einsame Schnee-Ebene und die Tempel der Eisberge in den reinen Farben des Regenbogens erstrahlen ließ, wahrlich, ein Schauspiel von beinahe unerträglicher Größe und Schönheit. Doch nun schüttelte sie die träumerische Stimmung von sich ab und schickte sich an, mir die anspruchslose kleine Geschichte zu erzählen, um die ich sie gebeten hatte. Sie machte es sich auf dem Eisblock, den wir als Sofa benutzten, bequem, und ich setzte mich zurecht, um ihr zu lauschen.

Sie war ein schönes Geschöpf. Ich spreche vom Eskimostandpunkt aus. Andere hätten sie für eine Kleinigkeit zu massig halten mögen. Sie war gerade zwanzig Jahre alt geworden, und man hielt sie für das bezauberndste Geschöpf ihres Stammes. Sogar hier in der freien Luft, in ihrem schwerfälligen und formlosen Pelzüberwurf, den Pelzhosen und Pelzstiefeln und unter der mächtigen Kapuze, war ihre Schönheit, wenigstens die ihres Gesichtes, augenfällig. Die Anmut ihrer Gestalt mußte man auf Treu und Glauben annehmen. Unter allen Gästen, die da kamen und gingen, hatte ich an ihres Vaters gastlichem Tisch kein Mädchen gesehen, das ihr ebenbürtig gewesen wäre. Und dabei war sie noch unverdorben. Sie war süß und natürlich und aufrichtig, und selbst wenn sie gewußt hätte, daß sie eine Schönheit war, so ließ in ihrem Benehmen nichts darauf schließen, daß sie davon Kenntnis besaß.

Seit einer Woche nun war sie meine tägliche Gefährtin, und je besser ich sie kennenlernte, desto mehr wuchs sie mir ans Herz. Sie war liebevoll und sorgfältig aufgezogen worden, in einer für Polarregionen außerordentlich verfeinerten Atmosphäre, denn ihr Vater war der einflußreichste Mann seines Stammes und er besaß ein Höchstmaß an Eskimokultur. Ich machte mit Lasca – so hieß sie – im Hundeschlitten lange Lustfahrten über die mächtigen Eisfelder und fand ihre Gesellschaft stets liebenswürdig und ihre Unterhaltung angenehm. Ich ging mit ihr fischen, aber beileibe nicht in ihrem unheilversprechenden Boot, sondern ich folgte ihr lediglich dem Eise entlang und sah zu, wie sie das Wild mit ihrem unfehlbar tödlichen Speer erlegte. Wir gingen auch miteinander segeln, und mehrere Male stand ich dabei, während sie und ihre Familie von einem gestrandeten Wal den Speck abschaufelten. Und einmal ging ich ein Stückweit auf die Bärenjagd mit, aber ich kehrte auf halbem Wege wieder um, weil ich im Grunde meiner Seele vor Bären Angst habe.

Nun, sie war also bereit, mit ihrer Geschichte zu beginnen, und so lasse ich folgen, was sie sagte:

»Es hatte unserem Stamm immer im Blute gelegen, wie die andern Stämme über die gefrorene See von Ort zu Ort zu wandern. Doch wurde mein Vater vor zwei Jahren des Treibens müde und baute diesen Herrschaftssitz aus hartgefrorenen Schneeblöcken – schauen Sie ihn an! Er ist fast sieben Fuß hoch und drei- oder viermal so lang wie irgendein anderes Haus. Hier wohnen wir also seither. Er war sehr stolz auf sein Haus, und zwar mit Recht, denn wenn Sie es aufmerksam betrachtet haben, so muß Ihnen aufgefallen sein, um wieviel feiner und vollständiger es ist, als Wohnungen gewöhnlich sind. Wenn Sie es nicht bemerkt haben sollten, müssen Sie unbedingt noch darauf achten, denn Sie werden darin luxuriöse Ausstattungen finden, die erheblich über das Maß des Gewöhnlichen hinausgehen. Zum Beispiel befindet sich in jenem Teil, den Sie den ›Empfangsraum‹ genannt haben, eine erhöhte Plattform, welche der Bequemlichkeit der Gäste und meiner Familie beim Essen dient; wohl die größte, die Sie je in einem Hause gesehen haben, nicht wahr?«

»Ja, Sie haben vollkommen recht, Lasca, es ist die größte. Wir haben ihr nicht einmal in den ersten Häusern der Vereinigten Staaten etwas Ähnliches an die Seite zu stellen.« Diese Anerkennung machte ihre Augen vor Stolz und Wonne funkeln. Ich bemerkte es wohl und schrieb es mir hinter die Ohren.

»Ich dachte es mir doch, daß die Plattform Sie überrascht hatte«, sagte sie. »Und noch etwas: sie ist viel tiefer mit Fellen belegt, als es der Brauch ist; mit allen Arten von Pelzen – Seehund, Seeotter, Silberfuchs, Bär, Marder, Zobel, und allen möglichen Arten bis zum Überfluß. Dasselbe gilt auch von den Eisblockschlafbänken, die sich den Wänden entlangziehen und welche Sie ›Betten‹ nennen. Sind Plattformen und Bänke bei Ihnen zu Hause besser ausstaffiert?«

»Das sind sie in der Tat nicht, Lasca, sie sind es nicht im entferntesten.« Das gefiel ihr wieder. Sie dachte eben nur an die Zahl, nicht aber an den Wert der Pelze, die aufzustapeln ihr ästhetischer Vater sich die Mühe nahm. Ich hätte ihr ja erzählen können, daß diese Massen reicher Pelze ein Vermögen darstellten, in meiner Heimat wenigstens, aber sie hätte das doch nicht verstanden. Das alles waren keine Dinge, die bei ihrem Volke als Reichtümer zählten. Ich hätte ihr erzählen können, daß die Kleider, die sie trug, ja sogar die Werktagskleider der allergewöhnlichsten Personen um sie her, zwölf- oder fünfzehnhundert Dollar wert seien und daß ich in meiner Heimat niemanden kenne, der auf dem Fischfang Zwölfhundertdollar-Toiletten trüge. Aber das hätte sie dann auch wieder nicht verstanden, und so schwieg ich.

»Und dann die Spüleimer! Wir haben zwei allein im Empfangssalon, und dazu noch zwei andere im Haus. Es dürfte doch ein seltener Fall sein, daß jemand deren zwei im Empfangsraum hat. Haben Sie zu Hause ebenfalls zwei darin?«

Die bloße Vorstellung dieser Spüleimer verschlug mir den Atem. Bevor sie etwas merkte, konnte ich mich aber wieder fassen, und sagte überschwenglich:

»Nun, Lasca, es ist schändlich von mir, meine Heimat bloßzustellen, und Sie müssen es für sich behalten, denn ich spreche im Vertrauen zu Ihnen; doch ich gebe Ihnen mein Ehrenwort, daß nicht einmal der reichste Mann in der Stadt New York zwei Spüleimer in seinem Salon hat.«

Sie schlug in unschuldigem Entzücken ihre pelzbekleideten Hände zusammen und rief: »Oh, aber das kann doch nicht Ihr Ernst sein, das kann einfach Ihr Ernst nicht sein!«

»Doch, es ist mein heiliger Ernst, meine Liebe. Nehmen wir einmal Vanderbilt. Vanderbilt ist einer der reichsten Männer auf der ganzen Welt. Nun, wenn ich auf dem Totenbett läge, so könnte ich Ihnen getrost sagen, daß nicht mal er zwei im Salon hat. Ja, er hat nicht einmal einen – so wahr ich lebe!«

Ihre lieblichen Augen waren vor Erstaunen weit aufgerissen, und sie sagte langsam, mit einer gewissen Ehrfurcht in der Stimme:

»Wie seltsam, wie unglaublich! Man kann sich das gar nicht recht vorstellen. Ist er denn geizig?«

»Nein – es geht nicht darum. Es sind nicht die Kosten, die er scheut, aber – hm – nun, wissen Sie, es würde protzig aussehen. Ja, das ist es, das ist der eigentliche Grund; er ist auf seine Art ein einfacher Mann und schreckt vor pompöser Aufmachung zurück.«

»Nun, diese Demut ist ja recht und gut«, sagte Lasca, »wenn man sie nicht auf die Spitze treibt; aber wie sieht denn dieser Ort um Gotteswillen aus?«

»Na, natürlich ziemlich kahl und unfertig, aber –«

»Das will ich meinen! So etwas habe ich noch nie gehört. Ist es ein schönes Haus – ich meine, abgesehen davon?«

»Recht schön, ja. Man findet es sehr gut.«

Das Mädchen schwieg eine Weile, saß da und knabberte träumerisch an einem Kerzenende und versuchte offensichtlich aus dem Gehörten klug zu werden. Zuletzt schüttelte sie leicht den Kopf und erklärte frisch von der Leber weg:

»Nun, nach meiner Meinung gibt es eine Sorte von Demut, die eine Art Prahlerei in sich birgt, wenn man ihr auf den Grund geht. Wenn ein Mann, der sich in seinem Empfangsraum zwei Spüleimer leisten könnte, darauf verzichtet, so mag es ja sein, daß er wahrhaftig demütig ist; aber hundertmal wahrscheinlicher ist es, daß er gerade dadurch die Augen der Öffentlichkeit auf sich lenken will. Nach meiner Ansicht weiß Ihr Herr Vanderbilt genau, was er damit bezweckt.«

Ich versuchte diesen Urteilsspruch zu mildern, da ich glaubte, daß das Kriterium zweier Spüleimer nicht der richtige Maßstab sei, um ihn an jedermann anzulegen, obwohl er in gewissen Gegenden seine volle Berechtigung haben mochte. Aber das Mädchen hatte seinen eigenen Kopf und ließ sich nicht überzeugen. Plötzlich fragte sie:

»Sind die Schlafbänke der reichen Leute bei Ihnen auch so gut wie die unsrigen und aus so hübschen breiten Eisblöcken gemacht?«

»Na, sie sind ziemlich gut, doch, doch, aber aus Eisblökken sind sie nicht gemacht.«

»Warum denn nicht? Warum in aller Welt sind sie nicht aus Eisblöcken gemacht?«

Ich erklärte ihr die diesbezüglichen Schwierigkeiten und die hohen Kosten des Eises in einem Lande, wo man einem Eismann auf die Finger schauen muß, damit die Eisrechnung nicht schwerer wird als das Eis selbst. Da rief sie:

»Du liebe Zeit! Sie kaufen Ihr Eis?«

»Ganz bestimmt tun wir das, meine Liebe.«

Sie brach in ein unschuldiges Lachen aus und sagte: »Oh, so etwas Törichtes habe ich meiner Lebtag noch nie gehört! Himmel! Es ist ja so massenhaft vorhanden, daß es gar keinen Wert besitzt. Meilenweit liegt es ja um uns her. Ich würde für das ganze Zeug keine Fischblase geben.«

»Nun, Sie können eben den Wert gar nicht einschätzen, Sie Unschuld vom Lande! Wenn Sie dieses Eis im Hochsommer in New York hätten, könnten Sie damit alle Walfische auf dem Markt kaufen.«

Sie schaute mich zweifelnd an und fragte:

»Sagen Sie die Wahrheit?«

»Unbedingt! Ich schwöre es.«

Das machte sie nachdenklich. Plötzlich sagte sie mit einem kleinen Seufzer: »Ich wollte, ich könnte dort wohnen.«

Ich wollte ihr nur Wertbegriffe angeben, die sie verstehen konnte, aber sie hatte meine Absicht mißverstanden. Ich hatte bei ihr damit lediglich den Eindruck erweckt, daß in New York die Walfische billig am Haufen lägen, und ihr so den Mund wässrig gemacht. Es schien mir am besten, den begangenen Fehler zu bagatellisieren, und so meinte ich denn:

»Aber Sie würden Walfischfleisch ja gar nicht ansehen, wenn Sie in New York wohnten. Das tut dort niemand.«

»Wie?«

»Bestimmt nicht.«

»Warum denn nicht?«

»T-j-aa, das weiß ich selber nicht recht. Es ist ein Vorurteil, denke ich. Ja, das ist es – irgendein Vorurteil. Es wird so sein, daß mal irgendeiner, der nichts Gescheiteres zu tun hatte, irgendwo und irgendwann ein Vorurteil dagegen in Umlauf gesetzt hat, und Sie wissen ja, wenn so eine Marotte einmal festen Fuß gefaßt hat, dann dauert sie ewige Zeiten an.«

»Das ist wahr – bestimmt ist es wahr«, sagte das Mädchen nachdenklich. »Wie hier unser Vorurteil gegen Seife – unsere Stämme hatten nämlich von allem Anfang an ein Vorurteil gegen Seife.«

Ich sah sie an, um herauszufinden, ob sie auch im Ernste sprach. Allem Anschein nach schon. Ich zögerte und fragte dann vorsichtig:

»Sie hatten ein Vorurteil gegen Seife? Hatten?« betonte ich.

»Ja, aber das war nur am Anfang so; niemand wollte sie essen.«

»Ach so, ich begreife. Ich habe Sie vorhin nur nicht gleich richtig verstanden.«

Sie fuhr fort: »Es war einfach ein Vorurteil. Als die Fremden uns zum ersten Male Seife brachten, mochte sie keiner. Sobald sie aber in Mode kam, hatte sie jeder gern, und jetzt besitzt jeder welche, der es sich leisten kann. Sind SIE scharf darauf?«

»Ja, gewiß. Ich würde sterben, wenn ich keine kriegen könnte, besonders hier. Haben Sie sie auch gerne?«

»Ich bete sie geradezu an! Sie mögen sie also auch?«

»Ich betrachte sie als unumgängliche Notwendigkeit. Übrigens auch Kerzen.«

Ihre Augen tanzten förmlich, und sie rief:

»Oh! Fangen Sie nicht davon an! Kerzen, hm! Und Seife!«

»Und Fischeingeweide!«

»Und Lebertran!«

»Und Schmiere!«

»Und Walfischspeck!«

»Und Aasfleisch! Und Sauerkraut! Und erst Bienenwachs, Teer, Terpentin, Sirup und ...«

»Oh, hören Sie doch bitte auf, oh, ich ersticke vor Wonne!«

»Und dann müssen Sie alles zusammen in einem Schmierölkübel servieren und dazu die Nachbarn einladen!«

Nun war aber diese Version einer idealen Festerei zuviel für sie. Das arme Ding fiel in Ohnmacht. Ich rieb ihr Gesicht mit Schnee ab und brachte sie wieder zu sich und somit ihre Erregung nach einer Weile zur Abkühlung. Nach und nach beruhigte sie sich wieder soweit, daß sie von neuem zu ihrer Geschichte übergehen konnte:

»So begannen wir also hier in diesem flotten Hause zu wohnen. Aber ich war nicht glücklich. Der Grund war der: ich war zur Liebe geboren und ohne sie konnte es für mich kein wahres Glück geben. Ich wollte der alleinige Gegenstand einer Liebe sein. Ich wollte auch ein Idol haben und zugleich meines Idols Idol sein, denn nichts Geringeres als gegenseitige Vergötterung konnte meine heftige Natur befriedigen. Ich hatte Freier genug – mehr als genug, wahrhaftig; aber in jedem einzelnen Fall hatten sie einen verhängnisvollen Fehler – früher oder später entdeckte ich diesen Fehler immer, kein einziger vermochte ihn vor mir zu verhehlen. Nicht ich war das Objekt ihrer Wünsche, sondern mein Reichtum.«

»Ihr Reichtum?«

»Ja. Mein Vater ist bei weitem der reichste Mann in unserem Stamm – oder überhaupt in der Gegend.«

Ich wunderte mich, worin denn ihres Vaters Reichtum bestehen mochte. Das Haus konnte es nicht sein, ein solches konnte sich ja jeder bauen. Die Pelze konnten es nicht sein, die waren hier doch nichts wert. Die Schlitten, die Hunde, die Harpunen, das Boot, die beinernen Fischhaken, Nadeln und was der Dinge alle noch sind, konnten es auch nicht sein, nein, dies alles bedeutet keinen Reichtum. Was konnte es also sein, das diesen Mann so reich machte und ihm diesen Schwarm von habgierigen Freiern ins Haus hetzte? Schließlich kam ich zum Schluß, daß, um dies herauszufinden, es wohl das beste wäre, wenn ich sie fragte. Das tat ich. Das Mädchen war durch diese Frage so offensichtlich geschmeichelt, daß ich merkte, sie hatte sehnlichst darauf gewartet. Sie litt ebensosehr unter dem Drang, etwas mitzuteilen, wie ich unter dem, etwas zu vernehmen. Sie kuschelte sich vertraulich an mich und flüsterte:

»Raten Sie, wieviel er besitzt – Sie kommen nie darauf!«

Ich tat, als ob ich tief über die Sache nachdächte, und sie verschlang meinen angestrengt arbeitenden Gesichtsausdruck mit erwartungsvollen, glänzenden Augen. Als ich es endlich aufgab und sie bat, meine Sehnsucht doch zu stillen und mir zu sagen, wieviel dieser Polar-Vanderbilt denn wert sei, da legte sie ihren Mund dicht an mein Ohr und hauchte eindrucksvoll:

»Zweiundzwanzig Angelhaken, nicht beinerne, sondern fremdländische, aus echtem Eisen angefertigt!«

Dann sprang sie dramatisch zurück, um die Wirkung zu

beobachten. Ich tat mein Allerbestes, um sie nicht zu enttäuschen. Ich erbleichte und murmelte:

»Großer Scott!«

»Es stimmt, so wahr ich lebe, Mr. Twain!«

»Lasca, Sie wollen mich an der Nase herumführen – das ist doch nicht Ihr Ernst!«

Sie erschrak, wurde ganz verwirrt und rief aus:

»Mr. Twain, jedes Wort davon ist wahr – jedes Wort. Glauben Sie mir, so glauben Sie mir doch, bitte! Sagen Sie mir um Himmels willen, daß Sie mir glauben, sagen Sie bitte, daß Sie mir glauben!«

»Ich – ja, nun ... ich glaube es – ich versuche es wenigstens. Aber es kam wie ein Blitz aus heiterem Himmel. So plötzlich und verblüffend. Sie hätten mich darauf schonend vorbereiten müssen. Es ...«

»Oh, das tut mir aber wirklich leid! Wenn ich nur daran gedacht hätte ...«

»Nun, es ist schon gut, und ich will Sie nicht mehr länger tadeln, denn Sie sind noch jung und gedankenlos, und natürlich konnten Sie nicht ahnen, was für eine Wirkung ...«

»Ach ja, und doch hätte ich es besser wissen sollen. Warum nur ...«

»Sehen Sie, Lasca, wenn Sie so mit fünf oder sechs Angelhaken begonnen hätten und dann allmählich ...«

»Oh, ich verstehe, ich verstehe – dann allmählich einen hinzugefügt und dann zwei, und dann – ach, warum habe ich auch nicht selbst daran denken können!«

»Regen wir uns nicht mehr auf, Kind. Es ist schon recht, es geht mir bereits wieder besser und in einer Weile würde ich ohnehin darüber hinweggekommen sein. Aber trotzdem, alle zweiundzwanzig miteinander auf einen unvorbereiteten und leider auch nicht sehr kräftigen Menschen loszulassen ...«

»Oh, es war ein Verbrechen! Aber verzeihen Sie mir, sagen Sie, daß Sie mir vergeben!«

Nachdem ich eine hübsche Portion sehr angenehmen Schmeichelns, Liebkosens und Zuredens eingeheimst hatte, vergab ich ihr. Nun war sie wieder glücklich und fand sich nach und nach wieder in den Gang ihrer Geschichte. Plötzlich entdeckte ich, daß der Familienschatz noch irgendeine andere Köstlichkeit bergen mußte, wahrscheinlich ein Kleinod irgendwelcher Art, und daß sie wie die Katze um den heißen Brei schlich, damit mich nicht abermals der Schlag treffe. Aber ich wollte auch über diese Angelegenheit genau Bescheid wissen und drang in sie, mir zu sagen, was es sei. Sie hatte Angst. Ich aber bestand darauf und sagte, daß ich mich diesmal zusammennehmen und vorbereiten würde, damit der Schock mich nicht umwürfe. Sie war voll böser Ahnungen, aber die Versuchung, mir das Wunder zu enthüllen und sich an meinem Erstaunen und meiner Bewunderung zu weiden, war zu groß für sie, und sie gestand, daß sie es auf sich trüge, und sagte, wenn sie ganz sicher wäre, daß ich vorbereitet sei ... undsoweiter. Damit griff sie in ihren Busen und brachte eine verbeulte kleine Messingscheibe zum Vorschein, wobei sie mich erwartungsvoll betrachtete. Ich fiel in einer großartig gespielten Ohnmacht an ihren Busen, was ihr Herz in Entzücken versetzte, es aber zugleich vor Schrecken fast zerspringen ließ. Als ich wieder zu mir kam und mich beruhigte, wollte sie sofort wissen, was ich von ihrem Kleinod dächte.

»Was ich davon denke? Ich bin der Meinung, daß es das entzückendste Ding ist, das ich jemals sah.«

»Tatsächlich? Wie nett von Ihnen, daß Sie das sagen. Aber es ist auch gar ein Herzensschatz, nicht wahr?«

»Das will ich meinen. Ich würde es nicht gegen den ganzen Äquator eintauschen.«

»Ich dachte es mir doch, daß Sie es bewundern würden«,

sagte sie. »Ich finde es so überaus lieblich. Und es gibt in diesen Regionen kein zweites davon. Es gab Leute, die den ganzen Weg vom offenen Polarmeer bis hierher gegangen sind, um es zu bewundern. Sahen Sie früher je so etwas?«

Ich sagte nein, dies wäre das erste, das ich je gesehen hätte. Es tat mir direkt weh, diese großzügige Lüge aufzutischen, denn ich hatte in meinem Leben Millionen solcher Dinger gesehen, war doch ihr Juwel nichts anderes als eine verbogene alte Gepäckmarke vom New Yorker Zentralbahnhof.

»Donnerwetter!« sagte ich, »Sie tragen diese Kostbarkeit doch nicht so mir nichts dir nichts allein auf sich herum, ohne auch nur etwa einen Hund als Beschützer mitzunehmen?«

»Pst, nicht so laut«, sagte sie. »Niemand weiß, daß ich es bei mir habe. Man nimmt an, es liege bei Papas Schatz. Dort liegt es auch für gewöhnlich.«

»Wo ist denn dieser Schatz?«

Das war nun eine unverblümte Frage, und für einen Augenblick schaute sie mich verdutzt und ein wenig mißtrauisch an, aber ich beruhigte sie:

»Na, na, Sie werden doch vor mir keine Angst haben! Bei mir zu Hause gibt es siebzig Millionen Menschen, und – obwohl man sich nicht selbst loben sollte – es ist kein einziger unter ihnen, der mir nicht seinen ganzen Besitz an Fischhaken anvertrauen würde.«

Das zerstreute ihre Bedenken, und sie erzählte mir, wo die Angelhaken im Hause versteckt lägen. Dann schweifte sie ab, um ein bißchen mit der Größe der durchsichtigen Eisscheiben aufzuschneiden, welche die Fenster des Herrenhauses bildeten, und fragte mich, ob ich solche zu Hause je gesehen hätte. Ehrlich bekannte ich, das hätte ich nicht, was ihr so viel Vergnügen bereitete, daß sie nicht genug Worte fand, um ihrer Dankbarkeit Ausdruck zu verleihen. Es war so leicht, ihr Freude zu machen und ein solches Vergnügen, es zu tun, daß ich weiterfuhr. Ich sagte also:

»Ah, Lasca, Sie sind in der Tat ein vom Glück begünstigtes Mädchen. Dieses wunderschöne Haus, dieses entzückende Juwel, der reiche Schatz, all dieser anmutige Schnee, die prächtigen Eisberge und die grenzenlose Einöde, die jagdfreien Bären und Walrosse, die edle Freiheit und Weite! Und dann alle bewundernden Augen auf Ihnen. Jung, reich, wunderhübsch, umworben, beneidenswert, umfreit; nichts bleibt Ihnen versagt, wird Ihnen doch jeder Wunsch erfüllt, Sie haben überhaupt nichts zu wünschen, was Sie nicht bekommen könnten – Sie schwelgen in unermeßlichem Glück. Ich kenne Myriaden von Mädchen, aber keines, von dem man alle diese außerordentlichen Dinge mit Recht sagen könnte, außer eben Ihnen. Und Sie sind ihrer würdig, ihrer aller würdig, Lasca, das glaube ich tief in meinem Herzen.«

Es machte sie unendlich stolz und glücklich, mich dies sagen zu hören, und sie wollte nicht aufhören, mir für die Schlußbemerkung zu danken. Ihre Augen und Stimme verrieten, daß sie ganz gerührt war. Dann sagte sie:

»Und doch, es ist nicht alles eitel Sonnenschein, es gibt auch eine bewölkte Seite. Die Bürde des Reichtums ist schwer zu tragen. Schon oft habe ich gezweifelt, ob es nicht besser wäre, arm zu sein – oder doch wenigstens nicht so maßlos reich. Es schmerzt, die nachbarlichen Stammesgenossen mich anstarren zu sehen, wenn sie vorüberziehn, und sie voller Ehrfurcht zueinander sagen zu hören: ›Da, das ist sie – die Millionärstochter!‹ Und manchmal meint einer bedrückt: ›Die schwimmt geradezu in Angelhaken, und ich – ich habe nichts!‹ Es bricht mir das Herz. Als ich ein Kind war, und wir noch in Armut lebten, schliefen wir bei offener Tür; aber jetzt – jetzt müssen wir einen Nachtwächter haben. In früheren

Tagen war mein Vater freundlich und umgänglich mit allen; jetzt aber ist er finster und hochtrabend und mag keine Vertraulichkeiten leiden. Einst galt ihm seine Familie alles, aber jetzt hat er, wo er geht und steht, nur noch Sinn für seine Angelhaken. Sein Reichtum bewirkt, daß jeder vor ihm auf dem Bauche kriecht. Damals mußte niemand über seine Späße lachen, welche langweilig, gesucht und armselig sind, weil ihnen das Element fehlt, das einen guten Spaß ausmacht – der Humor; aber jetzt lacht und kichert ein jeder über diese trüben Witzeleien, und wenn es einmal jemand unterläßt, ist mein Vater schwer verärgert und zeigt es dann auch. Einst hielt man absolut nichts von seiner Meinung, die auch wirklich nichts wert war, wenn er sie hinausposaunte; auch heute ist dies nicht besser, aber nichtsdestoweniger wollen alle sie vernehmen und geben ihre laute Zustimmung – und er selbst hilft lebhaft mit, denn es fehlt ihm an echtem Zartgefühl, das er durch große Taktlosigkeit ersetzt. Er hat das Niveau unseres ganzen Stammes heruntergebracht. Einst waren sie ein freies, mannhaftes Geschlecht, nun sind sie jämmerliche Heuchler. In tiefstem Herzensgrunde hasse ich den ganzen Millionärsbetrieb. Unser Stamm war einst ein schlichtes, einfaches Volk, dem die Angelhaken nach alter Väter Sitte genügten; jetzt zehrt die Habsucht an ihm, und er würde jedes Gefühl von Ehre und Würde opfern, um die entwürdigenden Fischhaken der Fremdlinge zu erlangen. Aber ich darf ja nicht bei diesen traurigen Zuständen verweilen. – Wie gesagt, es war also mein Traum, um meiner selbst willen geliebt zu werden.

Endlich schien dieser Traum in Erfüllung gehen zu wollen. Eines Tages kam ein Fremder vorbei, der sich Kalula nannte. Ich ließ ihn meinen Namen wissen, und er sagte, er liebe mich. Mein Herz machte vor Dankbarkeit einen großen Freudensprung, denn auch ich hatte ihn auf den ersten Augenblick geliebt, und nun sagte ich ihm das. Er drückte mich an seine Brust und beteuerte, daß dies der glücklichste Augenblick seines Lebens sei. Wir lustwandelten zusammen weit über die Eisfelder, erzählten uns alles voneinander und planten, ach, die lieblichste Zukunft! Als wir müde wurden, setzten wir uns nieder und aßen. Er hatte Seife und Kerzen bei sich, ich etwas Fischtran. Wir waren hungrig, und noch nie schmeckte uns etwas so gut.

Er gehörte einem Stamme an, dessen Jagdgründe weit im Norden lagen, und ich fand heraus, daß er noch nie etwas von meinem Vater gehört hatte, was mich außerordentlich froh stimmte. Das heißt, er hatte wohl von dem Millionär gehört, wußte aber dessen Namen nicht – so konnte er also, verstehen Sie, in mir auch nicht die Erbin vermuten. Sie können sich vorstellen, daß ich ihm nichts sagte. Endlich wurde ich um meiner selbst willen geliebt, und ich hatte Ruhe. Ich war so glücklich – oh, glücklicher als Sie es sich ausmalen können!

Allmählich rückte die Abendessenszeit näher, und er geleitete mich nach Hause. Als wir uns meiner Heimstätte näherten, rief er ganz verwirrt aus:

›Wie herrlich! Ist das wirklich deines Vaters Haus?‹

Es tat mir weh, diesen Ton zu hören und den bewundernden Glanz in seinen Augen zu sehen. Doch diese Anwandlung ging rasch vorüber, denn ich liebte ihn so sehr, auch sah er derart gut und vornehm aus. Meiner ganzen Sippschaft von Tanten, Onkeln, Vettern und Basen gefiel er sehr gut. Viele Gäste wurden eingeladen, das Haus wurde fest verschlossen, und als die Atmosphäre heiß, gemütlich und so richtig zum Ersticken war, begann zur Feier meiner Verlobung ein fröhliches Fest.

Als das Gelage vorüber war, übermannte meinen Vater die Eitelkeit, und er konnte der Versuchung nicht widerstehen, mit seinen Reichtümern zu prahlen und Kalula zu zeigen, in welch großes Erdenglück er da hineingetappt wäre – und hauptsächlich wollte er sich natürlich am Erstaunen des armen Mannes weiden. Ich hätte weinen mögen, aber es wäre ein fruchtloses Unterfangen gewesen, wenn ich versucht hätte, meinen Vater von seinem Vorhaben abzubringen. So sagte ich denn nichts, sondern saß einfach da und litt.

Mein Vater ging vor allen Leuten direkt auf das Versteck zu und fischte die Angelhaken hervor, brachte sie herbei und warf sie über meinen Kopf weg, so daß sie in glitzerndem Durcheinander auf die Plattform fielen, gerade zu Füßen meines Geliebten.

Natürlich verschlug das staunenswerte Schauspiel dem Burschen den Atem. Er konnte nur noch in blöder Verblüffung hinstarren und sich wundern, wie ein einzelner Mensch derart unglaubliche Reichtümer besitzen könne. Dann erhellte sich sein Gesicht plötzlich, und er rief aus:

›Ah, du bist also der berühmte Millionär!‹

Mein Vater und der Rest der Gesellschaft brachen in Salven befriedigten Gelächters aus, und als mein Vater nachlässig den Schatz zusammenwischte, als wäre es reiner Plunder ohne allen Wert, und ihn wieder an seinen Platz trug, da war Kalulas Überraschung direkt zum Malen. Er sagte:

›Ist es möglich, daß du solche Sachen weglegst, ohne sie zu zählen?‹

Mein Vater gab ein prahlerisches Wiehern von sich und erwiderte:

›Beim Eid, ein Toter merkt, daß du nie reich gewesen bist, wenn ein Pappenstiel von einem oder zwei Angelhaken in deinen Augen eine so mächtige Sache ist.‹

Kalula war verwirrt und ließ den Kopf sinken, sagte jedoch:

›Ach, in der Tat, Herr, ich nannte niemals auch nur so viel mein eigen, wie der Widerhaken an einem so kostbaren Ding wert ist, und niemals habe ich einen Mann gesehen, der daran so reich war, daß sich die Mühe gelohnt hätte, seinen Hort zu zählen, denn der Wohlhabendste, den ich bis jetzt angetroffen habe, besaß nur drei.‹

Mein alberner Vater brüllte wieder in törichtem Entzücken und verstärkte dadurch den Eindruck, daß es nicht seine Gewohnheit sei, seine Haken zu zählen und scharf zu überwachen. Das war nur Prahlerei, sehen Sie. Die Haken nicht zählen? Und ob er sie zählte – er zählte sie jeden Tag!

Ich hatte meinen Liebsten bei Tagesanbruch getroffen und kennengelernt; ich hatte ihn gerade drei Stunden später, zur Zeit der Abenddämmerung, nach Hause gebracht – denn zu jener Zeit waren die Tage kurz, da die sechsmonatige Nacht bevorstand. Viele Stunden verbrachten wir bei dem festlichen Gelage. Endlich verzogen sich die Gäste, und wir Zurückbleibenden verteilten uns den Wänden entlang auf die Schlafbänke, und bald waren alle in Träume versunken, nur ich nicht. Ich war zu glücklich, zu erregt, um schlafen zu können. Nachdem ich lange, lange Zeit still dagelegen hatte, kam eine undeutliche Gestalt an mir vorbei und wurde von dem Dunst, der das andere Ende des Raumes durchdrang, aufgeschluckt. Ich wußte nicht, ob es ein Mann oder eine Frau war. Plötzlich kam dieselbe Figur oder eine andere in der entgegengesetzten Richtung abermals an mir vorüber. Ich grübelte darüber nach, was das alles zu bedeuten hätte, doch alles Grübeln half nichts; und darob schlief ich ein.

Ich weiß nicht, wie lange ich schlief, aber plötzlich war ich hellwach und hörte meinen Vater mit schrecklicher Stimme schreien: ›Beim großen Schneegott, ein Angelhaken fehlt!‹ Irgendwie fühlte ich, daß dies für mich Kummer bedeutete, und das Blut in meinen Adern erstarrte. Meine Vorahnung wurde im selben Augenblick bestätigt, denn mein Vater brüllte: ›Auf, alle miteinander, ergreift den Fremden!‹ Von allen Seiten Geschrei und Flüche, und ein wildes Rennen schattenhafter Gestalten begann durch die Dunkelheit. Ich eilte meinem Geliebten zu Hilfe, doch ich konnte nichts anderes tun als warten und die Hände ringen. Er war bereits durch einen lebenden Wall von mir getrennt und sie waren schon daran, ihm Hände und Füße zu fesseln. Ich durfte erst zu ihm, als sie sich seiner bemächtigt hatten. Da warf ich mich auf seine arme, mißhandelte Gestalt und weinte meinen Kummer an seiner Brust aus, während mein Vater und meine ganze Familie mich schalten und ihn mit Drohungen und schmählichen Lästerungen überhäuften. Er ertrug diese erniedrigende Behandlung mit einer ruhigen Würde, die ihn mir teurer denn je machte und mich stolz und glücklich werden ließ, daß ich mit ihm und für ihn leiden durfte. Ich hörte meinen Vater den Befehl erteilen, die Ältesten des Stammes sollten zusammengerufen werden, um über Leben und Tod meines Kalula zu richten.

›Was?‹ rief ich, ›bevor wir überhaupt nach dem verlorenen Angelhaken gesucht haben?‹

›Verlorener Haken!‹ riefen sie alle höhnisch, und mein Vater fügte spöttisch hinzu: ›Tretet alle zurück und seid euch des Ernstes der Lage bewußt, wie es sich geziemt. Sie geht auf die Jagd nach dem verlorenen Haken! Ohne Zweifel wird sie ihn finden!‹ – Worauf wieder alle lachten.

Ich ließ mich nicht beeindrucken – ich hatte keine Befürchtungen, keine Zweifel. Ich sagte:

›Jetzt könnt ihr lachen, ihr seid an der Reihe. Aber wir kommen auch noch dran. Wartet ab und seht zu!‹

Ich ergriff eine Öllampe. Ich meinte dieses elende Ding im Handumdrehen zu finden, und machte mich mit einer solchen Zuversicht ans Werk, daß die Leute ernst wurden und den Verdacht in sich aufsteigen fühlten, vielleicht doch zu voreilig gewesen zu sein. Aber wehe, wehe! Oh, wie bitter war dies Suchen! Es herrschte ein tiefes Schweigen, währenddessen man zehn- oder zwölfmal seine Finger hätte zählen können; dann begann mein Herz zu sinken, und um mich herum gingen die Spötteleien wieder los und wurden zusehends lauter und zuversichtlicher, bis zuletzt, als ich es aufgab, Salve auf Salve grausamen Gelächters ausbrach.

Kein Mensch wird je wissen, was ich damals litt. Aber meine Liebe war mir Stütze und gab mir Kraft. Ich nahm den mir zukommenden Platz an Kalulas Seite ein und schlang meine Arme um seinen Nacken und flüsterte ihm zuredend ins Ohr:

›Du bist unschuldig, mein Ein und Alles – das weiß ich. Aber sage es mir selbst, zu meinem Trost. Dann kann ich ertragen, was immer uns auch noch beschieden sein mag.‹

Er antwortete:

›So gewiß ich in diesem Augenblick an der Schwelle des Todes stehe: ich bin unschuldig. Sei also unverzagt, o wundes Herz, sei im Frieden, o du Atem meiner Nüstern, Leben meines Lebens!‹

›Nun, so laßt die Ältesten kommen!‹ Als ich diese Worte sprach, war draußen ein kratzender Laut von knirschendem Schnee hörbar, und dann huschte ein Geisterzug gebeugter Gestalten zur Tür herein – die Ältesten.

Mein Vater klagte den Fremden in aller Form an und trat eingehend auf die Vorgänge der Nacht ein. Er sagte, der Nachtwächter sei vor der Tür und im Hause kein Mensch gewesen, außer der Familie und dem Fremden. ›Stiehlt eine Familie ihr Eigentum?‹ Er machte eine Pause. Die Ältesten saßen einige Minuten lang schweigend da; schließlich sagte einer nach dem andern zu seinem Nachbarn: ›Das sieht schlimm aus für den Fremden!‹ Welch kummerbringende Worte für mein Ohr! Dann setzte sich mein Vater. Oh, ich elender, elender Tropf! In diesem Augenblick hätte ich die Unschuld meines Liebsten beweisen können, aber ich wußte es nicht!

Der Vorsitzende des Gerichtes fragte: ›Ist jemand da, der den Angeklagten verteidigen will?‹

Ich erhob mich und sagte:

›Warum sollte er einen Haken stehlen oder mehrere oder gar alle zusammen? Am nächsten Tag wäre er ja der Erbe des ganzen Reichtums gewesen!‹

Ich stand da und wartete. Es trat ein langes Schweigen ein, und die vielen Atemströme umwehten mich wie Nebel. Endlich nickten die Ältesten langsam mit ihren Köpfen und murmelten: ›Es liegt Beweiskraft in dem, was das Kind gesagt hat.‹ Oh, die Herzerleichterung, die in diesen Worten lag! Wenn auch nur vorübergehend, aber, oh, so köstlich! Ich setzte mich.

›Wenn einer noch etwas sagen will, soll er es jetzt tun – später mag er den Mund halten‹, erklärte der Vorsitzende.

Mein Vater stand auf und sagte:

›In der Nacht kam im trüben Schein eine Gestalt an mir vorüber. Ich nehme an, es war der Fremde.‹

Oh, ich war einer Ohnmacht nahe! Ich hatte geglaubt, es sei mein Geheimnis; nicht einmal die Hand des großen Eisgottes selber hätte es mir aus dem Herzen reißen können. Der Präsident des Gerichtshofes sagte nun ernst zu meinem Kalula:

›Sprich!‹

Kalula zauderte, dann antwortete er:

›Ich war es! Der Gedanke an die schönen Angelhaken ließ mich nicht schlafen. Ich ging hin und küßte und liebkoste sie, um meinen Geist zu beruhigen und mit einer harmlosen Freude einzuschlafen. Dann legte ich sie wieder zurück. Ich habe vielleicht einen fallengelassen, aber nicht gestohlen.‹

Oh, welch verhängnisvolles Zugeständnis hatte er jetzt an einem solchen Ort gemacht! Es lag ein schauerliches Schweigen über der Szene. Ich wußte, er hatte sein eigenes Urteil gesprochen, alles war nun verloren. Auf jedem Antlitz konnte man nun die Worte eingegraben lesen: Das ist ein Geständnis! – Und was für ein armseliges, lahmes und durchsichtiges!

Ich saß da und zog meinen Atem in schwachen Zügen ein – und wartete. Plötzlich hörte ich die feierlichen Worte, die kommen mußten; und jedes Wort war ein Messerstich in mein Herz:

›Es ist der Befehl des Gerichtshofes, daß der Angeklagte der Wasserprobe unterworfen werde.‹

Oh, Fluch über das Haupt dessen, der die Wasserprobe in unser Land gebracht hat. Sie kam vor Menschengedenken aus irgendeinem fernen Land, das weiß Gott wo liegt. Zuvor benutzten unsere Väter die Wahrsagerei und andere unsichere Mittel zur Beweisführung in Zweifelsfällen, und ohne Frage kamen ab und zu ein paar arme Geschöpfe trotz ihrer Schuld mit dem Leben davon; aber nicht so ist es mit der Wasserprobe, die eine Erfindung weiserer Männer ist, als wir armen unwissenden Wilden es sind. Durch sie werden die Unschuldigen ohne Zweifel oder Frage als unschuldig erkannt, denn sie gehen unter; und die Schuldigen werden mit derselben Sicherheit für schuldig befunden, denn sie gehen nicht unter. Das Herz im Busen wollte mir brechen, denn ich wußte: er ist unschuldig und wird in den Wogen versinken, und ich werde ihn niemals wieder sehen!

Von da an wich ich nicht mehr von seiner Seite. Ich trauerte in seinen Armen all die kostbaren Stunden lang, und er goß den tiefen Strom seiner Liebe über mich aus, und, ach, ich war so elend und so glücklich! Schließlich rissen sie ihn von mir, und ich folgte ihnen schluchzend und mußte zusehen, wie sie ihn in die See schleuderten – dann bedeckte ich mein Gesicht mit den Händen. In Todesqual! Oh, ich kenne die tiefsten Tiefen dieses Wortes!

Im nächsten Augenblick ertönte ein höhnisches Freudengeschrei, und ich nahm die Hände vom Gesicht, starr vor Schreck! Ach, der bittere Anblick: er schwamm! Sogleich wurde mein Herz zu Stein, zu Eis. Ich sagte: ›Er war schuldig und er belog mich!‹ Voller Verachtung wandte ich den Rükken und ging meines Weges, nach Hause.

Sie fuhren ihn weit hinaus in die See und setzten ihn auf einen Eisberg, der südwärts in die großen Gewässer trieb. Dann kam meine Familie heim, und mein Vater sprach also:

›Dein Dieb sendet dir noch seine Todesbotschaft. Er sagte: Berichte ihr, daß ich unschuldig bin, und alle Tage und alle Stunden und alle Minuten, während ich Hungers sterbe und elendiglich umkomme, werde ich sie lieben und an sie denken und den Tag segnen, der mir den Anblick ihres süßen Antlitzes brachte. – Ganz nett, geradezu poetisch!‹

Ich sagte: ›Der Schmutzfink – ich will nichts mehr von ihm hören!‹

Und ach, jetzt muß ich mir ein Gewissen machen, denn er war unschuldig!

Vergingen doch neun Monate, neun leere, traurige Monate, und endlich kam der Tag des großen Jahresopfers, wo alle Jungfrauen des Stammes ihr Gesicht waschen und ihr Haar kämmen. Beim ersten Kammstrich kam der verhängnisvolle Angelhaken hervor, kam da heraus, wo er sich verfangen und diese ganzen neun Monate genistet hatte. Ich fiel ohnmächtig in die Arme meines von Reue zerknirschten Vaters. Stöhnend sagte er: ›Wir mordeten ihn, und ich werde niemals wieder lächeln!‹ Er hat sein Wort gehalten. Und höre: seit diesem Tage bis heute verging kein Monat, daß ich nicht mein Haar kämmte! Aber ach, was hat das jetzt alles noch für einen Sinn!«

Damit endete die bescheidene Geschichte der armen Jungfrau – und wir können daraus lernen, daß, wenn schon hundert Millionen Dollar in New York und zweiundzwanzig Angelhaken am Rande der Arktis dieselbe finanzielle Übermacht ausmachen, ein Mann in bedrängten Verhältnissen ein Tor ist, wenn er in New York bleibt, dieweil er für nur zehn Cents Angelhaken kaufen und damit auswandern kann.

Mr. Bloke's Artikel

Gestern abend trat zu später Stunde unser geschätzter Freund, Mr. John William Bloke aus Virginia, mit einem Gesichtsausdruck voll tiefen und herzzerbrechenden Leides in das Büro, in dem wir als zweiter Redakteur tätig sind, legte mit schwerem Seufzer den nachstehenden Artikel ehrerbietig aufs Pult und schritt langsam wieder hinaus. An der Tür blieb er einen Augenblick stehen, offensichtlich bemüht, seine Gefühle zu beherrschen, um die Sprache wiederzufinden; mit dem Kopf in der Richtung nach seinem Manuskript nickend, stieß er mit versagender Stimme die Worte hervor: »Freund von mir – oh, wie schrecklich!« und brach in Tränen aus. Er tat uns so leid in seinem Kummer, daß wir erst daran dachten, ihn zurückzurufen und zu trösten, als er fort und es zu spät war. Die Zeitung war schon unter der Presse, aber da wir wußten, daß unser Freund auf das Erscheinen des Artikels Wert legte, und uns in der Hoffnung schmeichelten, daß die Veröffentlichung desselben seinem bekümmerten Herzen eine wehmütige Befriedigung gewähren würde, unterbrachen wir den Druck und rückten ihn in unsere Spalten ein:

Entsetzlicher Unglücksfall

Als gestern abend, ungefähr um sechs Uhr, Mr. William Schuyler, ein alter und geachteter Bürger von South Park, seine Wohnung verließ, um in die Stadt hinunter zu gehen, wie es seit langen Jahren seine Gewohnheit war, mit Ausnahme eines kurzen Zeitraumes im Frühjahr 1850, wo er das Bett hüten mußte infolge einer Verwundung, die er sich zugezogen hatte, als er versuchte, ein durchgegangenes Pferd aufzuhalten, indem er sich unbesonnen gerade in das Kielwasser desselben stellte, mit den Händen herumfuchtelte und schrie, was, wenn es nur einen Augenblick früher geschehen wäre, unfehlbar das Tier noch mehr erschreckt hätte, anstatt seinen Lauf zu hemmen, obgleich es für ihn selbst unheilvoll genug war und noch trauriger und schrecklicher wurde durch die Gegenwart seiner Schwiegermutter, die dabeistand und das entsetzliche Ereignis mitansah, so ist es nichtsdestoweniger mindestens wahrscheinlich, um nicht zu sagen sicher, daß sie beim Eintreten von Unglücksfällen nach einer anderen Seite ausschaute, da sie im allgemeinen nicht munter und auf dem Posten, sondern sogar das Gegenteil war, wie ihre eigene Mutter erklärt haben soll, die nicht mehr ist, sondern voller Hoffnung auf eine fröhliche Auferstehung vor mehr als drei Jahren, achtundsechzig Jahre alt, starb, als gute Christin, ohne Falsch und ohne Habe, da das Feuer von 1849 alles, was sie auf der Welt besaß, vernichtete. Aber so ist das Leben. Mögen wir alle uns dieses ernste Ereignis zur Warnung dienen lassen und bemühen wir uns, so zu leben, daß, wenn wir zum Sterben kommen, wir es ruhig tun können. Legen wir die Hand aufs Herz und geloben wir feierlich und aufrichtig, von Stund an den berauschenden Becher zu meiden.

(Originalbericht des ›Californian‹)

Der Chefredakteur ist hier gewesen, hat einen Teufelslärm gemacht, sich das Haar ausgerauft, die Möbel herumgestoßen und mich ausgeschimpft wie einen Spitzbuben. So oft er mir die Zeitung für eine halbe Stunde anvertraut, sagt er, lasse ich mich von dem ersten besten dummen Jungen oder von dem ersten besten Verrückten anführen. Und dieser entsetzliche Artikel von Mr. Bloke, sagt er, sei weiter nichts als eine Masse entsetzlichen Gefasels, und es sei keine Pointe und kein Sinn darin und nichts daraus zu ersehen, und es wäre durchaus nicht nötig gewesen, den Druck zu unterbrechen, um ihn noch aufzunehmen.

Das hat man nun davon, wenn man gutmütig ist. Wenn ich so ungefällig und gefühllos wäre wie gewisse Leute, so hätte ich Mr. Bloke gesagt, ich könne seine Mitteilung zu so später Stunde nicht mehr annehmen; aber nein, sein bekümmertes Schnaufen rührte mein Herz, und begierig ergriff ich die Gelegenheit, etwas zur Linderung seines Leides zu tun. Ich las seinen Artikel gar nicht durch, um zu sehen, ob vielleicht etwas nicht in Ordnung sei, sondern schrieb hastig ein paar einleitende Zeilen und schickte ihn in die Druckerei. Und was hat meine Güte mir eingebracht? Nichts als ein Donnerwetter von Schimpfworten und wohlgesetzten Flüchen.

Ich will jetzt den Artikel selbst lesen und sehen, ob er zu dem ganzen Lärm Anlaß gibt. Und wenn dem so ist, so soll der Verfasser von mir hören ...

Ich habe ihn gelesen und muß gestehen, daß er auf den ersten Blick ein wenig konfus erscheint. Ich will ihn aber noch einmal durchsehen.

Ich habe ihn wieder gelesen, und er scheint mir in der Tat konfuser denn je.

Jetzt habe ich ihn fünfmal durchgelesen, und wenn ich ein Wort versteh, soll mich der Teufel holen. Eine Analyse verträgt er nicht. Es sind Sachen darin, die ich überhaupt nicht verstehen kann. Er sagt nicht, was aus William Schuyler geworden ist. Er sagt gerade genug über ihn, um uns für sein Schicksal zu interessieren, und dann läßt er ihn fallen. Wer ist überhaupt William Schuyler und in welcher Gegend von South Park wohnt er, und wenn er um sechs Uhr nach der Stadt hinunterging, ist er denn überhaupt hingekommen, und wenn dem so war, ist ihm irgend etwas passiert? Ist er das

Individuum, dem der ›entsetzliche Unglücksfall‹ zustieß? In Anbetracht der sorgfältigen Ausführung der Einzelheiten in diesem Artikel, scheint mir, daß man mehr daraus ersehen sollte, als wirklich der Fall ist. Im Gegenteil, sein Sinn ist dunkel – und nicht nur dunkel, sondern gänzlich unverständlich. War der Beinbruch Mr. Schuylers vor fünfzehn Jahren, der ›entsetzliche Unglücksfall‹, der Mr. Bloke in so unaussprechlichen Kummer versenkte und ihn veranlaßte, mitten in der Nacht hierherzukommen und den Druck zu unterbrechen, um die Welt von dem Vorfall zu unterrichten? Oder bestand der ›entsetzliche Unglücksfall‹ in der Vernichtung des Besitztums von Mr. Schuylers Schwiegermutter in alten Zeiten? Oder bestand er in dem vor drei Jahren erfolgten Tode dieser Person selbst? (Obgleich sie nicht durch einen Unfall gestorben zu sein scheint.) Mit einem Worte, worin bestand denn eigentlich jener ›entsetzliche Unglücksfall‹? Wozu stand jener alberne Esel von einem Schuyler mit seinem Geschrei und Gestikulieren im ›Kielwasser‹ eines durchgegangenen Pferdes, wenn er es aufhalten wollte? Und wie zum Teufel konnte er von einem Pferde überrannt werden, das schon bei ihm vorbei war?

Was sollen wir uns ferner zur ›Warnung‹ dienen lassen? Und in welcher Hinsicht soll uns diese wunderbare Epistel voller Unbegreiflichkeiten eine ›Lehre‹ sein? Und vor allen Dingen, was hat der ›berauschende Becher‹ überhaupt damit zu tun? Es ist nicht angegeben, daß Schuyler trank, oder daß seine Frau, oder daß seine Schwiegermutter, oder daß das Pferd trank – wozu also die Anspielung auf den berauschenden Becher? Es kommt mir wirklich so vor, als ob Mr. Bloke lieber selbst den berauschenden Becher hätte in Ruhe lassen sollen, dann hätte er nie soviel Umstände mit diesem widerwärtigen Unglücksfall gehabt. Ich habe diesen albernen Artikel in seiner ganzen einschmeichelnden Selbstverständlichkeit wieder und wieder gelesen, daß mir der Kopf schwindelt; aber ich kann nicht klug daraus werden. Es scheint wirklich irgendein Unglücksfall stattgefunden zu haben, aber es ist unmöglich festzustellen, von welcher Art er war oder wer dabei zu Schaden gekommen ist. So schwer es mir fällt, sehe ich mich genötigt, Mr. Bloke zu ersuchen, wenn einem seiner Freunde wieder einmal etwas passieren sollte, seinem Bericht davon die nötigen aufklärenden Anmerkungen beizufügen, damit ich einigermaßen klug werden kann, was für ein Unfall es war und wem er passierte. Lieber wollte ich, daß alle seine Freunde stürben, als daß ich noch einmal durch den Versuch, den Sinn einer zweiten derartigen Leistung zu entziffern, an den Rand des Wahnsinns getrieben würde.

Wie ein Schnupfen kuriert wird

Es mag eine schöne Sache sein, zur Unterhaltung des Publikums zu schreiben, aber weit verdienstvoller und edler ist es, zur Belehrung, zum Nutzen, zum wahren Wohl seiner Mitmenschen zu schreiben. Deshalb will ich folgende Geschichte erzählen. Wenn es mir gelingt, dadurch auch nur einem Leidenden wieder zur Gesundheit zu verhelfen, in seinem matten Blick das Feuer freudiger Hoffnung neu zu entzünden und seinem müden Herzen den raschen Pulsschlag vergangener Tage zurückzugeben, so sehe ich all meine Mühe reichlich belohnt und meine Seele von jener heiligen Wonne durchströmt, die jeder empfindet, sobald er eine gute, selbstlose Tat vollbracht hat.

Da ich stets ein untadeliges Leben geführt habe, darf ich glauben, daß keiner, der mich kennt, meine Ratschläge zurückweisen wird, aus Furcht, ich könnte ihn täuschen wollen. Darum hoffe ich, daß das Publikum mir die Ehre antut, meine hier festgehaltenen Erfahrungen bei der Behandlung eines Schnupfens zu lesen und danach zu handeln.

Als das weiße Haus in Virginia-City abbrannte, verlor ich meine Behausung, meine Behaglichkeit, meine Gesundheit und meinen Koffer. Der Verlust der beiden erstgenannten Artikel war leicht zu verschmerzen; denn eine Behausung, wenn auch ohne Mutter, Schwester oder entfernte junge Verwandte, die uns die schmutzige Wäsche wegräumt, unsere Schuhe vom Kaminsims nimmt und uns so daran erinnert, daß jemand an uns denkt und für uns sorgt, ist leicht zu finden. Was die Behaglichkeit anbetrifft, so war ich ja kein

Dichter und daher nicht zu schwermütiger Trauer über ihren Verlust verpflichtet. Aber eine gute Gesundheit zu verlieren und einen noch besseren Koffer, das war sehr unangenehm. Bei der Feuersbrunst zog ich mir nämlich eine schwere Erkältung zu, als ich mich übermäßig bemühte, irgend etwas gegen den Brand zu tun.

Als ich das erstemal niesen mußte, gab mir ein Freund den Rat, ein warmes Fußbad zu nehmen und nachher gleich ins Bett zu gehen. Das tat ich. Kurz darauf meinte ein zweiter, ich solle aufstehen und eine kalte Dusche nehmen. Eine Stunde später versicherte mir ein dritter, man müsse ›einen Schnupfen füttern und ein Fieber aushungern‹. Mich plagte beides, und ich hielt es daher für das beste, mich des Schnupfens wegen toll und voll zu essen und dann zu fasten und das Fieber verhungern zu lassen.

Mit halben Maßregeln begnüge ich mich in solchen Fällen nie. Ich beschloß also, nach Kräften zu essen, und wurde nun der beste Kunde eines Fremden, der an jenem Morgen gerade ein neues Restaurant eröffnet hatte. In ehrfurchtsvollem Schweigen stand er neben meinem Tisch, bis ich meinen Schnupfen genügend gefüttert hatte; dann fragte er, ob die Leute in Virginia-City häufig vom Schnupfen befallen würden. Als ich erwiderte, das sei schon möglich, ging er hinaus und nahm sein Wirtshausschild herunter.

Ich begab mich nun ins Büro und begegnete unterwegs einem guten Freund, der mir erklärte, es gäbe auf der Welt kein wirksameres Schnupfenmittel, als einen Viertelliter warmes Salzwasser zu trinken. Ich zweifelte zwar, ob in meinem Magen noch genügend Platz sei, aber versuchen wollte ich es trotzdem. Das Ergebnis war überraschend. Mir war, als müßte ich meine unsterbliche Seele von mir geben.

Da ich meine Erfahrungen lediglich zum Nutzen derer niederschreibe, die vom selben Übel befallen sind wie ich, halte ich es für richtig, sie vor den Mitteln zu warnen, die sich bei mir als unwirksam erwiesen haben. Aus vollster Überzeugung gebe ich ihnen daher den Rat, sich vor warmem Salzwasser zu hüten. Es mag ja ein ganz gutes Mittel sein, aber mir scheint es zu stark. Wenn ich wieder einmal einen Schnupfen hätte, und es bliebe mir nur die Wahl, meine Rettung in einem Erdbeben oder in einem Viertelliter Salzwasser zu finden, so würde ich es mit dem Erdbeben versuchen.

Nachdem sich der Sturm in meinem Innern etwas gelegt hatte und auch kein barmherziger Samariter mehr auftauchte, borgte ich mir wieder Taschentücher und zerschneuzte sie zu Atomen. Das trieb ich so lange, bis ich einer Dame begegnete, die von jenseits der Prärien kam. Sie hatte dort in einer Gegend gelebt, wo Mangel an Ärzten herrschte, und die Not hatte sie, wie sie behauptete, gelehrt, einfache Alltagskrankheiten mit viel Geschick zu behandeln. Sie sah aus, als wäre sie hundertfünfzig Jahre alt und ich war überzeugt, daß sie eine lange Erfahrung hinter sich hatte.

Sie braute einen Trank aus Sirup, Scheidewasser, Terpentin und allen möglichen Kräutern zusammen und erteilte mir die Weisung, jede Viertelstunde ein Weinglas davon einzunehmen. Nach der ersten Dosis verzichtete ich jedoch; sie genügte, um mich aller moralischen Grundsätze zu berauben und die unwürdigsten Triebe in mir wachzurufen. Unter ihrem teuflischen Einfluß wälzte ich in meinem Hirn die ungeheuerlichsten und niederträchtigsten Pläne, aber zum Glück war meine Hand damals zu schwach, um sie auszuführen. Hätten nicht die unfehlbaren Schnupfenmittel durch wiederholte Angriffe meine Kraft völlig erschöpft, ich wäre wahrhaftig imstande gewesen, auf Leichenraub auszugehen.

Wie die meisten anderen Leute habe auch ich zuweilen gemeine Regungen und handle danach; bevor ich aber jene

Arznei einnahm, hatte ich es noch nie zu einem solchen Grad menschlicher Ruchlosigkeit gebracht; und ich war sogar noch stolz darauf. Nach zwei Tagen war ich wieder so weit, daß ich aufs neue an mir herumdoktern konnte. Ich wandte noch allerlei unfehlbare Mittel an und vertrieb schließlich die Erkältung aus dem Kopf in die Lunge.

Nun plagten mich dauernd Hustenanfälle, und meine Stimme sank unter den Nullpunkt. Ich unterhielt mich mit den Leuten in einem grollenden Baß, zwei Oktaven tiefer als sonst. Nachts kam ich erst dann zur Ruhe, wenn ich mich in einen Zustand gänzlicher Erschöpfung hineingehustet hatte; sobald ich aber im Schlaf zu sprechen begann, weckte mich das Krächzen meiner Stimme wieder auf.

Meine Krankheit verschlimmerte sich von Tag zu Tag. Man empfahl mir Wacholderschnaps. Ich trank ihn. Dann Schnaps mit Sirup. Auch den trank ich. Dann Schnaps mit Zwiebelsaft. Den tat ich zu den vorherigen und schluckte nun diese Mixtur, entdeckte aber keinen besondern Erfolg, außer daß ich einen Atem bekommen hatte wie ein Bussard.

Jetzt sah ich mich gezwungen, meiner Gesundheit durch Luftveränderung wieder aufzuhelfen, und so reiste ich mit meinem Kollegen, dem Reporter Wilson, an den Bigler-See. Nicht ohne gewisse Befriedigung denke ich zurück, wie vornehm wir reisten; wir benutzten nämlich die Pionierpost, und mein Freund nahm sein ganzes Gepäck mit, bestehend aus zwei prachtvollen seidenen Halstüchern und dem Daguerreotyp seiner Großmutter. Am Ziel angelangt, unternahmen wir tagsüber Segelfahrten, gingen auf die Jagd, auf den Fischfang und zum Tanz, und die Nacht hindurch pflegte ich meine Erkältung. Durch diese Regelung gelang es mir, jede der vierundzwanzig Stunden nutzbringend zu verwenden. Aber mein Schnupfen wurde nur immer schlimmer. Man empfahl mir nun einen nassen Wickel. Bisher hatte ich noch kein Mittel abgelehnt, deshalb schien es mir töricht, jetzt damit anzufangen. So versuchte ich es denn mit dem Wickel, obgleich ich keine Ahnung hatte, was für eine Prozedur das bedeutete. Sie wurde um Mitternacht vorgenommen. Ein Leintuch – es schien mir tausend Ellen lang – wurde in Eiswasser getaucht und mir um Brust und Rücken gewickelt, bis ich aussah wie der Schwapper einer Riesenkanone.

Es ist ein grausames Verfahren. Als der kalte Wickel das warme Fleisch berührte, fuhr ich vor Schreck zusammen und schnappte nach Luft wie ein Mensch in Todesnot. Das Mark gefror mir in den Knochen, mein Herzschlag drohte auszusetzen, und ich glaubte, mein letztes Stündlein sei gekommen.

Vor kalten Packungen möchte ich warnen. Neben der Unannehmlichkeit, eine bekannte Dame zu treffen, die aus ihr selbst am besten bewußten Gründen dich nicht sieht, wenn sie dir begegnet, und dich nicht kennt, wenn sie dich sieht, ist es die unangenehmste Sache von der Welt!

Aber was ich noch sagen wollte – als mein Schnupfen nach dem Wickel noch nicht geheilt war, gab mir eine befreundete Dame den Rat, mir ein Senfpflaster auf die Brust zu legen. Das hätte mich wohl wirklich kuriert, wäre nicht der junge Wilson gewesen. Beim Zubettgehen legte ich mir das Senfpflaster – und es war ein sehr schönes – zurecht, um es jederzeit zur Hand zu haben. Aber Wilson bekam in der Nacht Hunger – den Rest kann sich der Leser selbst ausmalen.

Nach acht Tagen Aufenthalt am Bigler-See ging ich nach Steamboat-Springs, wo ich Dampfbäder nahm und obendrein eine Menge Arzneien zu schlucken bekam, die scheußlichsten, die ein Apotheker je zusammengebraut hat. Sie hätten mich auf die Dauer sicher wiederhergestellt, aber ich mußte nach Virginia-City zurückkehren, wo ich es trotz der verschiedenartigsten Medizinen erreichte, meine Krankheit sehr zu verschlimmern.

Endlich beschloß ich, nach San Franzisko zu fahren. Am ersten Tag nach meiner Ankunft empfahl mir eine Dame im Hotel, ich solle alle vierundzwanzig Stunden zwei doppelte Whiskys trinken, und ein Freund, der in der Stadt wohnte, erteilte mir denselben Rat. Das machte zusammen also vier Doppelte. Das trank ich – und bin noch am Leben.

So habe ich nun in allerbester Absicht die mannigfachen Heilverfahren geschildert, die ich kürzlich zur Behandlung meines Schnupfens durchgemacht habe. Ich empfehle sie besonders allen Schwindsüchtigen. Wenn sie damit einen Versuch machen und nicht gesund werden, so kann es sie höchstens umbringen.

Aurelias unglücklicher Bräutigam

Die in vorliegendem Falle mitgeteilten Tatsachen erfuhr ich aus dem Schreiben einer jungen Dame, die in der schönen Stadt San José lebt. Diese Dame ist mir völlig unbekannt und sie hat ihren Brief nur mit *Aurelia Marie* unterschrieben, was möglicherweise ein Pseudonym ist. Aber, wie dem auch sei, dem armen Mädchen will ob dem Mißgeschick, das sie betroffen, fast das Herz brechen. Sie ist von den sich widersprechenden Ratschlägen mißleiteter Freunde und tückischer Feinde so verwirrt, daß sie nicht weiß, wie sie sich aus dem Netz von Schwierigkeiten herauswinden könnte, in dem sie hoffnungslos verstrickt zu sein scheint. In diesem Dilemma wendet sie sich an mich um Hilfe und erbittet mit einer rührenden Beredsamkeit, die ein steinernes Herz erweichen könnte, meinen Rat und Beistand. Hier folgt nun die traurige Geschichte.

Als sie sechzehn Jahre alt war, schreibt sie, lernte sie einen um etwa sechs Jahre älteren jungen Mann aus New Jersey kennen. Er hieß Williamson Breckinridge Caruthers, und sie verliebte sich in ihn mit der ganzen Glut eines leidenschaftlichen Wesens. Sie verlobten sich mit Zustimmung ihrer Angehörigen und es schien längere Zeit, daß ihr Leben von allen Sorgen befreit sein sollte, die im Dasein sich gewöhnlich geltend machen. Endlich wandte sich aber das Glück. Caruthers bekam die Pocken, und als er nach längerer Krankheit genas, glich sein Gesicht einem Reibeisen und seine Schönheit war für immer dahin. Anfangs beabsichtigte nun Aurelia die Verlobung zu lösen, doch das Mitleid mit dem unglückseligen Bräutigam überwog, und sie verschob nur die Hochzeit auf einige Monate später, um während dieser Zeit mit der veränderten Lage vertrauter zu werden.

Am Tage, an dem nun die Hochzeit hätte stattfinden sollen, fiel Breckinridge, als sein Blick dem Fluge eines Luftballons folgte, in einen Graben und er brach ein Bein, das ihm schließlich oberhalb des Knies abgenommen werden mußte. Wieder war Aurelia nahe daran, die Verbindung aufzuheben, aber wieder siegte die Liebe, und sie schob nur abermals den Hochzeitstag hinaus, um sich wieder an die Verhältnisse zu gewöhnen.

Doch nochmals überkam ein Mißgeschick den unglücklichen jungen Mann. Ein verfrühter Kanonenschuß anläßlich der Unionsfeier ließ ihn einen Arm verlieren und den zweiten riß ihm drei Monate später eine Dreschmaschine fort. Diese Unglücksfälle zermalmten Aurelias Herz fast. Es schmerzte sie aufs tiefste zu sehen, wie ihr Bräutigam vor ihren Augen in Stücke ging. Sie wußte, daß er unter diesem fürchterlichen Reduktionsprozeß nicht mehr lange bestehen konnte, doch sie kannte kein Mittel, um dem abzuhelfen. In ihrer tränenreichen Verzweiflung mochte sie fast bedauern, daß sie ihn nicht gleich nach dem ersten Unfall geheiratet hatte, wie ein Mann von der Börse, der sich sofort beim ersten Kursrückgang zu decken sucht. Indessen überwand sie alle ihre Empfindungen und entschloß sich mit ihres Bräutigams unnatürlicher Veranlagung zu befreunden.

Wieder nahte der festgesetzte Hochzeitstag und wieder stellte sich das Unglück ein. Caruthers verfiel in eine Krankheit und erblindete an einem Auge. Die Verwandten der Braut meinten nun, sie hätte bereits mehr getan als vernünftigerweise von ihr zu fordern war, und verlangten, daß sie die Verlobung als gelöst betrachte. Doch nach einigem Schwanken erklärte Aurelia mit aller Großmut, die sie auszeichnete, sie habe ruhig über die Sache nachgedacht, könne aber nichts entdecken, was Breckinridge irgendwie zur Last gelegt werden könne.

So schob sie denn den Verbindungstag wieder hinaus, und er brach indessen das andere Bein.

Es war ein trauriger Tag für das arme Mädchen, als sie sah, wie die Ärzte mit ernsten Mienen die Bahre forttrugen, deren Anwendung durch die vorhergegangenen Erfahrungen sie kannte, und ihr Herz sagte ihr die bittere Wahrheit, daß wieder ein Teil ihres Bräutigams dahin sei. Sie fühlte aber auch, daß ihre Neigung zu ihm immer kräftiger wurde und widersetzte sich dem Drängen ihrer Angehörigen um so mehr, indem sie ihr Verlöbnis erneuerte.

Kurz bevor die Hochzeit hätte stattfinden sollen, ereignete sich ein neues Unglück. In diesem Jahre skalpierten die Owens-River-Indianer nur einen Mann, und dieser eine war gerade Williamson Breckinridge Caruthers aus New Jersey. Während er frohen Herzens nach Hause humpelte, verlor er sein Haar für immer. In dieser Stunde der Bitterkeit war er daran, diese ungnädige Gnade zu verfluchen, die sein Haupt nicht ganz zum Opfer werden ließ.

Nun ist Aurelia in Verlegenheit, was sie tun soll. Sie liebt noch ihren Breckinridge. Sie schreibt mit echt weiblichem Gefühl, sie liebe noch, was von ihm vorhanden sei. Doch ihre Eltern sind entschieden gegen diese Verbindung, denn er hat kein Vermögen, ist dabei arbeitsunfähig und sie hat nicht genügend Mittel, um den Unterhalt beider bestreiten zu können. »Was soll ich nun tun?« fragt sie in schmerzlicher und ängstlicher Verlegenheit.

Es ist dies eine heikle Frage, eine Frage, die das lebenslängliche Glück eines Weibes und ungefähr zwei Drittel des Mannes betrifft, und ich fühle, ich nähme hier eine zu große

Verantwortung auf mich, wenn ich eine entscheidende Antwort gäbe. Wie wäre es, wenn man versuchen würde, ihn wieder herzustellen? Hätte Aurelia die Mittel, so könnte sie ihren verstümmelten Bräutigam mit hölzernen Armen und Füßen, mit einem Glasauge und Perücke ausrüsten, was ihm ein anderes Aussehen gäbe. Sie könnte ihm ferner noch eine neunzigtägige Frist gewähren und wenn er in dieser Zeit nicht den Hals bricht, ihn heiraten und den Dingen ihren Lauf lassen. Meines Erachtens riskiert Aurelia hierbei keineswegs viel, denn wenn er fernerhin die besondere Eigenart bekundet, zu Schaden zu kommen, so oft sich dafür eine gute Gelegenheit bietet, so dürfte sein nächstes Experiment sein Ende herbeiführen und dann wird sie, verheiratet oder ledig, der Sache einmal los. Ist sie dann bereits verheiratet, so würden die hölzernen Gliedmaßen und ähnliche Werte der Witwe zufallen. Sie hätte dann höchstens nur den Verlust des Bruchteils eines edlen, aber unglücklichen Ehemannes zu beklagen, der redlich bemüht war, alles aufs beste zu machen, aber ganz ungewöhnliche Instinkte wider sich hatte. Aurelia soll es versuchen. Ich habe mir die Sache gut und sorgfältig überlegt und finde, daß es für sie der einzige Ausweg ist. Es wäre seitens Caruthers ein prächtiger Einfall gewesen, wenn er die Sache mit seinem Hals begonnen und den zuerst gebrochen hätte. Da er aber einen andern Weg einschlug und die Sache so lang wie möglich hinausschiebt, so glaube ich nicht, daß wir ihm dabei irgendwie hinderlich sein dürfen. Wir müssen unter solchen Umständen das Beste tun, was sich machen läßt, und den Dingen ihren Lauf lassen.

Die Million-Pfund-Note

Mit siebenundzwanzig Jahren war ich Buchhalter bei einem Minenmakler in San Franzisko und mit allen Raffinessen des Börsengeschäfts wohl vertraut. Ich stand allein auf der Welt und konnte mich auf weiter nichts verlassen als auf meinen Verstand und meinen makellosen Ruf; doch hatte mich beides auf einen Weg geführt, an dessen Ende der Erfolg winkte, und so schaute ich frohen Mutes in die Zukunft.

Jeden Samstag hatte ich den Nachmittag frei und verbrachte ihn meist auf dem Wasser in meinem kleinen Segelboot. Eines Tages wagte ich mich zu weit in die Bucht hinaus und wurde aufs offene Meer getrieben. Es dämmerte schon und meine letzte Hoffnung begann zu schwinden, als ich von einer kleinen Brigg aufgefischt wurde, die sich auf der Fahrt nach London befand. Es war eine lange und stürmische Überfahrt, für die ich allerdings nichts bezahlte; statt dessen mußte ich als gemeiner Matrose arbeiten. Als ich in London an Land ging, waren meine Kleider verschlissen und ich hatte nur noch einen einzigen Dollar in der Tasche. Das Geldstück sicherte mir Nahrung und Obdach für die ersten vierundzwanzig Stunden. Die nächsten vierundzwanzig verbrachte ich ohne diese Annehmlichkeit.

Am nächsten Morgen gegen zehn Uhr schleppte ich mich müde und hungrig am Portland-Place vorüber, als mir an der Hand seiner Nurse ein Kind entgegenkam und eine köstliche, große, kaum angebissene Birne in den Rinnstein fallen ließ. Natürlich blieb ich stehen und heftete meinen begehrlichen

Blick auf die beschmutzte Kostbarkeit. Der Mund wässerte mir, mein Magen zog sich zusammen, mein ganzes Wesen lechzte nach der Birne. Doch so oft ich mich bücken wollte, um sie zu ergreifen, entdeckte jedesmal das Auge eines Vorübergehenden meine Absicht. Natürlich richtete ich mich dann stets wieder auf, nahm eine gleichgültige Miene an und tat, als hätte ich überhaupt nicht an die Birne gedacht. So erging es mir immer und immer wieder, und ich konnte die Birne nicht aufheben. In meiner Verzweiflung war ich fast schon soweit, alle Scham zu überwinden und mich ganz offen zu bücken, als hinter mir ein Fenster aufging, aus dem mich ein Herr anrief:

»Kommen Sie doch bitte herein.«

Ein reichbetreßter Lakai ließ mich ein und führte mich in ein kostbar eingerichtetes Zimmer, in dem zwei ältere Herren saßen. Sie schickten den Diener weg und baten mich, Platz zu nehmen. Sie hatten gerade ihr Frühstück beendet, und der Anblick der Überreste war fast mehr, als ich ertragen konnte. Kaum vermochte ich mich angesichts dieser Mahlzeit zu beherrschen, aber da ich nicht aufgefordert wurde, zuzugreifen, mußte ich mich mit möglichstem Anstand in meine Lage fügen.

Nun hatte sich in diesem Zimmer kurz zuvor ein Vorfall ereignet, von dem ich erst viele Tage später etwas erfuhr, den ich aber jetzt gleich berichten möchte. Die beiden alten Herren, es waren Brüder, waren vor kurzem in einen ziemlich heftigen Streit geraten, den sie schließlich in Form einer Wette austrugen, was in England nichts Ungewöhnliches ist.

Vielleicht erinnert man sich, daß die Bank von England seinerzeit zwei Banknoten zu je einer Million Pfund Sterling ausgab, anläßlich eines Geschäfts, das sie mit einer auswärtigen Macht abgeschlossen hatte. Aus irgendeinem Grund war dabei nur eine der beiden Noten in den Verkehr gelangt und später entwertet worden, während die andere noch unangetastet in den Gewölben der Bank lag. Nun hatten die beiden Brüder gesprächsweise zufällig die Frage erörtert, wie es wohl einem durchaus gescheiten und ehrlichen Fremden ergehen würde, der in London auftauchte, ohne hier einen Menschen zu kennen und ohne einen Penny zu besitzen, außer jener Millionpfundnote, über deren Besitz er sich nicht einmal ausweisen könnte. Bruder A. behauptete, der Betreffende würde verhungern; Bruder B. behauptete das Gegenteil. Bruder A. wandte ein, der Fremde könne die Note weder bei der Bank noch irgendwo sonst vorzeigen, ohne auf der Stelle festgenommen zu werden. So ging der Streit hin und her, bis Bruder B. sich schließlich bereit erklärte, zwanzigtausend Pfund zu wetten, daß der Fremde auf irgendeine Weise dreißig Tage lang von der Millionennote leben könne und dies, ohne ins Gefängnis zu wandern. Bruder A. nahm die Wette an. Bruder B. eilte unverzüglich zur Bank und kaufte die Note. Echt englisch, wie man sieht: sich in einen Einfall verbeißend! Hierauf diktierte er einen Brief, den einer seiner Schreiber in wunderschöner Rundschrift ausfertigte, und dann setzten sich die beiden Brüder einen ganzen Tag lang ans Fenster und warteten auf den richtigen Mann, der ihren Absichten völlig entsprach.

Sie sahen manch ehrliches Gesicht vorüberziehen, aber stets war es nicht intelligent genug; manche Gesichter waren intelligent, aber nicht ehrlich genug; manche waren beides, aber ihr Träger war nicht arm genug, oder wenn er arm genug war, so war er kein Fremder. Immer fehlte es irgendwo, bis ich auftauchte. Bei mir aber waren sofort beide der Meinung, daß ich allen Bedingungen gerecht würde; so fiel denn ihre Wahl einstimmig auf mich, und da saß ich nun und wartete darauf, zu erfahren, weshalb man mich hereingerufen hatte. Zunächst stellten sie mir allerhand Fragen über mich selbst, und sehr bald kannten sie meine Geschichte. Schließlich erklärten sie mir, ich entspräche ihrem Vorhaben.

Ich gab meiner Freude Ausdruck und erkundigte mich, welcher Art das Vorhaben sei. Jetzt übergab mir der eine von den Brüdern einen Umschlag mit der Bemerkung, ich würde inliegend die Erklärung finden. Schon wollte ich den Umschlag aufreißen, als mich der andere daran hinderte; ich sollte ihn mit nach Hause nehmen, ihn sorgfältig durchlesen und nichts übereilen. Ich war etwas erstaunt und hätte die Angelegenheit gern etwas gründlicher erörtert, aber sie ließen sich nicht darauf ein; so empfahl ich mich denn, tief gekränkt über den schlechten Scherz, den man sich offenbar mit mir erlaubt hatte, und den ich mir trotzdem gefallen lassen mußte, da meine Lage es mir verbot, den mir von solch mächtigen und reichen Leuten angetanen Schimpf zurückzuweisen.

Jetzt hätte ich die Birne bestimmt aufgehoben und vor aller Welt verzehrt, doch sie war nicht mehr da; selbst darum hatte mich die unglückselige Geschichte gebracht, und diese Vorstellung war nicht dazu angetan, meine Wut auf die alten Herren zu besänftigen. Sobald ich aus dem Gesichtskreis des Hauses gelangt war, riß ich den Umschlag auf und entdeckte, daß er Geld enthielt. Meine Meinung über die beiden Herren änderte sich, das kann ich Ihnen sagen! Ohne mich auch nur einen Augenblick zu besinnen, schob ich Brief und Banknote in meine Westentasche und lief direkt nach dem nächsten billigen Speisehaus. Und wie ich da zugriff! Als schließlich nichts mehr in mich hineinging, zog ich den Geldschein aus der Tasche und entfaltete ihn; ich warf einen Blick darauf und fiel fast in Ohnmacht. Fünf Millionen Dollar! Mir verschwamm alles vor den Augen.

Mindestens eine Minute lang muß ich wie betäubt dagesessen und auf die Note gestiert haben, bevor ich wieder zu mir kam. Das erste, was ich bemerkte, war der Wirt.

Sein Blick hing an der Note, er stand wie erstarrt. Mit ganzem Leib und ganzer Seele war er in Anbetung versunken und sah aus, als könnte er kein Glied mehr rühren. Im Nu hatte ich meinen Entschluß gefaßt und tat das einzig Vernünftige, was ich in meiner Lage tun konnte. Ich reichte ihm die Note hin und sagte völlig unbefangen:

»Geben Sie mir bitte heraus.«

Das brachte ihn wieder zu sich; er erschöpfte sich in Entschuldigungen, daß er nicht imstande sei, die Note zu wechseln, ja, ich brachte ihn nicht einmal dazu, sie anzurühren. Nur anschauen wollte er sie, immer nur anschauen. Er konnte sich gar nicht satt daran sehen, doch er schrak vor der Berührung zurück, als wäre es ein geweihter Gegenstand, viel zu heilig für die Hände eines armen Sterblichen.

»Es tut mir leid, wenn ich Ihnen Mühe mache«, begann ich wieder, »doch ich muß darauf bestehen. Bitte wechseln Sie, ich habe kein anderes Geld.«

Doch er erklärte, das mache nichts: er wolle die kleine Zeche gern anstehen lassen. Ich entgegnete, es könne einige Zeit dauern, bis ich wieder in diese Gegend komme; allein er versicherte nochmals, das sei ohne Bedeutung, er könne warten; überhaupt könne ich bei ihm jederzeit haben, was ich wolle, und die Rechnung so lange anstehen lassen, wie es mir beliebe. Er sagte, er werde doch hoffentlich nicht davor zurückschrecken, einem so reichen Herrn wie mir Vertrauen zu schenken, bloß weil ich in Ulklaune sei und es darauf anlege, durch meine Kleidung die Leute irrezuführen.

Unterdessen war ein neuer Gast eingetreten, und der Wirt gab mir einen Wink, das Ungetüm wieder wegzustecken; dann begleitete er mich mit vielen Bücklingen bis zur Tür, und ich eilte sofort zu dem Haus mit den Brüdern zurück, um das Mißverständnis aufzuklären, bevor mich die Polizei beim Kragen nahm und mir bei der Aufklärung half. Ich war reichlich nervös, ja, hatte eigentlich Angst, obwohl ich natürlich an der Sache unschuldig war. Aber ich kannte die Welt genug, um zu wissen, daß, wenn jemand einem Bettler versehentlich eine Eine-Million-Pfund-Note gab statt einer Ein-Pfund-Note, er unfehlbar in eine furchtbare Wut geriet, nicht etwa gegen sich selbst und seine Kurzsichtigkeit, sondern gegen den armen Teufel von Bettler. Als ich in die Nähe des Hauses kam, begann sich meine Aufregung etwas zu legen, denn hier war alles still und friedlich, woraus ich entnahm, daß der Streich noch nicht entdeckt worden war. Ich klingelte. Der gleiche Bediente erschien. Ich fragte nach den beiden Herren.

»Sie sind fort«, erklärte er in dem hochmütigen, kalten Ton, der seinesgleichen meist auszeichnet.

»Fort? Wohin?«

»Verreist.«

»Ja, aber wohin?«

»Nach dem Kontinent, nehme ich an.«

»Dem Kontinent?«

»Jawohl, Sir.«

»Auf welchem Weg?«

»Das kann ich nicht sagen, Sir.«

»Wann sind sie zurück?«

»In einem Monat etwa, sagten sie.«

»In einem Monat! Das ist furchtbar! Sagen Sie mir doch, wie ich ihnen ein Wort zukommen lassen kann. Es ist äußerst wichtig.«

»Tut mir leid. Ich habe keine Ahnung, wohin sie gereist sind.«

»Dann muß ich jemand von der Familie sprechen.«

»Die Familie ist auch verreist, schon seit Monaten – nach Ägypten und Indien, glaube ich.«

»Mensch! Es ist ein ungeheurer Irrtum geschehen. Bestimmt kommen die Herren noch vor heute nacht zurück. Wollen Sie ihnen sagen, daß ich hiergewesen bin und so lange immer wieder kommen werde, bis die Sache in Ordnung gebracht ist? Sie brauchen sich keine Sorgen zu machen.«

»Ich werde es ihnen ausrichten, falls sie zurückkommen, aber das erwarte ich nicht. Die Herren erklärten mir, Sie würden sicherlich in einer Stunde wieder hier sein, um sich zu erkundigen, aber ich sollte Ihnen ausrichten, daß alles in Ordnung sei; sie selbst würden zur rechten Zeit zurück sein und Sie erwarten.«

So mußte ich denn nachgeben und mich entfernen. Wie rätselhaft war das alles! Ich war nahe daran, den Verstand zu verlieren. Sie wollten ›rechtzeitig‹ wieder hier sein. Was sollte das bedeuten? Ach, vielleicht enthielt der Brief eine Erklärung. Den hatte ich ganz vergessen; ich holte ihn aus dem Umschlag und las. Er lautete folgendermaßen:

Sie sind ein intelligenter und ehrlicher Mensch, das sieht man Ihrem Gesicht an. Wir halten Sie außerdem für arm und landesfremd. Inliegend werden Sie eine größere Geldsumme finden. Wir leihen sie Ihnen zinslos für dreißig Tage. Erstatten Sie danach in diesem Hause Bericht. Ich habe auf Sie gewettet. Gewinne ich, sollen Sie von mir jede Stellung erhalten, über die ich verfügen kann – das heißt, die Ihren Kenntnissen entspricht und die Sie auszufüllen imstande sind.

Nun, da steckte ich ja in einer schönen Klemme. Der Leser kennt die Vorgeschichte des Falles, ich hingegen kannte sie damals nicht. So war das Ganze ein tiefes, unergründliches Rätsel. Ich hatte nicht die geringste Ahnung, worum es hier ging und ob man mir eine Freundlichkeit erweisen wollte oder das Gegenteil. Ich schlenderte in den Park hinunter und setzte mich auf eine Bank, um gründlich nachzudenken und mir zu überlegen, was ich tun sollte.

Nach Verlauf einer Stunde hatten sich meine Überlegungen zu folgendem Gedankengang kristallisiert:

Vielleicht meinten es die beiden Herren gut mit mir, vielleicht auch nicht. Das konnte ich nicht beurteilen, also hieß es abwarten. Sie hatten ein Spiel, einen Plan oder ein Experiment mit mir vor; welcher Art, wußte ich nicht – also abwarten. Man hatte auf mich gewettet; worin die Wette bestand, konnte ich nicht erraten – also abwarten. Damit waren die unbekannten Größen erledigt; die übrigen Faktoren waren greifbar, feststehend und konnten mit Sicherheit klassifiziert und berechnet werden. Wenn ich die Bank von England bat, diese Note dem Konto des Mannes gutzuschreiben, dem sie gehörte, würde sie das sicherlich tun, denn sie kannte ihn und mich nicht; aber man würde mich fragen, wie ich in ihren Besitz käme, und wenn ich dann die Wahrheit erzählte, würde man mich natürlich ins Irrenhaus stecken; oder, wenn ich lügen würde, ins Gefängnis. Das gleiche würde geschehen, wenn ich die Note irgendwo anders vorlegte oder sie zu beleihen versuchte. Ich mußte die ungeheure Last bis zur Rückkehr der beiden Herren mit mir herumtragen, ob ich wollte oder nicht. Sie war für mich nutzlos, so nutzlos wie eine Handvoll Asche, und dennoch mußte ich auf sie achtgeben und sie bewachen, während ich mir meinen Lebensunterhalt zusammenbettelte. Ich konnte sie nicht ausgeben, selbst wenn ich es versuchen wollte, denn kein ehrlicher Bürger, ja nicht einmal ein Gauner würde sie abnehmen oder mit ihr etwas zu tun haben wollen. Die Brüder waren gedeckt. Selbst wenn ich die Note verlor oder verbrannte, blieben sie gedeckt, denn im ersten Falle brauchten sie nur Zahlungssperre zu beantragen, im zweiten dagegen würde ihnen die Bank den vollen Betrag ersetzen. Inzwischen aber mußte ich ohne Lohn oder Entgelt einen Monat voller Leiden ertragen, es sei denn, ich half diese Wette gewinnen, ganz gleich, worin sie bestand; dann würde ich die versprochene Stellung erhalten. Und wie gern ich die gehabt hätte! Leute dieser Art können über Stellungen verfügen, die der Mühe wert sind.

Ich begann über die Möglichkeiten einer solchen Stellung nachzudenken. Meine Hoffnungen stiegen. Sicherlich war ein hohes Gehalt zu erwarten. Es würde mit nächstem Monat beginnen, und dann war alles in Ordnung. Dieser Gedanke belebte mich und brachte mich wieder auf die Beine. Erneut wanderte ich durch die Straßen. Der Anblick eines Schneiderladens erweckte in mir den heißen Wunsch, meine Lumpen abzuwerfen und mich wieder anständig zu kleiden. Konnte ich mir das leisten? Nein; ich besaß eine Eine-Million-Pfund-Note und sonst nichts auf der Welt. So zwang ich mich denn weiterzugehen. Doch bald schlenderte ich wieder zurück. Die Versuchung peinigte mich grausam. Heldenmütig dagegen ankämpfend, muß ich mindestens sechsmal vor dem Laden hin und her gegangen sein. Schließlich gab ich nach; ich konnte nicht anders. Ich fragte nach einem fehlgeratenen Anzug, der ihnen vielleicht liegengeblieben sei. Der Verkäufer, an den ich mich gewandt hatte, wies mich, stumm nickend, an einen anderen. Als ich auf diesen zuging, wies der mich auf gleiche Weise an einen dritten, der mir nun zurief:

»Komme gleich.«

Ich wartete bis er für mich frei war, und ließ mich dann in ein Hinterzimmer führen, wo er aus einem ganzen Haufen zurückgewiesener Anzüge den schlechtesten für mich heraussuchte. Ich zog ihn an. Er paßte nicht, war auch keineswegs hübsch, aber immerhin war er neu und daher in meinen Augen höchst begehrenswert. Ich hatte also nichts daran auszusetzen, erklärte aber etwas schüchtern:

»Es wäre mir sehr lieb, wenn Sie ein paar Tage auf das Geld warten könnten. Ich habe kein Kleingeld bei mir.«

Der Kerl nahm eine unverschämt spöttische Miene an und erwiderte: »Ach, wirklich? Das habe ich auch gar nicht erwartet. Herren wie Sie tragen natürlich stets nur große Scheine in der Tasche.«

Ich erklärte gereizt:

»Lieber Freund, Sie sollten nicht jeden Fremden nach den Kleidern beurteilen, die er trägt. Ich bin durchaus in der Lage, den Anzug hier zu bezahlen. Ich wollte Ihnen nur die Mühe ersparen, einen sehr großen Schein zu wechseln.«

Er änderte darauf leicht seinen Ton und sagte, immer noch ein wenig von oben herab:

»Ich wollte Ihnen nicht zu nahe treten; aber wenn wir einander schon Vorhaltungen machen, so möchte ich Ihnen doch sagen: Sie haben kein Recht zu der Annahme, wir könnten eine Note, die Sie bei sich tragen, nicht wechseln. Im Gegenteil, wir wechseln jede Note.«

Ich reichte ihm den Schein hin und sagte:

»Oh, das ist was anderes, entschuldigen Sie bitte.«

Er nahm ihn lächelnd entgegen – mit einem Lächeln, bei dem sich das ganze Gesicht mit einem System von Falten, Runzeln und Schlangenlinien überzieht, so daß es aussieht wie ein Teich, in den man einen Stein geworfen; dann aber fiel sein Blick auf die Note und sein Lächeln gefror, es erstarrte wie die graugelben Lavawellen an den Abhängen des Vesuvs. Nie zuvor habe ich Ähnliches erlebt. Der Mann stand da, hielt den Schein in der Hand, starrte auf ihn herab, und der Besitzer kam angerannt, um zu sehen, was los sei.

»Nun, was gibt's?« fragte er munter, »was ist denn los? Wo fehlt's?«

»Gar nichts ist los«, sagte ich. »Ich warte nur auf mein Wechselgeld.«

»Los, los! Wechseln Sie ihm den Schein, Todd; geben Sie ihm das Kleingeld heraus.«

»Herausgeben!« erwiderte Todd. »Sie haben leicht reden, Sir! Sehen Sie sich den Schein einmal an.«

Der Inhaber warf einen Blick darauf, pfiff leise und vielsagend durch die Zähne und tauchte dann in dem Haufen verschnittener Anzüge unter, die er nach allen Seiten durcheinanderwarf. Dabei machte sich seine Aufregung in folgendem Selbstgespräch Luft:

»Einem exzentrischen Millionär solch einen unsagbar scheußlichen Anzug zu verkaufen! Todd ist ein Narr! Ein geborener Narr! Dauernd macht er solche Streiche. Treibt jeden Millionär aus dem Laden, weil er einen Millionär nicht von einem Landstreicher unterscheiden kann; es niemals fertigbrachte. So, da habe ich, was ich suchte. Bitte, ziehen Sie doch das Zeug da wieder aus, Sir, und werfen Sie es ins Feuer. Tun Sie mir den Gefallen und probieren Sie das Hemd hier an und den Anzug; das ist gerade das Richtige, genau das Richtige: bequem, einfarbig, unauffällig und dabei doch vornehm; auf Bestellung eines ausländischen Fürsten angefertigt – vielleicht kennen Sie ihn, Sir, Seine Eminenz den Gospodar von Halifax. Er mußte ihn zurückgeben und statt dessen einen Traueranzug nehmen, weil seine Mutter im Sterben lag, aber dann doch nicht starb. Aber das ist Nebensache; es geht eben nicht immer, wie wir ... das heißt, wie man ... Da! Die Hosen passen, sitzen ganz ausgezeichnet, Sir, und nun die Weste: aha, paßt auch, jetzt den Rock – beim Himmel! Sehen Sie sich das an! Sitzt alles wie angegossen! Nie habe ich etwas Vollkommeneres gesehen.«

Ich drückte meine Zufriedenheit aus.

»Ganz recht, Sir, ganz recht; für einen Konfektionsanzug reicht's, denke ich; aber warten Sie nur, bis wir Ihnen einen nach Maß gemacht haben. Vorwärts, Todd, Notizbuch und

Bleistift, hol es mal her. Beinlänge zweiunddreißig ...« und so ging es weiter. Bevor ich noch ein Wort einwenden konnte, hatte er mir Maß genommen und erteilte den Auftrag zur Anfertigung von Gesellschaftsanzügen, Straßenanzügen, Hemden und allem Zubehör. Als ich endlich zu Wort kommen konnte, sagte ich:

»Aber, mein lieber Herr, ich kann den Auftrag unmöglich erteilen, es sei denn, Sie könnten auf unbestimmte Zeit mit der Bezahlung warten oder die Note wechseln.«

»Auf unbestimmte Zeit! Das will gar nichts heißen, Sir, rein gar nichts. In alle Ewigkeit, müssen Sie sagen, Sir. Todd, lassen Sie die Sachen eiligst anfertigen und schicken Sie sie dem Herrn unverzüglich in seine Wohnung. Sollen kleinere Kunden warten. Notieren Sie die Adresse des Herrn und ...«

»Ich bin gerade dabei, meine Wohnung zu wechseln. Ich komme gelegentlich vorbei und hinterlasse meine neue Adresse.«

»Ganz recht, Sir, ganz recht. Einen Augenblick, bitte. Ich begleite Sie bis zur Tür, Sir. So, hier – auf Wiedersehen, mein Herr, auf Wiedersehen.«

Nun, es läßt sich wohl leicht denken, was jetzt geschah. Natürlich trieb es mich, alles mögliche zu kaufen, was ich mir wünschte, und beim Bezahlen das Einwechseln der Note zu verlangen. Innerhalb einer Woche war ich üppig ausgestattet und von kostbaren und bequemen Dingen umgeben. Ich bezog ein teures Privathaus am Hannover Square. Hier nahm ich mein Mittagessen ein, doch zum Frühstück suchte ich stets das bescheidene Gasthaus von Harris auf, wo ich zum ersten Male mit einer Eine-Million-Pfund-Note gespeist hatte. Harris wurde durch mich ein gemachter Mann. Es hatte sich überall herumgesprochen, daß der fremde Kauz, der mit

Millionen-Pfund-Noten in der Westentasche unherlief, der Schutzpatron des Lokals sei. Das genügte. Aus einer armseligen, um ihre Existenz kämpfenden, kleinen Imbißstube hatte es sich zu einer berühmten, stets überfüllten Gaststätte entwickelt. Harris war so dankbar, daß er mir Darlehen aufdrängte und keine Weigerung gelten ließ; daher hatte ich bei aller Armut Geld genug in der Tasche und konnte ein wahres Herrenleben führen. Dabei sagte ich mir wohl, daß dies unweigerlich zu einem Krach führen müsse, aber jetzt steckte ich schon mitten im Schlamm und mußte mich entweder durcharbeiten oder umkommen.

Gerade die drohende Gefahr indessen gab einem Zustand, der sonst nur lächerlich gewesen wäre, eine ernsthafte, nüchterne, ja sogar tragische Note. Des Nachts, im Dunkeln, gewann die Tragödie die Oberhand, warnend und drohend, und ich seufzte, warf mich herum und konnte nicht einschlafen. Doch bei freundlichem Tageslicht verlor die Drohung ihre Schrecken, und ich schwebte wie auf Wolken und wiegte mich in einem wahren Taumel, in einem förmlichen Rausch des Glücks. Das war nur natürlich, war ich doch eine Sehenswürdigkeit der größten Stadt der Welt geworden, und das verdrehte mir den Kopf nicht nur ein wenig, sondern ganz gehörig. Keine Zeitung konnte man mehr in die Hand nehmen, ganz gleich ob englisch, irisch oder schottisch, ohne darin einen oder mehrere Artikel über den ›Westentaschen-Millionär‹ zu finden, nebst den letzten Berichten über das, was er gesagt oder getan hatte. In der ersten Zeit fanden sich die Nachrichten am Ende der Gesellschaftsrubrik; dann standen sie unter den Nachrichten aus Adelskreisen, vom Ritter aufsteigend über den Baron und immer höher, bis sie schließlich an erster Stelle landeten, und dort blieben sie, auf einem Platz, auf dem nur noch Prinzen aus königlichem Haus und das Kirchenoberhaupt von England vor mir den Vorrang hatten.

Doch wohlgemerkt: das war noch kein Ruhm; ich war nur bekannt. Dann aber kam der Knalleffekt, der Ritterschlag sozusagen, der im Nu das vergängliche Blech öffentlicher Aufmerksamkeit in das gediegene Gold des Ruhms verwandelte: die Zeitschrift ›Punch‹ brachte eine Karikatur von mir! Ja, jetzt war ich ein gemachter Mann, mein Ruf war gesichert. Wohl durfte man noch Witze machen über mich, aber nur respektvolle, keine rohen, keine gehässigen mehr; man durfte noch über mich lächeln, aber mich nicht mehr auslachen. Die Zeiten waren vorüber. ›Punch‹ brachte mich, wie ich, ganz in Lumpen gehüllt, mit einem wohlgenährten Protzen um den Tower von London würfelte. Nun, man kann sich vorstellen, wie das auf einen jungen Menschen wirkte, um den sich bisher keiner gekümmert hatte und der jetzt nicht ein Wort mehr äußern konnte, das nicht aufgeschnappt und von allen Lippen wiederholt wurde. »Schau, da geht er; das ist er!«

Ich konnte nicht einmal mehr bei Harris mein Frühstück einnehmen, ohne von einer Zuschauermenge umlagert zu werden. In keiner Opernloge konnte ich mich zeigen, ohne dem Kreuzfeuer von tausend Gläsern ausgesetzt zu sein. Kurz und gut, ich schwamm den ganzen Tag in Ruhm – damit ist alles gesagt.

Wissen Sie, ich hatte sogar meinen alten, zerschlissenen Anzug behalten und erschien darin von Zeit zu Zeit in der Öffentlichkeit, um wieder einmal das Vergnügen auszukosten, mich beim Einkauf irgendeiner Kleinigkeit beleidigen zu lassen und dann den Unverschämten mit meiner Million-Pfund-Note niederzuschmettern. Aber lange konnte ich das nicht fortführen. Die illustrierten Zeitungen machten meine Erscheinung derart bekannt, daß ich sofort erkannt wurde, wenn ich in diesem Aufzug ausging; eine Menschenmenge folgte mir, und wenn ich etwas kaufen wollte, bot mir der Inhaber seinen ganzen Laden auf Kredit an, bevor ich ihm meine Note hinhalten konnte.

Etwa am zehnten Tage meiner Berühmtheit machte ich mich auf, um meiner patriotischen Pflicht zu genügen, indem ich dem amerikanischen Gesandten einen Besuch abstattete. Er empfing mich mit dem meinem Fall angemessenen Entzükken, machte mir Vorwürfe, daß ich so lange gezögert hatte, und erklärte mir, er könne mir nur dann verzeihen, wenn ich bei einer am heutigen Abend in seinem Haus stattfindenden Gesellschaft den Platz eines durch Krankheit verhinderten Gastes einnehmen wolle. Ich sagte zu, und wir gerieten allmählich immer tiefer ins Gespräch. Es stellte sich heraus, daß er und mein Vater die gleiche Schulbank gedrückt und später zusammen in Yale studiert hatten und sie bis zu meines Vaters Tod stets gute Freunde gewesen waren. So lud er mich denn ein, jede freie Stunde in seinem Hause zuzubringen, was ich natürlich mit Freuden annahm.

Ehrlich gesagt, war mir das mehr als angenehm, ja sogar höchst wertvoll, und ich freute mich darüber. Wenn das Unglück eines Tages über mich hereinbrach, war er vielleicht imstande, mich vor dem völligen Untergang zu bewahren. Ich konnte mir zwar nicht recht vorstellen, wie das möglich sein sollte, aber vielleicht fand er einen Ausweg. Ich durfte es nicht wagen, mich ihm anzuvertrauen, weil es dafür jetzt zu spät war; bei Beginn meines Londoner Abenteuers wäre ich dazu nur allzu bereit gewesen. Aber jetzt, nein, jetzt wagte ich es nicht mehr; ich saß zu tief in der Tinte; das heißt zu tief, um nicht durch Enthüllungen die neue Freundschaft zu gefährden, wenn auch nicht so tief, daß ich nicht hoffen durfte, noch einmal nach oben zu kommen. Denn bei meiner ganzen Pumpwirtschaft war ich doch sorgfältig darauf bedacht, meine Mittel nicht zu überschreiten, ich meine die

Grenzen meines zukünftigen Gehalts. Natürlich wußte ich nicht, wie hoch dieses Gehalt einmal sein würde, aber ich konnte es ungefähr abschätzen; denn wenn ich die Wette gewann, so durfte ich mir innerhalb des Machtbereichs des alten Herrn eine Stellung aussuchen, vorausgesetzt, daß ich ihr gewachsen war – und ich würde mich ihr bestimmt gewachsen zeigen, daran zweifelte ich nicht. Über die Wette selbst machte ich mir keine Sorgen; ich hatte immer Glück gehabt. So schätzte ich also mein Gehalt auf etwa sechshundert bis eintausend Pfund im Jahr, sagen wir sechshundert im ersten und dann von Jahr zu Jahr ansteigend, bis es in Anerkennung meiner Leistung Tausend erreichte. Zur Zeit betrugen meine Schulden nicht mehr als mein erstes Jahresgehalt. Alle Welt hatte sich darum gerissen, mir Geld vorzustrecken, aber meist hatte ich unter dem einen oder anderen Vorwand abgelehnt; so bestanden meine Verpflichtungen nur aus dreihundert Pfund geliehenen Bargeldes und aus weiteren dreihundert, die ich dem Hausbesitzer und verschiedenen Geschäften für meine Einkäufe schuldete. Ich hoffte, mein zweites Jahresgehalt würde mich durch den Rest des Monats bringen, wenn ich weiterhin so vorsichtig und sparsam lebte, und dazu war ich fest entschlossen. War mein Probemonat erst einmal zu Ende und mein Gönner dann von der Reise zurück, so war alles wieder im schönsten Gleise, denn ich gedachte, unter meine Gläubiger einfach Anweisungen auf die beiden ersten Jahresgehälter zu verteilen, mit denen ich rechnen konnte, und tüchtig zu arbeiten.

Es war eine sehr angenehme Tischgesellschaft von vierzehn Personen: der Herzog und die Herzogin von Shoreditch und ihre Tochter Lady Grace-Eleanor-Celeste und so fort und so fort – de Bohum, der Graf, die Gräfin von Newgate, Viscount Cheapside, Lord und Lady Blatherskite, einige Herrschaften beiderlei Geschlechts ohne Rang und Titel, der Gesandte nebst Frau und Tochter sowie die zu Besuch weilende Freundin dieser Tochter, eine junge Engländerin von zweiundzwanzig Jahren namens Portia Langham, in die ich mich bereits nach zwei Minuten verliebt hatte, wie sie sich in mich, was ich ohne Brille feststellen konnte. Dann war da noch ein anderer Gast, ein Amerikaner – doch ich eile meiner Erzählung ein wenig voraus. Während sich die Gesellschaft in Erwartung des Diners noch im Salon aufhielt und die Nachzügler musterte, meldete der Diener: »Mr. Lloyd Hastings.«

Kaum waren die üblichen Begrüßungsworte ausgetauscht, da erblickte mich Hastings und kam mit herzlich ausgestreckten Händen direkt auf mich zu; dann aber, als er die meinen schon schütteln wollte, stockte er plötzlich und sagte mit verlegener Miene:

»Verzeihung, Sir, ich dachte, wir kennten uns.«

»Nun, Sie kennen mich ja auch, alter Freund.«

»Nein! Sind *Sie* etwa der ... der ...?«

»Westentaschen-Millionär? Jawohl, der bin ich. Nennen Sie mich nur ruhig beim Spitznamen, ich bin daran gewöhnt.«

»Junge, Junge, ist das eine Überraschung! Ein- oder zweimal habe ich Ihren richtigen Namen in Verbindung mit Ihrem Spitznamen gehört, aber es ist mir nie in den Sinn gekommen, daß *Sie* der Henry Adams sein könnten. Es ist doch noch kein halbes Jahr her, daß Sie bei der ›Blake Hopkins‹ in San Franzisko in der Buchhaltung saßen und mir des Nachts halfen, die Bücher und Geschäftsbriefe der Gould- und Carry-Extension-Gruben zu prüfen und in Ordnung zu bringen, wodurch Sie sich nebenbei etwas verdienten. Und jetzt soll ich mir vorstellen, daß Sie hier in London als mehrfacher Millionär und einmalige Berühmtheit herumlaufen! Das ist ja das reinste Märchen aus Tausendundeiner Nacht. Mensch, das ist ja unfaßbar; lassen Sie mich erst etwas zu mir kommen.«

»Wahrhaftig, Lloyd, es geht mir um kein Haar besser als Ihnen. Ich begreife es selbst nicht.«

»Du lieber Himmel, das ist eine Überraschung, was? Gerade heute ist es drei Monate her, daß wir zusammen ins Minen-Restaurant gingen ...«

»Nein, ins What-Cheer.«

»Ganz recht, ins What-Cheer. Dort ließen wir uns um zwei Uhr morgens ein Kotelett und eine Tasse Kaffee geben, nachdem wir sechs Stunden zusammen über den Büchern der Extension geschwitzt hatten. Damals wollte ich Sie überreden, mit mir nach London zu kommen und erbot mich, Ihnen Urlaub zu verschaffen und Sie völlig freizuhalten; außerdem versprach ich Ihnen noch eine Extragratifikation, wenn es mir gelänge, den Kauf abzuschließen. Aber Sie wollten von der Sache nichts hören, behaupteten, ich würde es nicht schaffen und Sie könnten es sich nicht leisten, so aufs Geratewohl Ihre Stellung aufzugeben, um dann bei Ihrer Rückkehr womöglich wieder ganz von vorn anfangen zu müssen. Und nun sind Sie doch hier. Seltsam. Was hat Sie denn hergeführt und was in aller Welt hat Ihnen denn einen so unglaublichen Aufschwung gegeben?«

»Ach, nur der Zufall. Es ist eine lange Geschichte – ein ganzer Roman, könnte man sagen. Ich werde Ihnen alles erzählen, aber nicht jetzt.«

»Wann denn?«

»Am Ende des Monats.«

»Das sind aber noch über vierzehn Tage; das hält meine Neugier nicht aus. Sagen wir in einer Woche.«

»Das geht nicht. Sie werden schon noch erfahren, warum. Doch was macht das Geschäft?«

Seine Fröhlichkeit war plötzlich wie weggeblasen, und seufzend meinte er: »Sie sind wirklich ein Prophet. Ich wollte, ich wäre nicht hergekommen. Ich möchte nicht darüber sprechen.«

»Aber Sie sollen es. Wenn Sie nachher fortgehen, müssen Sie mit mir kommen und die Nacht bei mir verbringen; dann erzählen Sie mir alles nähere.«

»Ach, darf ich? Reden Sie im Ernst?« und das Wasser stieg ihm in die Augen.

»Gewiß; ich möchte die ganze Geschichte hören, Wort für Wort.«

»Ich bin Ihnen ja so dankbar! Allein schon dafür, daß endlich eine menschliche Stimme, ein menschliches Auge Interesse für mich und meine Angelegenheiten bekundet, nach allem, was ich hier durchgemacht habe. Guter Gott, ich könnte Dir auf den Knien dafür danken!«

Er drückte mir heftig die Hand, trank einen Schnaps und sah danach in fröhlichster Stimmung der Mahlzeit entgegen – aus der jedoch nichts wurde. Nein, es ging, wie es bei der verkehrten, widerwärtigen englischen Etikette so oft geht: man konnte sich über die Rangordnung nicht einigen, und so gab es keine Mahlzeit. Engländer essen bei einer Einladung zum Diner vorsichtshalber erst einmal zu Hause, weil sie wissen, was ihnen bevorsteht; aber keiner warnt je einen Fremden, und so geht der ahnungslos in die Falle. Diesmal kam freilich niemand zu Schaden, denn wir hatten alle schon zu Hause gegessen, da es unter uns keine Neulinge gab, außer Hastings, den aber der Gesandte gleich bei der Einladung darauf aufmerksam gemacht hatte, daß er mit Rücksicht auf die englische Sitte gar nicht erst für ein Essen gesorgt habe.

Trotzdem bot nun jeder Herr einer Dame den Arm und wanderte mit ihr hinüber in den Speisesaal, denn soweit folgte man der Aufforderung; hier aber begann der Streit. Der Herzog von Shoreditch beanspruchte den Vorrang und daher den Platz oben an der Tafel, wobei er geltend machte, daß der

Gesandte nur ein Volk, er aber einen Monarchen vertrete. Aber auch ich erhob Anspruch und gab keinen Fußbreit nach. In der Gesellschaftsrubrik rangierte ich vor allen Prinzen aus nicht königlichem Haus; das brachte ich jetzt vor und beanspruchte somit den Vorrang vor den hier Anwesenden. Natürlich konnten wir uns nicht einigen, trotz allem Hin- und Herreden; schließlich versuchte mein Gegner, seine hohe Geburt und seine Ahnen gegen mich auszuspielen, ich übertrumpfte ihn jedoch mit dem Hinweis auf meine direkte Abstammung von Adam, die schon mein Name verriet; er hingegen könne, nach seinem Namen und seiner normannischen Herkunft zu schließen, nur einer Seitenlinie entstammen.

Die Geschichte endete damit, daß wir alle zurück in den Salon zogen und dort, in kleinen Gruppen stehend, ein paar Erfrischungen zu uns nahmen, Sardinen und Erdbeeren. Hierbei wird die Rangordnung nicht so streng innegehalten. Die beiden Höchststehenden werfen einen Schilling in die Luft, und der Gewinner macht sich zuerst über die Erdbeeren her, während der Verlierer das Geldstück einsteckt. Dann kommen die beiden nächsten an die Reihe, danach wieder zwei und so fort. Nach dem Imbiß wurden Tische hereingetragen, und wir alle spielten Cribbage, um Sixpence die Partie. Die Engländer spielen nämlich nie zum Vergnügen. Wenn sie dabei nicht etwas gewinnen oder verlieren können, wobei es ihnen jedoch weder aufs eine noch aufs andere ankommt, so verzichten sie aufs Spielen.

Der Abend war reizend; zumindest für zwei von uns, Miss Langham und mich. Ich war so bezaubert von ihr, daß ich nicht imstande war, meine Trümpfe zu zählen, wenn es über zwei Sequenzen hinausging; und wenn ich einen Stich gemacht hatte, bemerkte ich es nicht einmal und fing wieder an auszuspielen, so daß ich eine Partie nach der andern verloren hätte, wäre es meiner Partnerin nicht genauso ergangen. So war es ganz natürlich, daß keiner von uns beiden gewann, was uns aber nicht einmal auffiel; wir wußten nur, daß wir glücklich waren; weiter wollten wir auch gar nichts wissen, sondern wir hatten nur den Wunsch, ungestört zu bleiben.

Ich erklärte ihr – wirklich in allem Ernst – ich erklärte ihr, daß ich sie liebe, und sie, nun, sie errötete bis in die Haarspitzen, aber es gefiel ihr; sie gab das auch zu. Ach, es war der schönste Abend meines Lebens. Jedesmal, wenn ich ein Spiel markierte, machte ich eine nicht dazugehörige Bemerkung; jedesmal, wenn sie markierte, bestätigte sie deren Empfang, während sie dabei ihre Stiche zählte. Ich brachte es nicht über mich zu sagen: »Und nun zum Schluß noch zwei«, ohne hinzuzufügen: »Gott, wie reizend Sie aussehen!« Und dann antwortete sie: »Fünfzehn zwei, fünfzehn vier, fünfzehn sechs, und noch ein Paar, das sind acht, und noch einmal acht ... meinen Sie das im Ernst?« Und sie warf mir, unter langen Wimpern hervor, einen süßen, schelmischen Blick zu. Ach, es war wirklich ... wirklich zum ...!

Übrigens war ich ihr gegenüber völlig offen und ehrlich und erklärte ihr, ich besäße keinen Penny außer eben jener Million-Pfund-Note, von der sie soviel gehört hatte, und selbst die gehörte mir nicht. Das erweckte ihre Neugier, und darauf erzählte ich ihr halblaut die ganze Geschichte von Anfang an; sie starb fast vor Lachen. Was in aller Welt konnte sie daran so lächerlich finden! Ich verstand es nicht, aber so war es; alle Augenblicke erregte irgendein Umstand ihre Lachlust aufs neue, so daß ich ihr jeweils etwas Zeit lassen mußte, damit sie wieder Atem schöpfen konnte. Wahrhaftig, sie lachte sich lahm; so etwas war mir noch nicht vorgekommen. Ich meine, ich hatte es noch nie erlebt, daß eine peinliche Geschichte, eine Geschichte von den Leiden, Kümmernissen und Sorgen eines Menschen, solch eine Wirkung hervorrief. Doch ich liebte sie deshalb nur um so mehr, als ich merkte, daß sie fröhlich sein konnte, selbst wenn gar kein Grund dazu vorlag; denn es sah ganz danach aus, als könnte ich eine derartige Frau demnächst recht notwendig brauchen. Natürlich erklärte ich ihr, wir müßten noch zwei Jahre warten, bevor ich in den Genuß meines Gehalts käme; doch machte sie sich nichts daraus und ermahnte mich nur zu größter Sparsamkeit, damit ich nicht auch mein drittes Jahresgehalt angreifen müßte.

Dann wurde sie auf einmal besorgt und überlegte, ob wir uns nicht irrten und das Gehalt fürs erste Jahr nicht zu hoch ansetzten. Das verriet einen praktischen Verstand und erschütterte ein wenig meine bisherige Zuversicht; es brachte mich indessen auf einen glücklichen Einfall, den ich auch sofort aussprach:

»Portia, mein Liebling, würdest du mich zu den beiden alten Herren begleiten, wenn ich sie wieder aufsuchen muß?«

Sie erschrak ein wenig, erwiderte jedoch:

»Wenn meine Begleitung dir Mut macht! Aber gehört es sich auch?«

»Nicht eigentlich. Vielleicht ist es sogar etwas unpassend. Aber siehst du, es hängt soviel davon ab ...«

»Dann begleite ich dich unter allen Umständen, ob es sich nun einmal gehört oder nicht!« rief sie mit einer edelmütigen Begeisterung. »Ich bin ja so froh, wenn ich dir helfen kann.«

»Helfen, mein Herz? Du bist doch die Hauptsache dabei. Du bist so schön, so lieblich und so bezaubernd, daß ich mit dir zur Seite mein Gehalt so hoch ansetzen kann, daß die guten alten Herren darüber zu Bettlern werden. Sie werden sich nicht zu widersetzen wagen.«

Ha, ihr hättet nur sehen sollen, wie ihr jetzt das Blut ins Gesicht schoß und ihre Augen glücklich zu strahlen begannen!

»Du elender Schmeichler! Nicht ein Wort von dem, was du sagst, ist wahr, aber ich will trotzdem mit dir gehen. Vielleicht lernst du daraus, daß nicht jeder mich mit deinen Augen ansieht.«

Hegte ich nun noch Zweifel? War mein Selbstvertrauen wieder hergestellt? Es genügt wohl, wenn ich verrate, daß ich insgeheim mein Gehalt unverzüglich auf eintausendzweihundert Pfund im Jahr erhöhte.

Aber das sagte ich ihr nicht, das sparte ich mir als Überraschung auf.

Den ganzen Heimweg über schwebte ich in höheren Regionen, während Hastings auf mich einredete; ich hörte kein Wort. Erst als wir in mein Wohnzimmer traten, brachte er mich durch seine Begeisterung über meine luxuriöse Wohnungseinrichtung wieder zur Besinnung.

»Lassen Sie mich einen Augenblick hier stehenbleiben«, rief er, »damit ich mich richtig sattsehen kann. Du liebe Güte, das ist ja ein Palast! Und alles ist da, was man sich nur wünschen kann, sogar ein behagliches Kaminfeuer und ein bereitgestelltes Abendbrot. Henry, ich begreife jetzt nicht nur, wie reich Sie sind, nein, mir kommt auch zum Bewußtsein, und ich fühle es bis ins Mark, wie arm ich bin, wie arm und wie elend, wie geschlagen, zerbrochen und vernichtet!«

Hol's der Henker! Seine Worte wirkten auf mich wie ein kaltes Sturzbad. Mit einem Schlag war ich völlig ernüchtert, und es wurde mir klar, daß ich auf einem Vulkan stand, der jeden Augenblick zum Ausbruch gelangen konnte. Ich hatte ja nicht gewußt, daß ich träumte, oder vielmehr, ich hatte es mir bisher nicht eingestehen wollen; aber jetzt – du lieber Himmel! – tief verschuldet, ohne einen Heller, das Lebensglück eines holden Mädchens an mein Schicksal geknüpft und dabei nichts in Aussicht als ein Gehalt, das ich vielleicht nie – ach, bestimmt nie erlangen würde! Ach, ich war verloren, rettungslos verloren!

»Henry, allein schon das, was bei Ihrem täglichen Einkommen so nebenher abfällt, würde genügen, um ...«

»Ach, mein tägliches Einkommen! Hier! Hinunter mit diesem heißen Whisky-Punch und Kopf hoch! Na, denn Prost! Oder nein, Sie sind sicher hungrig; setzen Sie sich und ...«

»Nicht einen Bissen, ich hab keinen Hunger. Seit Tagen bring ich nichts mehr hinunter; aber trinken will ich mit Ihnen, bis ich umfalle. Kommen Sie!«

»Faß um Faß, ich halte mit! Fertig? Los! Und jetzt, Lloyd, erzählen Sie mir Ihre Geschichte, während ich uns ein neues Glas zusammenbraue.«

»Meine Geschichte? Was? Noch einmal?«

»Wieso noch einmal?«

»Na, ich meine, ob Sie sie noch einmal ganz von vorn hören wollen?«

»Ob ich sie noch einmal von vorn hören will? Wovon reden Sie eigentlich? Halt, trinken Sie nichts mehr von dem Zeug da. Sie brauchen's nicht mehr.«

»Aber Henry, Sie machen mir Angst. Habe ich Ihnen denn nicht auf dem Weg hierher die ganze Geschichte erzählt?«

»Sie?«

»Jawohl, ich.«

»Ich lasse mich hängen, wenn ich ein Wort davon gehört habe.«

»Henry, das ist kein Spaß mehr. Sie jagen mir Angst ein. Was haben Sie denn dort bei dem Gesandten zu sich genommen?«

Nun ging mir plötzlich ein Licht auf, ich faßte mir ein Herz und gestand:

»Zu mir genommen nichts, nur gefangengenommen: das netteste Mädchen der Welt.«

In ungestümer Freude stürzte er nun auf mich zu, und wir schüttelten uns die Hände, schüttelten und schüttelten sie, bis sie uns weh taten. Er war mir nicht einmal böse, daß ich von dem, was er mir auf dem drei Meilen langen Heimweg erzählt, kein Wort gehört hatte. Der geduldige, gutmütige Bursche setzte sich jetzt nur hin und erzählte mir das Ganze von vorn. Kurz gefaßt, lief es auf folgendes hinaus.

Er war mit einem Geschäft nach London gekommen, das er als einen großen Glücksfall betrachtete, hatte er doch von den Eigentümern der Gould- und Carry-Extension-Gruben den Auftrag erhalten, einen Teil der Aktien zu verkaufen, wobei ihm das, was er über eine Million dafür erzielte, als Gewinn verbleiben sollte. Er hatte sich nach Kräften angestrengt, hatte an jedem Draht gezogen, den er kannte, hatte kein ehrliches Mittel unversucht gelassen und fast sein ganzes Geld zugesetzt, war aber nicht imstande gewesen, sich auch nur bei einem einzigen Geldgeber Gehör zu verschaffen; und seine Frist lief Ende des Monats ab. Mit einem Wort, er war ruiniert. Zum Schluß sprang er auf und rief:

»Henry, Sie können mich retten! Sie sind der einzige Mann auf der Welt, der das kann. Wollen Sie?«

»Sagen Sie mir wie. Nur heraus damit!«

»Nehmen Sie mir die Aktien ab und zahlen Sie mir dafür eine Million und die Heimreise. Bitte, bitte, sagen Sie nicht nein!«

Ich litt Höllenqualen und war nahe daran, mit dem Bekenntnis herauszuplatzen: Lloyd, ich bin ja selbst nur ein Bettler, ohne einen Penny und tief verschuldet! Aber da blitzte in meinem Kopf eine Idee auf, ich biß die Zähne zusammen und zwang mich zur Ruhe, bis ich so kaltblütig war wie ein Großkapitalist. Dann sagte ich ganz geschäftsmäßig und sachlich:

»Ich will Sie retten, Lloyd ...«

»Dann bin ich schon gerettet! Gott segne Sie dafür in alle Ewigkeit! Wenn ich Ihnen je ...«

»Lassen Sie mich ausreden, Lloyd. Ich will Sie retten, doch nicht so, wie Sie dachten, denn das wäre Ihnen gegenüber nicht anständig gehandelt, nachdem Sie es sich soviel Mühe und Opfer haben kosten lassen. Ich brauche keine Minen zu kaufen; ich kann in einem Handelszentrum wie London mein Kapital auch anders umsetzen; das tue ich schon die ganze Zeit. Nein, ich sage Ihnen, was ich tun will. Ich kenne natürlich die Mine sehr genau; ich kenne ihren ungeheuren Wert und kann Ihnen das auf Verlangen jederzeit eidlich bestätigen. In den nächsten vierzehn Tagen werden Sie für drei Millionen Anteilscheine verkaufen, allein dadurch, daß Sie von meinem Namen unbeschränkten Gebrauch machen; und hinterher teilen wir den Gewinn.«

Er wurde halb verrückt vor Freude, tanzte wie toll herum und hätte mir fast die Einrichtung kurz und klein geschlagen, hätte ich ihm nicht ein Bein gestellt und ihn gefesselt. Noch als er so am Boden lag, rief er laut und glücklich:

»Ich darf mich auf Sie berufen! In Scharen werden sie herbeiströmen, die reichen Londoner; prügeln werden sie sich um die Aktien! Ich bin ein gemachter Mann, für immer ein gemachter Mann, und ich werde Ihnen das nie vergessen, solange ich lebe!«

Keine vierundzwanzig Stunden später war ganz London in Aufruhr. Ich brauchte Tag für Tag nichts anderes zu tun, als daheim zu bleiben und allen Besuchern zu erklären:

»Jawohl, ich erlaubte ihm, sich auf mich zu berufen. Ich kenne den Mann und kenne die Mine. Sein Charakter ist untadelig und die Mine sehr viel mehr wert, als er dafür fordert.«

Inzwischen verbrachte ich all meine Abende bei dem Gesandten, das heißt mit Portia. Von dem Bergwerk sagte ich ihr kein Wort; damit wollte ich sie zu gegebener Zeit überraschen. Wir sprachen über das Gehalt; über nichts anderes als über das Gehalt und unsere Liebe; mal über die Liebe, mal über das Gehalt, mal über Liebe und Gehalt zugleich. Und dann das Interesse, das Frau und Tochter des Gesandten an unserem kleinen Geheimnis nahmen! Die immer neuen Listen, die sie erfanden, um uns vor Störungen zu bewahren und den Gesandten im Ungewissen zu lassen und seinen Argwohn nicht zu wecken – es war wirklich ganz reizend von ihnen!

Als der Monat endlich um war, besaß ich ein Guthaben von einer Million Dollar auf der London- und County-Bank, und Hastings besaß ebensoviel. Mit meinem besten Anzug angetan fuhr ich erst einmal am Portland-Place vorbei, überzeugte mich durch einen Blick, daß meine Vögel wieder in ihrem Nest waren, fuhr dann zum Haus des Gesandten und holte meine Liebste ab. Dann fuhren wir zurück zum Portland-Place. Während der ganzen Fahrt unterhielten wir uns eindringlichst über das Gehalt; sie war so ängstlich und aufgeregt, daß sie ganz bezaubernd aussah, fast nicht zu ertragen.

»Mein Herz«, sagte ich zu ihr, »so wie du jetzt aussiehst, wäre es ein Verbrechen, auch nur einen Penny weniger als dreitausend Pfund im Jahr zu verlangen.«

»Henry, Henry, du richtest uns noch zugrunde.«

»Sei unbesorgt. Sieh nur weiter so aus, und verlaß dich auf mich. Es wird schon gut enden.«

So geschah es denn, daß ich die ganze Fahrt über ihr Mut machen mußte. Dauernd machte sie mir Vorhaltungen, indem sie sagte:

»Ach, bitte, denk daran, daß wir, wenn wir ein zu hohes Gehalt fordern, vielleicht gar nichts erreichen; und was soll dann aus uns werden, da wir auf der Welt keinen andern Weg finden können, um uns unseren Lebensunterhalt zu verdienen?«

Es war derselbe Diener, der uns einließ, und da waren auch die beiden alten Herren wieder. Natürlich waren sie überrascht, als sie das schöne Geschöpf neben mir sahen, ich erklärte jedoch:

»Es ist alles in Ordnung, meine Herren; das ist meine zukünftige Lebensgefährtin.«

Ich machte sie miteinander bekannt und nannte die Namen. Das überraschte sie nicht einmal; sie errieten wohl, daß ich so gescheit gewesen war, im Adreßbuch nachzuschlagen. Sie boten uns Platz an, waren sehr höflich zu mir und sehr bestrebt, meiner Begleiterin über ihre Verlegenheit hinwegzuhelfen. Ich sagte:

»Meine Herren, ich komme, um Ihnen Bericht zu erstatten.«

»Es freut uns, das zu hören«, erwiderte mein Gönner, »denn dadurch wird jetzt die Wette zwischen meinem Bruder Abel und mir entschieden. Falls Sie für mich gewonnen haben, dürfen Sie jede beliebige Stellung wählen, die ich zu vergeben habe. Ist die Million-Pfund-Note noch in Ihrem Besitz?«

»Hier ist sie, Sir«, und ich überreichte sie ihm.

»Gewonnen!« rief er und schlug seinem Bruder mit der Hand auf die Schulter. »Was sagst du jetzt?«

»Ich sage, er hat es überlebt, und ich habe zwanzigtausend Pfund verloren. Nie hätte ich das geglaubt.«

»Ich habe noch einiges hinzuzufügen«, sagte ich, »es ist eine ziemlich lange Geschichte. Bitte, nennen Sie mir recht bald eine Stunde, wo ich kommen und Ihnen die Erlebnisse des letzten Monats berichten darf; ich kann Ihnen versichern, das Anhören lohnt sich. Inzwischen sehen Sie sich, bitte, das hier an.«

»Was? Mensch! Ein Depositenschein über zweihunderttausend Pfund? Gehört er Ihnen?«

»Ja. Ich verdiente ihn mir durch weise Verwendung Ihres kleinen Darlehens. Und diese Verwendung bestand lediglich darin, daß ich hier und da einen kleinen Einkauf machte und bei der Bezahlung die Note zum Wechseln hinreichte.«

»Weiß Gott, das ist erstaunlich! Ganz unglaublich!«

»Macht nichts! Ich werde es Ihnen beweisen. Sie brauchen mir nicht auf mein bloßes Wort hin zu glauben.«

Nun war die Reihe des Erstaunens an Portia. Mit weitaufgerissenen Augen fragte sie:

»Henry, gehört das Geld wirklich dir? Hast du mich so lange beschwindelt?«

»Allerdings, mein Herz. Aber ich weiß, du wirst mir verzeihen.«

Sie verzog ihren Mund und meinte:

»Verlaß dich nicht darauf. Es war recht abscheulich von dir, mich so hinters Licht zu führen.«

»Ach, das wirst du bald vergessen haben, liebes Herz; es war ja bloß Spaß, mußt du wissen. Komm!«

»Aber so warten Sie doch, warten Sie! Ich möchte Ihnen doch die Stellung geben«, sagte mein Gönner.

»Ach ja«, sagte ich, »ich bin Ihnen wirklich dankbar, aber ich brauche keine Stellung.«

»Aber Sie können sich die allerbeste aussuchen.«

»Nochmals herzlichsten Dank, aber selbst die brauche ich nicht.«

»Henry, ich schäme mich für dich. Du hast dem guten Herrn nicht genügend gedankt. Darf ich es für dich tun?«

»Natürlich, Liebling, wenn du es besser kannst. Laß sehen, wie du das machst.«

Sie ging zu meinem Gönner hin, setzte sich ihm auf den Schoß, schlang die Arme um seinen Hals und küßte ihn mitten auf den Mund. Dann schüttelten sich die beiden alten Herren vor Lachen, während ich jetzt vor Verblüffung erstarrte. Portia sagte:

»Papa, er hat gesagt, du hättest keine Stellung zu vergeben, die er annehmen möchte; und das verletzt mich ebenso wie ...«

»Liebling! Ist das wirklich dein Papa?«

»Gewiß, mein Stiefvater, und der liebste, den es je gegeben hat. Jetzt verstehst du wohl, weshalb ich so lachen mußte, als du mir beim Gesandten von den Nöten und Sorgen erzähltest, die du Onkel Abels Einfall zu verdanken hattest?«

Natürlich sprach ich jetzt ganz ohne Umschweife und ging direkt auf mein Ziel los.

»Ach, liebster Sir, ich möchte das, was ich sagte, zurücknehmen. Sie haben doch eine Stellung zu vergeben, um die ich mich bewerbe.«

»Und das wäre?«

»Die Stellung eines Schwiegersohnes.«

»Schön, schön! Aber wissen Sie, da Sie diesen Beruf ja noch nie ausgeübt haben, können Sie ja auch keine Zeugnisse beibringen, was doch schließlich eine der Bedingungen unseres Kontraktes war ...«

»Versuchen Sie's mit mir – ach, bitte, versuchen Sie's! Nur dreißig oder vierzig Jahre lang, und ...«

»Na schön, ich bin einverstanden, das ist nicht allzuviel verlangt. Nehmen Sie sie mit.«

Waren wir beide glücklich? Keine Sprache besitzt Worte genug, um es auszudrücken. Und das Gerede und das Vergnügen, als ganz London ein paar Tage später meine Geschichte mit der Banknote sowie deren Ausgang erfuhr! Das ist nicht zu beschreiben.

Portias Papa gab nun die menschenfreundliche Note der Bank von England zurück und kassierte den Betrag ein. Die Bank setzte sie außer Kurs und machte sie ihm dann zum Geschenk, er aber überreichte sie uns zu unserem Hochzeitstag, und seither hängt sie eingerahmt im Allerheiligsten unseres Heims. Denn ihr verdanke ich meine Portia. Ohne sie hätte ich nicht in London bleiben können, hätte den Gesandten nicht aufgesucht und meine Portia nie kennengelernt. Deshalb sage ich immer: »Ja, es ist eine Eine-Million-Pfund-Note, wie Sie sehen; aber solange sie gültig war, wurde sie nur einmal zu einem Einkauf benutzt, und dabei wurde die gewünschte Ware für nur einen Zehntel ihres Wertes erstanden.«

Die Ermordung Julius Cäsars

Sonderbericht für das ›Römische Tagblatt‹ unseres an Ort und Stelle entsandten Berichterstatters. Copyright, ›Römisches Tagblatt‹. Nachdruck, auch auszugsweise, untersagt.

Rom, 16. März 44. Unsere sonst so ruhige Residenzstadt wurde gestern in den Zustand höchster Erregung versetzt durch eines jener schreckensvollen Ereignisse, die uns an die Vergänglichkeit irdischer Größe gemahnen und uns zugleich mit Furcht erfüllen für die Zukunft eines Gemeinwesens, in dem der Wert des Menschenlebens so gering veranschlagt wird.

Der hier doppelt schmerzlichen Pflicht raschester Benachrichtigung der Öffentlichkeit sind wir bereits in unserer Morgenausgabe kurz nachgekommen, indem wir, als erstes Blatt des Reiches, die Meldung von dem furchtbaren Ereignis und seinen tragischen Folgen bringen konnten: den Tod des allseitig geachteten Mr. Julius Cäsar, Feldmarschalls z. D. und Präsidenten der Republik.

Unserer Tradition getreu, eine verehrliche Leserschaft sowie das p. t. Abonnentenpublikum auf das rascheste und genaueste zu informieren, haben wir sofort einen Berichterstatter an den Tatort entsandt, und dieser drahtet uns nunmehr die Ergebnisse seiner Eindrücke und Untersuchungen. Die Tatsachen, wie sie sich aus den sich widersprechenden Angaben der Augenzeugen ergeben, sind demnach die folgenden: Die Angelegenheit nahm ihren Ausgang natürlich wieder einmal von einem Wahlkonflikt. Neun Zehntel all der Scheußlichkeiten, die unserer Stadt zur Unehre gereichen, entstehen aus dem kleinlichen Gezänk und Geraufe um die verwünschten Wahlen.

Als jüngst die gewaltige Stimmenmehrheit, die Mr. Cäsar bei den letzten Wahlen auf sich vereinigen konnte, auf dem Forum bekanntgegeben und dem genannten Herrn die Krone angeboten wurde, soll ihn, so wird uns versichert, nicht einmal die doch wahrhaft erstaunliche Selbstlosigkeit, mit der er dieses Angebot dreimal ausschlug, vor der hetzerischen und verleumderischen Flüsterkampagne von Leuten wie dem sattsam bekannten Mr. Casca aus dem zehnten Bezirk, und anderen bezahlten, aus dem elften und dreizehnten Bezirk zusammengeholten Kreaturen des durchgefallenen Kandidaten, zu bewahren vermocht haben.

Wie wir anderseits hören, wird in manchen Kreisen die Ermordung des Mr. Cäsar dagegen für eine von langer Hand vorbereitete, von dem bekannten Mr. Brutus und seinen bezahlten Spießgesellen ausgeheckte Sache gehalten, deren Ausführung nur allzu planmäßig vor sich ging. Wir überlassen es unserer Leserschaft, zu entscheiden, ob für diesen Verdacht stichhaltige Gründe vorliegen. Möge sie sich nunmehr anhand des folgenden genauen Berichts über das tragische Ereignis selbst ein Urteil bilden.

Die Sitzung des Senats war bereits eröffnet, als Mr. Cäsar im Gespräch mit einigen seiner Parteifreunde die Straße zum Kapitol entlangkam. Wie gewöhnlich folgte ihm eine große Anzahl Bürger. Gerade vor dem Restaurant von Demosthenes und Thukydides bemerkte er beiläufig zu einem Herrn, der, wie unser Gewährsmann meint, ein Graphologe oder Astrologe war, die Iden des März seien da.

»Ja, aber noch nicht vorbei«, war die Antwort.

In diesem Augenblick trat Mr. Artemidorus zu der Gruppe, und nachdem er Mr. Cäsar einen höflichen ›Guten Morgen‹ geboten hatte, überreichte er ihm einen Zettel oder eine

Abhandlung oder dergleichen zur gefälligen Durchsicht. Auch Mr. Decius Brutus äußerte etwas über eine ›bescheidene Eingabe‹, die er vorlegen wollte. Mr. Artemidorus seinerseits bat, daß sein Schriftstück zuerst beachtet werden möge, da es für Mr. Cäsar von persönlichem Interesse sei. Dieser erwiderte jedoch, was ihn persönlich betreffe, habe Zeit bis zuletzt oder etwas ähnliches. Mr. Artemidorus ließ nicht locker, sondern bat und drängte Mr. Cäsar, sein Schriftstück sofort zu lesen.* Mr. Cäsar jedoch schüttelte ihn ab und bemerkte dazu, er lese keinerlei Eingaben auf der Straße. Darauf betrat er, von der Menge gefolgt, das Kapitol.

Um die gleiche Zeit etwa vernahmen Ohrenzeugen das folgende Gespräch, das, im Zusammenhang mit den nachfolgenden Ereignissen betrachtet, eine wahrhaft erschreckende Bedeutung gewinnt: Mr. Papilius Lena nämlich bemerkte zu Mr. George W. Cassius, einem unter dem Spitznamen ›der nette Junge aus dem dritten Bezirk‹ bekannten Raufbold im Solde der Opposition, er hoffe, sein heutiges Vorhaben werde von Erfolg begleitet sein. Und als der p. p. Cassius fragte: »Was für ein Vorhaben?« kniff Mr. Lena nur für einen Moment das linke Auge zu, sagte mit geheuchelter Gleichgültigkeit »Grüß Gott!« und schlenderte auf die Gruppe um Mr. Cäsar zu. Mr. Marcus Brutus (nicht zu verwechseln mit dem oben erwähnten Mr. Decius Brutus), der im Verdacht steht, der Rädelsführer der Bande zu sein, fragte, was Mr. Lena gesagt habe. Der p. p. Cassius teilte es ihm mit und fügte leise hinzu: »Ich fürchte, unser Plan ist entdeckt.«

Brutus sagte darauf zu seinem nichtswürdigen Komplizen, er solle den Lena im Auge behalten, und danach redete

* Anmerkung der Redaktion: Mr. William Shakespeare, der dieser so unheilvoll verlaufenen Straßenszene von Anfang bis Ende als Augenzeuge beiwohnte, läßt durchblicken, daß dieser ›Zettel‹ nichts anderes enthielt, als eine kurze Benachrichtigung Cäsars von dem beabsichtigten Anschlag.

Cassius auf einen gewissen Casca ein, jenen halbverhungerten, ausgemergelten Herumtreiber, dessen Leumund keineswegs der beste ist, er solle jetzt ›losgehen‹, sonst werde man ihnen noch ›zuvorkommen‹. Dann wandte er sich, offensichtlich in großer Erregung, wieder an Brutus und fragte ihn, was nun geschehen solle, wobei er sich schwor, entweder er oder Cäsar müsse ›dranglauben‹.

Mr. Cäsar unterhielt sich gerade mit einigen Abgeordneten aus der Provinz über die kommenden Herbstwahlen; dem, was um ihn herum vorging, schenkte er wenig Beachtung. Billy Trebonius knüpfte inzwischen eine Unterhaltung mit Mr. M. Antonius an, dem als Freund des Volkes wie Cäsars bekannten Abgeordneten, und es gelang ihm auch, diesen unter irgendeinem Vorwand von Cäsar zu entfernen, worauf M. und D. Brutus, Casca, Cassius und ein gewisser Metellus Cimber sowie noch andere Angehörige der Desperado-Bande, die zur Zeit die Residenz unsicher macht, das Opfer ihrer finsteren Pläne, Mr. Cäsar, dicht umschlossen.

Metellus Cimber warf sich Mr. Cäsar zu Füßen und bettelte um die Rückberufung seines Bruders aus der Verbannung. Cäsar jedoch verbat sich solch kriecherisches Benehmen und weigerte sich, der Bitte nachzukommen. Auf Cimbers Veranlassung baten erst Brutus und dann Cassius ebenfalls um die Begnadigung des verbannten Publius Cimber; Mr. Cäsar blieb jedoch bei seiner Weigerung. Er sei von seinem Entschluß nicht abzubringen, sagte er, und fügte in seiner stilvollen Ausdrucksweise hinzu, er sei so unverrückbar wie der Polarstern, worauf er sich noch in höchst bemerkenswerten und schmeichelhaften Ausdrücken über die Stand- und Charakterfestigkeit besagten Sterns verbreitete. Er meinte auch, er dürfe sich mit ihm vergleichen, und er glaube, er sei der einzige Mann im Lande, der dazu ein Recht hätte; wenn er also einmal die ›Festigkeit‹ besessen habe, den Cimber zu verbannen, so verfüge er auch über die ›Festigkeit‹, die Verbannung aufrecht zu erhalten, und der Teufel solle ihn holen, wenn er davon abginge!

Diesen jämmerlichen Vorwand zum Angriff benutzend, sprang der p. p. Casca auf Mr. Cäsar zu und versetzte ihm einen Stich mit dem Dolche; Mr. Cäsar jedoch packte mit der rechten Hand den Arm des Angreifers und versetzte ihm mit der Linken gerade über der Schulter einen Schlag an den Kopf, der den heimtückischen Gesellen glatt zu Boden brachte. Dann nahm er Rückendeckung an der Statue des Mr. Pompejus und ging in Verteidigungsstellung, um die Angreifer gebührend zu empfangen. Cassius, Cimber und Cinna stürzten nun mit ihren Dolchen auf ihn los: dem ersten gelang es auch, ihm einen Stich zu versetzen; bevor er jedoch zu einem zweiten Stoße ausholen konnte, und bevor die beiden andern überhaupt dazu kamen, ihre Dolche zu gebrauchen, hatte Mr. Cäsar die drei Mordgesellen mit je einem wohlgezielten Schlag seiner mächtigen Rechten knockout geschlagen.

Des Senats hatte sich inzwischen eine unbeschreibliche Erregung bemächtigt: die Galeriebesucher drängten durch die Wandelhallen zu den Ausgängen und verstopften diese bei ihren verzweifelten Anstrengungen, das Freie zu gewinnen; die Parlamentsdiener und -wachen schlugen sich mit den Mördern herum, ehrwürdige Senatoren warfen die ihnen hinderliche Amtsgewandung ab, sprangen über die Bänke und flohen in wildem Durcheinander durch die Korridore, um in den Kommissions- und Fraktionszimmern Schutz zu suchen, und Tausende von Stimmen schrien: »Po-li-zei! Po-li-zei!« – ein schrilles, mißtöniges Gekreisch, das über den furchtbaren Lärm hinweggellte wie das Pfeifen des Windes über das dumpfe Gebrüll eines Sturmes.

Inmitten dieses Tohuwabohus aber stand der große

Mr. Cäsar, mit dem Rücken gegen das Denkmal gestemmt, und wehrte sich wie ein umstellter Löwe, waffenlos wie er war, gegen die Überzahl seiner Angreifer, in der hochmütigen Haltung und mit dem gleichen unerschrockenen Mut, den er so oft auf dem blutigen Schlachtfeld bewiesen hatte. Billy Trebonius und Cajus Legarius stachen ihn mit ihren Dolchen, wurden aber niedergestreckt gleich ihren bereits am Boden sich windenden Mitverschworenen. Als Mr. Cäsar jedoch seinen alten Freund Brutus herantreten und ebenfalls die Mordwaffe zücken sah, da soll er, nach den Berichten der Augenzeugen, von Schreck und Schmerz überwältigt, die unbesiegliche Rechte haben sinken lassen. Das Gesicht in die Falten seines Übergewandes bergend, empfing er den Dolchstoß des Verräters, ohne den Versuch zu machen, des Mörders Hand abzuwehren. »Auch du, Brutus?« das war alles, was er äußerte, dann fiel er entseelt auf den marmornen Fußboden.

Wie wir hören, war der Mantel, den der Ermordete bei dieser Gelegenheit trug, der gleiche, den er in seinem Zelt am Tag des Sieges über die Nervier anhatte; wie sich bei der Untersuchung herausstellte, wies er an nicht weniger als sieben Stellen Einstiche auf. Die Taschen waren leer. Er wird bei der kommenden Gerichtsverhandlung als ausschlaggebendes Beweisstück für die Verurteilung wegen vorsätzlichen Mordes dienen. Die letzterwähnten Tatsachen können als um so verläßlicher gelten, als sie auf Mitteilung des Mr. M. Antonius zurückgehen, dessen Stellung wie dessen Beziehungen zu dem Verstorbenen ihm ermöglichen, alles, was mit dieser das Interesse der Öffentlichkeit in Atem haltenden Affäre zusammenhängt, authentisch in Erfahrung zu bringen.

Nach Redaktionsschluß vernehmen wir noch, daß, bevor der Untersuchungsrichter am Tatort eintraf, Mr. M. Antonius und andere Freunde des Ermordeten sich des Leichnams bemächtigten, um ihn zum Forum zu schleppen. Nach weiteren Meldungen sollen die Herren Antonius und Brutus dann vor der Bahre Ansprachen an das Volk gehalten haben. Soeben, im Augenblick, da unser Blatt bereits in Druck geht, erfahren wir noch in allerletzter Minute, daß der Polizeipräsident gegen eventuell zu erwartende Unruhen die gebotenen Vorsichtsmaßnahmen trifft.

Eine Rigibesteigung

Der Rigi kann mittels Eisenbahn, zu Pferde oder zu Fuß erstiegen werden, je nach Belieben des Reisenden. Ich und mein Freund warfen uns in Touristenanzüge und fuhren an einem herrlichen Morgen mit dem Dampfboot den See hinauf. In Weggis, einem Dorfe am Fuße des Berges, dreiviertel Stunden von Luzern, gingen wir an Land.

Bald ging's behaglich und stetig den schattigen Fußweg hinauf, und unsere Zungen waren wie gewöhnlich in schönster Bewegung. Alles ließ sich herrlich an, und wir versprachen uns nicht wenig, sollten wir doch zum erstenmal den Genuß eines Sonnenaufgangs in den Alpen erleben; das war ja der Zweck unserer Tour. Wir hatten anscheinend keinen triftigen Grund zu eilen, unser Reisehandbuch hatte den Weg von Weggis bis zum Gipfel als nur dreieinviertel Stunden weit angegeben. Anscheinend sage ich, weil uns der Baedeker schon einmal angeführt hatte.

Als wir etwa eine halbe Stunde gegangen waren, kamen wir in die richtige Stimmung für das Unternehmen und trafen Anstalten zum Steigen, das heißt, wir mieteten einen Burschen zum Tragen der Alpenstöcke, Reisetaschen und Überzieher, wodurch wir die Hände frei bekamen.

Wahrscheinlich haben wir häufiger im schönen schattigen Gras geruht, um ein paar Züge aus unseren Pfeifen zu tun, als unser Führer gewohnt war, denn plötzlich fuhr er uns mit der Frage an, ob wir ihn nach dem Tarif oder fürs Jahr mieten wollten. Wir sagten, er solle nur vorangehen, wenn er Eile habe. Er erwiderte, Eile habe er eigentlich nicht, doch möchte er den Berg hinaufkommen, solange er noch jung sei. Wir sagten ihm, er möge nur vorausgehen, das Gepäck im obersten Hotel abgeben und unsere baldige Ankunft melden. Er meinte, Zimmer wolle er für uns schon bestellen; wenn aber alles voll sei, wolle er ein neues Hotel bauen lassen und dafür sorgen, daß Maler- und Gipserarbeit trocken wären, bis wir ankämen. Unter solchen Bemerkungen verließ er uns und war bald unseren Augen entschwunden.

Um sechs Uhr waren wir schon ein gutes Stück in der Höhe und die Aussicht hatte an Reiz und Umfang bedeutend zugenommen. Bei einem kleinen Wirtshaus machten wir Halt, genossen im Freien Brot, Käse und ein oder zwei Liter frische Milch, und dazu das großartige Panorama; dann setzten wir uns wieder in Bewegung.

Nach zehn Minuten begegneten wir einem Engländer mit heißem, kupferrotem Gesicht, der in mächtigen Sätzen den Berg herabstürmte, indem er sich an seinem Stock immer eine tüchtige Strecke vorwärts schwang. Atemlos und schweißtriefend hielt er bei uns an und fragte, wie weit es bis Weggis sei.

»Drei Stunden!«

»Was? Der See scheint ja so nahe, als ob man einen Kieselstein hineinwerfen könnte. Ist das ein Wirtshaus?«

»Ja.«

»Das ist recht! Ich kann es nicht noch einmal drei Stunden aushalten.«

Auf meine Frage, ob wir wohl nahe am Gipfel seien, rief er: »Meiner Treu! Ihr habt ja eben erst angefangen zu steigen!«

Ich schlug deshalb meinem Reisegenossen Harris vor, auch in besagtem Wirtshaus zu bleiben. Wir kehrten um, ließen uns ein warmes Nachtessen bereiten und verlebten mit dem Engländer einen lustigen Abend.

Die deutsche Wirtin gab uns hübsche Zimmer und gute Betten, und ich und mein Freund legten uns nieder mit dem

Entschluß, früh genug aufzustehen, um unseren ersten Sonnenaufgang in den Alpen nicht zu versäumen. Aber wir waren todmüde und schliefen wie Nachtwächter; folglich war es, als wir am Morgen erwachten und ans Fenster stürzten, für den Sonnenaufgang schon zu spät – es war halb zwölf Uhr. Das war ein harter Schlag, doch trösteten wir uns mit der Aussicht auf ein gutes Frühstück und beauftragten die Wirtin, den Engländer zu rufen; aber sie erzählte uns, daß dieser unter allerlei Verwünschungen schon bei Tagesanbruch auf und davon gegangen sei. Wir konnten nicht auf den Grund seiner Erregung kommen. Er hatte die Wirtin nach der genauen Höhe des Wirtshauses über dem See gefragt und sie hatte tausendvierhundertfünfundneunzig angegeben; diese Zahl mußte ihn ganz außer Rand und Band gebracht haben, denn er habe hinzugefügt: »In einem Lande wie diesem können Narren und Reisehandbücher einem in vierundzwanzig Stunden mehr Bären aufbinden als anderswo in einem Jahr.«

Gegen Mittag nahmen wir den Weg wieder unter die Füße und strebten frischen gewaltigen Schrittes dem Gipfel zu. Als wir etwa zweihundert Meter marschiert waren und anhielten, um zu rasten, blickte ich beim Anzünden meiner Pfeife von ungefähr nach links und entdeckte in einiger Entfernung eine Rauchsäule, die wie ein langer schwarzer Wurm lässig den Berg hinaufkroch. Das konnte nur der Rauch einer Lokomotive sein. Auf unsere Ellbogen gestützt, stierten wir das uns völlig neue Mirakel dieser Bergbahn an. Es erschien unglaublich, daß das Ding auf einer schiefen Ebene, steil wie ein Dach, schnurgerade aufwärts kriechen konnte; es geschah aber vor unseren Augen: ein leibhaftiges Wunder.

Noch ein paar Stunden, und wir erreichten ein schönes zephyrumsäuseltes Hochtal, wo die Dächer der kleinen Sennhütten mit großen Steinen belegt waren, um sie am Grund und Boden festzuhalten, wenn die großen Stürme toben. Weit weg am andern Ufer des Sees konnten wir einige Dörfer erblicken und jetzt zum erstenmal ihre zwerghaften Häuser mit den Bergriesen vergleichen, an deren Fuße sie schliefen.

Wenn man sich inmitten eines solchen Dorfes befindet, kommt es einem ziemlich ausgedehnt vor und die Häuser erscheinen stattlich, selbst im Verhältnis zu den hereinragenden Bergen; aber von unserm hohen Platze aus, welch eine Veränderung! Die Berge erschienen massiger und großartiger, dagegen waren die Dörfer so klein geworden, beinahe unsichtbar und lagen so dicht am Boden, daß ich sie nur vergleichen kann mit winzigen Erdarbeiten von Ameisen, überschattet von dem himmelanstrebenden Bau eines Münsters. Die Dampfboote, welche drunten den See durchschnitten, erschienen in der Entfernung nur noch so groß wie Kinderspielzeuge und die Segel- und Ruderboote wie winzige Fahrzeuge, bestimmt für die Elfen, die in Lilienkelchen haushalten und auf Brummhummeln zu Hofe reiten.

Wir gingen weiter und stießen bald auf ein halbes Dutzend Schafe, die unter dem Gischt eines Gießbaches weideten, der wohl hundert Fuß hoch sich am Felsen herabstürzte. Doch horch! Ein melodisches ›Lal. . .l. . .l. . .lal. . .loillahi-o-o-o-o!‹ trifft unser Ohr. Wir hören zum erstenmal das berühmte Alpenjodeln inmitten der wilden Gebirgsgegend, in der es heimisch ist. Es ist jenes seltsame Gemisch von Bariton und Falsett, das wir zu Hause Tiroler Triller nennen.

Das Gejodel war hübsch und munter anzuhören, und bald erschien der Jodler – ein Sennbub von sechzehn Jahren. In unserer Freude und Dankbarkeit gaben wir ihm einen Franken, damit er weiter jodle. Er jodelte und wir lauschten. Er jodelte großmütig weiter, als wir schon außer Sicht waren. Ebenso der zweite, auf den wir eine Viertelstunde später stießen, und dem wir seine Kunst mit einem halben Franken bezahlten.

Von nun an begegneten wir alle zehn Minuten einem Jodler; dem ersten gaben wir acht Rappen, dem zweiten sechs, dem dritten vier, dem vierten einen und Nummer fünf, sechs und sieben erhielten gar nichts! Für den Rest des Tages erkauften wir das Stillschweigen der übrigen Jodler mit einem Franken pro Kopf. Man bekommt es unter solchen Umständen schließlich doch satt.

Zehn Minuten nach sechs Uhr erreichten wir die Kaltbadstation, wo ein geräumiges Hotel mit Verandas steht, die einen weiten Umblick auf Berge und Seen gestatten. Wir waren nicht so sehr ermüdet, aber, um am andern Morgen ja den Sonnenaufgang nicht zu verschlafen, kürzten wir unsere Mahlzeit ab und eilten zu Bett. Es war unaussprechlich angenehm, unsere steifen Glieder in den kühlfeuchten Betten auszustrecken. Und wie fest wir schliefen! Kein Schlaftrunk wirkt so trefflich wie eine solche Alpenfußtour.

Morgens erwacht, waren wir beide mit einem Sprung aus den Federn und an den Fenstern; wir zerrten die Vorhänge zurück, erfuhren aber leider eine neue herbe Enttäuschung: es war nämlich schon halb vier Uhr nachmittags. In sehr mürrischer Laune kleideten wir uns an, wobei jeder dem andern die Schuld in die Schuhe schob. Harris meinte, wenn ich ihm gefolgt wäre und wir den Reisebegleiter mitgenommen hätten, wäre uns dieser Sonnenaufgang nicht entgangen. Ich behauptete dagegen, daß dann einer von uns hätte aufbleiben müssen, um den Begleiter zu wecken, außerdem hätten wir auf dieser Klettertour auch ohne die Sorge für einen Reisebegleiter Mühe genug mit uns selbst.

Das Frühstück regte unsere Lebensgeister wieder etwas an, besonders auch die beruhigende Versicherung im Baedeker, oben auf der Rigi brauche der Reisende nicht besorgt zu sein, daß er den Sonnenaufgang verschlafe, er werde vielmehr beizeiten von einem Mann geweckt, der mit einem großen Alphorn von Zimmer zu Zimmer gehe und seinem Instrument Töne entlocke, die imstande seien, Tote zu erwecken. Und noch eine andere Bemerkung des Reisehandbuches tröstete uns, die Versicherung nämlich, daß oben in den Rigi-Hotels die Gäste sich morgens nicht ganz anzukleiden brauchen, sondern sich einfach ihrer roten Bettdecken bemächtigen und mit diesen, wie Indianer drapiert, ins Freie stürmen. Oh, das muß schön und romantisch sein! Zweihundertfünfzig Personen auf dem windigen Gipfel gruppiert, mit fliegenden Haaren und wehenden roten Bettdecken, in der feierlich ernsten Gegenwart der schneebedeckten Bergspitzen, beleuchtet von den ersten Strahlen der aufgehenden Sonne, das muß ein herrlicher und denkwürdiger Anblick sein! Unter diesen Umständen war es fast ein Glück, daß wir die früheren Sonnenaufgänge verfehlt hatten.

Nach dem Reisehandbuch waren wir nun dreitausendzweihundertachtundzwanzig Fuß über dem Spiegel des Sees und konnten somit volle zwei Drittel unserer Wanderung als vollendet betrachten. Wir brachen kurz nach vier Uhr nachmittags von neuem auf; etwa hundert Schritte über dem Hotel verzweigte sich die Bahnlinie, der eine Arm ging gerade aufwärts den steilen Berg hinan, der andere bog in ziemlich sanfter Steigung nach rechts ab; wir folgten dem letzteren über eine Meile, bogen um eine Felsecke und kamen in Sicht eines neuen hübschen Hotels. Wären wir gleich weitergegangen, so hätten wir den Gipfel erreicht, aber Harris wollte allerhand Erkundigungen einziehen. Er wurde belehrt – und zwar falsch, wie gewöhnlich – daß wir umkehren und den andern Weg gehen müßten. Dies kostete uns eine schwere Menge Zeit.

Wir kletterten und kletterten; wir kamen wohl über vierzig

Hügel, aber immer erschien ein neuer, so groß wie die frühern. Es begann zu regnen; wir wurden durch und durch naß und es war bitter kalt. Dampfende Nebelwolken deckten bald den ganzen Abgrund zu; der Eisenbahndamm, auf welchen wir stießen, war unser einziger Wegweiser! Manchmal krochen wir längs desselben ein Stück weit fort, allein als sich der Nebel etwas zerteilte, bemerkten wir mit Schrecken, daß wir uns mit dem linken Ellbogen über einem bodenlosen Abgrund befanden, weshalb wir eiligst wieder den Bahndamm zu erreichen trachteten.

Die Nacht brach ein, rabenschwarz, neblig und kalt. Etwa um acht Uhr abends hob sich der Nebel etwas und ließ uns einen ziemlich undeutlichen Pfad erblicken, der links aufwärts führte. Diesen Weg einschlagend, waren wir eben weit genug vom Eisenbahndamm entfernt, um diesen nicht wieder finden zu können, als sich auch schon wieder eine Nebelwolke ausbreitete und alles in undurchdringliches Dunkel hüllte.

Wir befanden uns an einem rauhen, dem Unwetter vollkommen preisgegebenen Ort, waren genötigt, auf und ab zu gehen, um uns warm zu machen, obgleich wir dadurch Gefahr liefen, gelegentlich in einen Abgrund zu verschwinden.

Um neun Uhr machten wir die wichtige Entdeckung, daß wir jeden Pfad verloren hatten. Wir krochen auf Händen und Knien umher, konnten ihn aber nicht mehr finden; somit setzten wir uns wieder in das nasse Gras und warteten das weitere ab. Plötzlich jagte uns eine ungeheure dunkle Masse, die vor uns auftauchte, nicht geringen Schrecken ein; sie verschwand aber alsbald wieder im Nebel. Es war, wie wir später erfuhren, das längst ersehnte Rigi-Kulm-Hotel, aber die nebelhafte Vergrößerung ließ es uns als den gähnenden Rachen eines tödlichen Abgrundes erscheinen.

Da saßen wir nun eine lange Stunde mit klappernden

Zähnen und zitternden Knien, den Rücken gegen den vermeintlichen Abgrund gekehrt, weil von dorther etwas Zugluft zu verspüren war. Dabei ereiferten wir uns leidenschaftlich, denn jeder wollte dem andern die Dummheit in die Schuhe schieben, den Bahnkörper verlassen zu haben. Nach und nach wurde der Nebel dünner, und als Harris zufällig um sich blickte, stand das große, hell erleuchtete Hotel da, wo vorher der Abgrund gewesen war. Man konnte beinahe Fenster und Kamine zählen.

Unser erstes Gefühl war tiefer, unaussprechlicher Dank, unser zweites rasende Wut, weil das Hotel wahrscheinlich schon seit fast dreiviertel Stunden sichtbar gewesen war, während wir pudelnaß dasaßen und uns zankten.

Ja, es war das Rigi-Kulm-Hotel auf dem Gipfel der Rigi, und wir fanden dort die Zimmer, die unser Bursche für uns bestellt hatte – allerdings bekamen wir zuvor die hochmütige Ungefälligkeit des Portiers und des sonstigen Dienstpersonals gründlich zu kosten.

Wir verschafften uns trockene Kleider, und während unser Abendbrot bereitet wurde, irrten wir einsam durch eine Anzahl Wohnräume, von denen einer einen Ofen besaß. Dieser Ofen in einer Ecke des Zimmers war von einer lebendigen Wand der allerverschiedensten Menschenkinder umgeben. Da wir nun nicht ans Feuer herankommen konnten, wandelten wir in den arktischen Regionen der weiten Säle umher, unter einer Menge Menschen, die schweigend, in sich verloren und wie versteinert das Problem zu ergründen suchten, warum sie wohl solche Narren gewesen waren, hierher zu kommen. Einige davon waren Amerikaner, einige Deutsche, die weitaus überwiegende Mehrzahl aber waren Engländer. In einem der Räume drängte sich alles um die *Souvenirs du Righi*, die dort feilgeboten werden. Ich wollte zuerst auch ein geschnitztes Falzbein mit Gemshorngriff mitnehmen; dann sagte ich mir jedoch, daß mir die Rigi mit ihren Annehmlichkeiten wohl auch ohnedies in guter Erinnerung bleiben würde und erstickte deshalb das Gelüst.

Das Abendessen erwärmte uns, und wir gingen sofort zu Bett – das heißt, nachdem ich an Baedeker noch einige Zeilen geschrieben hatte. Dieser ersucht nämlich die Touristen, ihn auf etwaige Irrtümer in seinem Reisehandbuch aufmerksam zu machen. Ich schrieb ihm, daß er sich, indem er den Weg von Weggis bis zum Gipfel nur mit dreieinviertel Stunden angebe, genau um drei Tage geirrt habe. Eine Antwort habe ich nie erhalten, auch ist im Buche nichts geändert worden – mein Brief muß also verlorengegangen sein.

Wir waren so todmüde, daß wir sofort einschliefen und uns nicht regten noch bewegten, bis die herrlichen Töne des Alphorns uns weckten. Man kann sich denken, daß wir keine Zeit verloren, sondern schnell ein paar Kleidungsstücke überwarfen, uns in die praktischen roten Decken wickelten und unbedeckten Hauptes in den pfeifenden Wind hinausstürzten. Wir erblickten ein großes hölzernes Gerüst, gerade am höchsten Punkt der Spitze. Dorthin lenkten wir unsere Schritte, krochen die Stufen hinauf und standen da, erhaben über der weiten Welt, mit fliegenden Haaren und im Wind flatternden roten Decken.

»Mindestens fünfzehn Minuten zu spät!« sagte Harris mit trauriger Stimme, »die Sonne steht schon über dem Horizont.«

»Schadet nichts«, erwiderte ich, »es ist dennoch ein großartiges Schauspiel und wir wollen es noch weiter genießen, bis die Sonne höher steht.«

Einige Minuten waren wir tief ergriffen von dem wunderbaren Anblick und für alles andere tot. Die große, klare Sonnenscheibe stand jetzt dicht über einer unendlichen Anzahl Zipfelmützen – bildlich gesprochen. Es war ein wogendes Chaos riesiger Bergmassen, die Spitzen geschmückt mit ewigem Schnee und umflutet von der goldenen Pracht des zitternden Lichtes, während die glänzenden Sonnenstrahlen durch die Risse einer der Sonne vorgelagerten schwarzen Wolkenmasse aufschossen zum Zenit.

Wir konnten nicht sprechen, ja kaum atmen; wir standen in trunkener Verzückung und sogen diese Schönheit ein, als Harris plötzlich schrie: »Verd – sie geht ja unter!«

Wahrhaftig, wir hatten das Morgenhornblasen überhört, hatten den ganzen Tag geschlafen und waren erst beim Blasen des Abendhorns aufgewacht: das war niederschmetternd.

Auf einmal sagte Harris: »Allem Anschein nach ist nicht die Sonne der Gegenstand der Aufmerksamkeit der unter uns versammelten Menschen, sondern wir, hier oben auf diesem Gerüst, in diesen eselhaften Decken. Zweihundertfünfzig feingekleidete Herren und Damen starren uns an und kümmern sich kein Haar um Sonnenauf- oder -niedergang, solange wir ihnen ein derart lächerliches Schauspiel bieten. Die ganze Gesellschaft birst ja vor Lachen und das junge Mädchen dort wird nächstens platzen. In meinem Leben ist mir kein solcher Mensch vorgekommen wie Sie!«

»Was habe ich denn getan?« erwiderte ich erregt.

»Sie sind um halb acht Uhr abends aufgestanden, um den Sonnenaufgang zu sehen, ist das nicht genug?«

»Und haben Sie nicht dasselbe getan? möchte ich wissen; ich bin immer mit der Lerche aufgestanden, bis ich unter den versteinerten Einfluß Ihres ausgetrockneten Gehirns kam.«

»Schämen Sie sich nicht, in diesem Aufzug auf einem vierzig Fuß hohen Schafott auf dem Gipfel der Alpen zu stehen, unter uns eine endlose Zuschauermenge? Ist das der Schauplatz für derartige Experimente?« So ging der Streit in diesem Maskenanzug weiter. Als die Sonne untergegangen war, schlichen wir uns ins Hotel zurück und wieder zu Bett. Wir begegneten unterwegs dem Alphornbläser, und er versprach, uns am nächsten Morgen sicher zu wecken.

Er hielt Wort; wir hörten das Alphorn und standen sofort auf; es war finster und kalt. Als ich nach den Zündhölzchen suchend mit schlotternden Händen eine Anzahl Dinge zerbrach und zu Boden warf, wünschte ich, die Sonne möchte bei Tag aufgehen, wo es hell, warm und angenehm ist.

Es gelang uns endlich, uns beim zweifelhaften Licht zweier Kerzen anzukleiden; doch konnten wir mit unsern zitternden Händen nichts zuknöpfen; ich überlegte, wieviel glückliche Menschen in Europa, Asien, Amerika undsoweiter jetzt friedlich in ihren Betten ruhten und nicht aufzustehen brauchten, um den Rigi-Sonnenaufgang zu sehen. In diesen Gedanken versunken, hatte ich etwas zu ausgiebig gegähnt, so daß ich mit einem meiner Zähne an einem Nagel über der Tür hängen blieb. Während ich auf einen Stuhl stieg, um mich loszumachen, zog Harris die Vorhänge zurück und sagte: »Oh, welches Glück, wir brauchen ja nicht einmal das Zimmer zu verlassen – da unten liegen die Berge in ihrer ganzen Ausdehnung!«

Das war erfreulich: in der Tat, man konnte die großen Alpenmassen sich in unsichern Umrissen gegen das schwarze Firmament abheben und einen oder zwei Sterne durch das Morgengrauen schimmern sehen. Gut angekleidet und warm versorgt in den wollenen Decken stellten wir uns mit brennenden Pfeifen und unterhaltendem Geplauder ans Fenster, in behaglicher Erwartung eines Sonnenaufgangs bei Kerzenbeleuchtung. Nach und nach verbreitete sich ein leichtes ätherisches Licht in unmerklicher Steigerung über die luftigen Spitzen der Schneewüste – doch auf einmal schien ein Stillstand eingetreten zu sein. Ich sagte:

»Mit diesem Sonnenaufgang scheint etwas nicht zu stimmen. Es will nicht recht gehen. Was meinen Sie, was schuld sei?«

»Ich weiß nicht, es macht den Eindruck, wie wenn irgendwo Feuer wäre. Ich sah nie einen solchen Sonnenaufgang.«

»Nun, was mag wohl der Grund sein?«

Harris sprang jetzt mit einemmal auf und rief: »Ich hab's! Ich hab's! Wir sehen ja dorthin, wo gestern abend die Sonne unterging!«

»Vollkommen richtig! Warum haben Sie das nicht früher gemerkt? Jetzt haben wir wieder einen verfehlt; und alles durch Ihre Dummheit. Ja! Das sieht nur Ihnen gleich, eine Pfeife anzuzünden und den Sonnenaufgang im Westen zu erwarten.«

»Es sieht mir auch gleich, den Irrtum entdeckt zu haben; Sie hätten das doch nie gemerkt! Ich muß alle diese Dummheiten entdecken!«

»Sie machen sie alle! Aber wir wollen die Zeit nicht mit Streiten verlieren, vielleicht kommen wir doch noch rechtzeitig!« Allein es war zu spät, die Sonne war schon weit oben, als wir auf den Platz kamen. Wir begegneten der heimkehrenden Menge – Herren und Damen in komischer Bekleidung und mit frierenden Gesichtern.

Etwa ein Dutzend waren noch auf dem Platze. Sie versuchten, mittels Reisehandbuch und Panorama jeden Berg zu bestimmen und die verschiedenen Namen und Formen ihrem Gedächtnis einzuprägen.

Es war ein betrüblicher Anblick.

Nach meiner Schätzung brauchten wir einen Tag, um zu Fuß nach Weggis oder Vitznau zu kommen; sicher dagegen war, daß wir mit der Bahn etwa eine Stunde brauchen würden – deshalb wählten wir das letztere.

Eine herrliche Talfahrt auf der schwindelnden Bergbahn, die uns eine Wunderwelt gleich einer Reliefkarte zu unsern Füßen ausgebreitet sehen ließ, bildete den würdigen Schluß unserer ereignisreichen Rigibesteigung mit ihrem verunglückten Sonnenaufgang.

Aus meinem Pariser Notizbuch

Der Pariser reist nicht viel, er kennt nur seine Muttersprache, liest nur die einheimische Literatur und ist infolgedessen recht beschränkt und selbstzufrieden. Doch seien wir gerecht, es gibt Franzosen, die fremde Sprachen kennen, nämlich die Kellner. Unter anderem können sie auch englisch, das heißt sie können es auf europäische Art, das will sagen, sie können sprechen, aber nicht verstehen. Sie machen sich ohne Mühe verständlich, aber es grenzt an Unmöglichkeit, einen englischen Satz so auszudrücken, daß sie imstande sind, ihn zu fassen. Sie glauben, sie verstehen ihn, sie behaupten es auch, aber es ist nicht der Fall.

Folgende Unterhaltung hatte ich mit einem dieser Wesen. Ich schrieb sie zur Zeit nieder, um sie ganz genau zu besitzen.

Ich: »Das sind schöne Apfelsinen. Wo sind sie her?«

Er: »Noch welche? Jawohl, will ich gleich bringen.«

Ich: »Nein, bringen Sie keine weiteren. Ich will nur wissen, woher sie sind, wo sie gezogen sind.«

Er (mit unerschütterlicher Miene und erhöhtem Tonfall): »So?«

Ich: »Ja. Können Sie mir das Land nennen, wo sie her sind?«

Er (sanft, mit erhöhtem Tonfall): »So?«

Ich (resigniert): »Sie sind sehr gut.«

Er: »Gute Nacht.« (Verbeugt sich und zieht sich höchst selbstzufrieden zurück.)

Dieser Jüngling hätte ganz gut englisch lernen können, wenn er sich ordentliche Mühe gegeben hätte, aber er war

Franzose und wollte das nicht. Wie anders unser Volk! Es nutzt jede Gelegenheit aus, die sich darbietet. Es gibt in Paris ein paar französische Protestanten, die bauten sich ein hübsches Kirchlein in einer der großen Avenuen, die vom Triumphbogen ausgehen. Sie wollen dort die rechte Lehre auf die rechte Weise in ihrer edlen französischen Sprache predigen hören und selig sein. Aber der Spaß wird ihnen versalzen. Unsere Landsleute sind sonntags immer vor ihnen da und nehmen den ganzen Raum in Beschlag. Und wenn der Geistliche die Kanzel besteigt, findet er das Haus voller frommer Ausländer, die alle erwartungsvoll dasitzen, in der Hand ein kleines Buch, anscheinend eine in Saffian gebundene Bibel. Aber nur anscheinend; es ist das treffliche und erschöpfende kleine französisch-englische Wörterbuch von Bellow, welches nach Format und Einband genau wie eine Bibel aussieht. Die Leute sind dort, um französisch zu lernen. Das Gebäude hat den Spitznamen ›Kirche für Gratisunterricht im Französischen.‹

Die fleißigen Leute eignen sich wahrscheinlich mehr Sprachkenntnisse als allgemeine Bildung an, denn, wie man sagt, ist eine französische Predigt ebenso wie eine französische Rede. Sie nennt niemals ein historisches Ereignis, sondern nur das Datum desselben. Wenn man in Daten nicht zu Hause ist, kommt man nicht mit. Eine französische Rede macht sich ungefähr so:

»Kameraden, Mitbürger, Brüder, edle Glieder der einzig erhabenen und vollkommenen Nation, wir wollen nicht vergessen, daß der 21. Januar unsere Ketten brach, daß der 10. August uns von der schimpflichen Gegenwart fremdländischer Spione erlöste, daß der 5. September seine eigene Rechtfertigung vor Himmel und Erde war, daß der 18. Mai den Keim seiner eigenen Strafe in sich trug, daß der 14. Juli die mächtige Stimme der Freiheit war, die die Auferstehung, die den neuen Tag verkündete und die unterdrückten Völker der Erde aufforderte, auf das göttliche Antlitz Frankreichs zu schauen und zu leben; und hier wollen wir unseren ewigen Fluch gegen den Mann des 2. Dezembers wiederholen und mit Donnerstimme, der ureigenen Stimme Frankreichs, erklären, daß ohne ihn die Weltgeschichte keinen 17. März gekannt hätte, keinen 12. Oktober, keinen 19. Januar, keinen 22. April, keinen 16. November, keinen 30. September, keinen 2. Juli, keinen 14. Februar, keinen 29. Juni, keinen 15. August, keinen 31. Mai – daß ohne ihn Frankreich, das reine, das herrliche, das einzige Frankreich, heute einen glänzenden und unbesetzten Kalender besäße!«

Ich hörte von einer französischen Predigt, die auf folgende sonderbare, aber beredte Art schloß:

»Meine andächtigen Zuhörer, wir haben eine trübe Veranlassung, des Mannes vom 13. Januar zu gedenken. Die Folgen des ungeheuren Verbrechens vom 13. Januar stehen in richtigem Verhältnis zur Größe der Tat selbst. Ohne sie wäre kein 30. November gewesen. Welch trauriges Schauspiel! Die gräßliche Untat vom 16. Juni wäre nicht geschehen ohne sie, und der Mann des 16. Juni hätte das Dasein nicht gekannt. Ihr allein ist der 3. September zuzuschreiben, ihr der verhängnisvolle 12. Oktober. Sollen wir hiernach dankbar sein für den 13. Januar, mit seinen Todesschrecken für euch und mich und alle, die da atmen? Jawohl, meine Freunde, denn er schenkte uns auch, was ohne ihn und ihn allein nimmer gekommen wäre, den gesegneten 25. Dezember!«

Vielleicht ist eine Erklärung am Ort, obwohl eine solche für viele meiner Leser kaum nötig sein wird. Der Mann des 13. Januars ist Adam; das Verbrechen dieses Tages war das Essen des Apfels; das traurige Schauspiel des 30. Novembers war die Vertreibung aus dem Paradiese; die gräßliche Untat des 16. Juni war die Ermordung Abels; das Ereignis des

3. Septembers war der Aufbruch nach dem Lande Nod, und am 12. Oktober verschwanden die letzten Berggipfel unter der Sintflut.

Wenn man in Frankreich in die Kirche geht, muß man einen Kalender mitnehmen, einen mit Anmerkungen.

Wagnermusik

Eines Abends fuhr ich in Begleitung eines Freundes von Heidelberg nach Mannheim, um ein Charivari zu hören – oder vielleicht eine Oper – sie heißt *Lohengrin.* Das Hämmern und Klopfen, das Sausen und Krachen war über alle Beschreibung. Es erregte in mir einen unerträglichen Schmerz, ganz ähnlich wie das Plombieren der Zähne beim Zahnarzt. Zwar hielt ich die vier Stunden bis zum Schluß aus, die Umstände nötigten mich dazu, aber die Erinnerung an dies endlos lange, erbarmungslose Leiden hat sich mir unauslöschlich eingeprägt. Daß ich es schweigend ertragen mußte und mich dabei nicht vom Fleck rühren konnte, machte die Sache noch ärger. Ich war mit acht bis zehn fremden Personen beiderlei Geschlechts in einem umhegten Raum eingeschlossen und versuchte natürlich mich so gut als möglich zu beherrschen, doch überkam mich dann und wann ein so namenloses Weh, daß ich kaum imstande war, die Tränen zurückzuhalten. Wenn das Geheul, das Geschrei und Klagegestöhn der Sänger und das rasende Toben und Donnergetöse des ungeheuren Orchesters noch wilder und grimmiger wurde und sich zu immer höheren Höhen verstieg, hätte ich laut aufschluchzen mögen. Aber ich war nicht allein und die Fremden neben mir hätte ein solches Benehmen sicherlich überrascht; sie würden allerlei Bemerkungen darüber gemacht haben. Freilich mit Unrecht; denn einen Menschen weinen zu sehen, dem man – um bildlich zu sprechen – bei lebendigem Leibe die Haut abzieht, sollte niemanden in Erstaunen setzen.

In der halbstündigen Pause am Ende des ersten Aktes hätte ich hinausgehen und mich etwas erholen können, aber ich wagte es nicht, aus Furcht, fahnenflüchtig zu werden, was ich meinem Reisegefährten nicht antun wollte. Als dann gegen neun Uhr abermals eine Pause eintrat, hatte ich schon so viel durchgemacht, daß ich keine Widerstandskraft mehr besaß. In Ruhe gelassen zu werden, war mein einziges Verlangen.

Ich will nicht behaupten, daß die übrigen Zuhörer meine Gefühle teilten, das war keineswegs der Fall. Ob sie für den Lärm von Natur eine besondere Vorliebe besaßen oder ob sie sich mit der Zeit daran gewöhnt hatten, ihn schön zu finden, weiß ich nicht – jedenfalls gefiel er ihnen, das unterlag keinem Zweifel. Während das Getöse in vollem Gange war, saßen sie mit verzückten und wohlgefälligen Mienen da, wie Katzen, denen man den Rücken streichelt; kaum aber fiel der Vorhang, so stand die ganze ungeheure Menge wie ein Mann auf, und ein wahres Schneegestöber von wehenden Taschentüchern sauste durch die Luft, von Beifallsstürmen begleitet. Dies ging über mein Verständnis. Zudem waren die Logen und die übrigen Plätze bis zum Schluß so voll wie sie es zu Anfang gewesen, und da sich nicht annehmen ließ, daß die Zuhörer alle nur gezwungen dablieben, mußte es ihnen wohl Vergnügen machen.

Was das Stück selbst betraf, so zeichnete es sich zwar durch prächtige Kostüme und Szenerien aus, aber es enthielt merkwürdig wenig Handlung. Das heißt, es geschah in Wirklichkeit nichts, doch wurde viel über die Begebenheiten hin und her geredet und immer mit großer Aufregung. Man könnte es eine dramatisierte Erzählung nennen. Jeder Mitspieler trug eine Geschichte und eine Beschwerde vor, aber nicht ruhig und vernünftig, sondern auf eine höchst beleidigende unbotmäßige Art und Weise. Ferner fiel mir auf, daß Tenor und Sopran sich nur selten in ihrer gewöhnlichen Manier dicht an die Rampen stellten, um mit vereinten Kräften und Stimmen zu trillern, die Arme nacheinander auszustrecken, sie wieder zurückzuziehen, erst die rechte, dann die linke Hand auf die Brust zu drücken und sich dabei zu schütteln. Nein, jeder Lärmmacher besorgte seine Sache für sich allein; nacheinander sangen sie ihre verschiedenen Anschuldigungen mit Begleitung des ganzen großen Orchesters. Wenn dies eine Weile gedauert hatte und man sich gerade mit der Hoffnung schmeichelte, sie würden sich nun verständigen und etwas weniger Spektakel machen, dann begann plötzlich ein Riesenchor, aus Tollhäuslern zusammengesetzt, loszukreischen, und ich mußte zwei, oft auch drei Minuten lang alle Qualen noch einmal durchleben, die ich vor Jahren erlitten hatte, als das Waisenhaus von N. in Brand geriet.

Diese lange und mit größter Anschaulichkeit durchgeführte Wiedergabe der gräßlichen Höllenpein ward nur durch einen einzigen kurzen Beigeschmack von Himmelsfrieden und Seligkeit unterbrochen – nämlich im dritten Akt, während ein prachtvoller Festzug auf der Bühne fort und fort rundum ging und der Hochzeitsmarsch ertönte. Dies war Musik für mein ungeschultes Ohr – göttliche Musik. Während der heilende Balsam jener lieblichen Töne meine wunde Seele überflutete, hätte ich fast alle vergangenen Qualen wieder erdulden mögen, um noch einmal diese süße Erquikkung zu durchleben. Dabei wurde mir klar, mit welcher Schlauheit diese Oper ihre Wirkung berechnet. Sie erregt so viele und schreckliche Leiden, daß die wenigen dazwischen gestreuten Freuden durch den Gegensatz aufs wunderbarste erhöht werden.

Nichts lieben die Deutschen so von ganzem Herzen wie die Oper. Sie werden durch Gewohnheit und Erziehung dahin geleitet. Auch wir Amerikaner können es ohne Zweifel eines Tages noch zu solcher Liebe bringen. Bis jetzt findet aber vielleicht unter fünfzig Besuchern der Oper einer wirklich Gefallen daran; von den übrigen neunundvierzig gehen viele, glaube ich, hin, weil sie sich daran gewöhnen möchten, und die anderen, um mit Sachkenntnis davon reden zu können. Letztere summen gewöhnlich die Melodien vor sich hin, während sie auf der Bühne gesungen werden, um ihren Nachbarn zu zeigen, daß sie nicht zum erstenmal in der Oper sind. Diese sollten gehängt werden.

Drei bis vier Stunden auf einem Fleck zu bleiben ist keine Kleinigkeit; einige von Wagners Opern zerschmettern aber das Trommelfell der Zuhörer sechs Stunden hintereinander. Die Leute sitzen da, freuen sich und wünschen, es dauerte noch länger. Mir sagte einmal eine deutsche Dame in München, Wagner gefiele keinem gleich bei der ersten Aufführung, man müsse ihn erst lieben lernen; dazu gehöre ein förmlicher Kurs, habe man den aber durchgemacht, so dürfe man auch sicher auf den Lohn rechnen; wer die Musik einmal lieben gelernt, verspüre einen solchen Hunger danach, daß er nie genug bekommen könne; sechs Stunden Wagner sei gar nicht zuviel. Dieser Komponist, sagte sie, habe in der Musik eine völlige Umwälzung hervorgebracht, die alten Meister müßten sich einer nach dem andern von ihm begraben lassen. Nach ihrer Ansicht bestand der Unterschied zwischen Wagners Opern und allen übrigen hauptsächlich darin, daß sie nicht nur hie und da eingestreute Melodien enthielten, sondern vom ersten Tone an aus einer einzigen Melodie beständen. Das überraschte mich und ich erwiderte, ich hätte der Aufführung einer seiner Schöpfungen beigewohnt und außer dem Hochzeitsmarsch wäre mir nichts darin wie Musik vorgekommen. Darauf riet sie mir, Lohengrin noch recht oft zu hören, dann würde ich mit der Zeit die endlose Melodie gewiß herausfühlen. Ich hatte schon auf der Zunge, sie zu fragen, ob sie einem Menschen wohl zureden würde, sich jahrelang darin zu üben, Zahnschmerzen zu haben, um schließlich einen Genuß daran zu finden. Aber ich unterdrückte die Bemerkung.

Die Dame sprach auch von dem ersten Tenor, den sie am vergangenen Abend in einer Wagnerschen Oper gehört hatte. Sie war seines Lobes voll, pries seinen altbewährten Ruhm und zählte die Auszeichnungen auf, welche ihm von sämtlichen Fürstenhäusern Deutschlands zuteil geworden waren. Das setzte mich abermals in Erstaunen. Ich war nämlich bei jener Aufführung zugegen gewesen – vertreten durch meinen Reisebegleiter – und hatte die genauesten Beobachtungen angestellt.

»Aber, gnädige Frau«, erwiderte ich daher, »mein Vertreter hat sich mit eigenen Ohren überzeugt, daß jener Tenor gar nicht singt, sondern nur kreischt und heult – wie eine Hyäne.«

»Das ist wahr«, versetzte sie, »jetzt kann er nicht mehr singen; seit vielen Jahren hat er schon die Stimme verloren; aber früher sang er wahrhaft himmlisch. Deshalb kann auch das Theater kaum die Zuhörer fassen, wenn er auftritt. Jawohl, bei Gott, seine Stimme klang wunderschön – in jener alten Zeit.«

Dies offenbarte mir einen freundlichen Charakterzug der Deutschen, welcher alle Anerkennung verdient. Jenseits des Ozeans sind sie weniger hochherzig. Wenn bei uns ein Sänger die Stimme verloren hat oder ein Springer seine Beine, so ist es mit der Gunst des Publikums für ihn vorbei. Nach meiner Erfahrung zu urteilen – ich bin dreimal in der Oper gewesen, einmal in Hannover, einmal in Mannheim und einmal in München, wo ich mich vertreten ließ – scheinen die Deutschen diejenigen Sänger am liebsten zu hören, welche nicht mehr singen können.

Das ist durchaus keine Übertreibung. In Heidelberg war die ganze Stadt schon eine Woche lang im voraus außer sich vor Entzücken über den dicken Tenor gewesen, der in Mannheim auftrat. Seine Stimme klang täuschend ähnlich, als kratze man mit einem Nagel auf einer Fensterscheibe. Das gaben die Heidelberger auch zu, aber in früheren Zeiten, meinten sie, sei sein Gesang so herrlich gewesen wie kein anderer. Ähnlich ging es mir in Hannover. Der Herr, mit dem ich dort in der Oper war, strahlte förmlich vor Begeisterung.

»Sie werden den großen Mann sehen«, rief er, »in ganz Deutschland ist sein Ruhm verbreitet. Er bezieht eine Pension von der Regierung und braucht nur noch zweimal jährlich zu singen. Tut er das aber nicht, so wird ihm die Pension entzogen.«

Als der bejahrte Tenor nun wirklich auftrat, war ich sehr enttäuscht. Wenn er hinter einem Schirm gestanden hätte, würde ich geglaubt haben, man schneide ihm gerade die Gurgel ab. Ich warf meinem Bekannten einen Blick zu, aber der schwelgte in Wonne, seine Augen funkelten vor Vergnügen. Als der Vorhang endlich fiel, erhob sich ein wahrer Beifallssturm, welcher kein Ende nehmen wollte, bis der gewesene Tenor dreimal wieder zum Vorschein gekommen war und seine Verbeugungen gemacht hatte. Mein Freund klatschte aus Leibeskräften mit, dann wischte er sich den Schweiß von der Stirn.

»Entschuldigen Sie«, sagte ich, »aber nennen Sie das Gesang?«

»Nein, Gott im Himmel, das nicht – aber vor fünfundzwanzig Jahren, da konnte er singen! Jetzt singt er nicht mehr, er schreit nur. Wenn man einer Katze auf den Schwanz tritt, klingt es geradeso.«

Wir halten die Deutschen im allgemeinen für ein ruhiges,

phlegmatisches Volk, aber das ist weit gefehlt. Sie sind warmherzig, heißblütig und folgen der Eingebung des Augenblicks. Man kann sie ebenso leicht zu Tränen rühren, wie zum Lachen bringen. Ihre Treue ist unerschütterlich und wen sie einmal ins Herz geschlossen haben, von dessen Lob fließt ihr Mund über und sie werden nicht müde, ihm zuzujubeln. Wir Amerikaner sind kalt und zurückhaltend im Vergleich zu ihnen.

Ein mittelalterlicher Roman

Erstes Kapitel: Das Geheimnis wird entschleiert

Es war Nacht. Tiefes Schweigen herrschte in dem großen alten Baronalschloß Klugenstein. Das Jahr 1222 neigte sich seinem Ende zu. Hoch oben in dem größten Schloßturm schimmerte ein einziges Licht. Eine geheime Beratung wurde dort abgehalten. Der strenge alte Herr von Klugenstein saß grübelnd in seinem Prachtstuhl. Nach einer Weile sprach er in zärtlichem Tone:

»Meine Tochter!«

Ein junger Mann von edlem Äußern, vom Scheitel bis zu den Fersen in ritterliches Eisen gekleidet, antwortete:

»Rede, Vater!«

»Meine Tochter, die Zeit ist gekommen, wo das Geheimnis enthüllt werden muß, welches während deines ganzen jungen Lebens so viel Verwirrung verursacht hat. So wisse denn, daß das Geheimnis seinen Ursprung in den Dingen hatte, welche ich dir jetzt auseinandersetzen will ... Mein Bruder Ulrich ist der große Herzog von Brandenburg. Auf seinem Sterbebette bestimmte mein Vater, daß, so Ulrich kein Sohn geboren würde, die Nachfolge an mein Haus übergehen sollte, vorausgesetzt, daß *mir* ein Sohn geboren würde. Für den Fall jedoch, daß keinem von uns Söhne, sondern nur Töchter geschenkt würden, sollte die Nachfolge auf Ulrichs Tochter übergehen, sofern sie ein makelloses Leben führte; wenn nicht, sollte *meine* Tochter auf dem Throne folgen, sofern sie sich einen tadellosen Namen bewahrte. Und so beteten ich und meine Gattin inbrünstig zu Gott, er möchte uns einen Sohn schenken. Aber unser Gebet ward nicht erhört. Du wurdest uns geboren. Ich war in Verzweiflung. Ich sah, wie der herrliche Preis meinem Griff entschlüpfte, der schöne Traum in Nichts zerrann. Und ich hatte so zuversichtlich gehofft! Ulrich war schon fünf Jahre lang vermählt gewesen, aber seine Gattin hatte ihm noch keinen Erben geboren, weder einen männlichen noch einen weiblichen.

›Aber halt‹, sagte ich zu mir, ›noch ist nicht alles verloren‹. Ein rettender Gedanke hatte meinen Verstand erleuchtet. Du warst um Mitternacht geboren und nur der Arzt, die Amme und sechs Wartefrauen wußten um dein Geschlecht. Ehe eine Stunde verstrichen war, hatte ich sie alle miteinander aufknüpfen lassen. Am folgenden Morgen herrschte auf meiner Besitzung Freude und Jubel über die Kunde, daß Klugenstein ein Sohn, dem mächtigen Brandenburg ein Thronerbe geboren sei! Und das Geheimnis ist wohl gewahrt geblieben. Die einzige Schwester deiner Mutter war die Wärterin deiner Kindheit, und von der Zeit an fürchteten wir nichts mehr.

Als du zehn Jahre zähltest, ward Ulrich eine Tochter geboren. Wir grämten uns, erhofften jedoch das beste von den Masern, den Ärzten und andern natürlichen Kinderfeinden, sahen uns dagegen stets in unseren Erwartungen getäuscht. Sie blieb am Leben, wuchs und gedieh – des Himmels Fluch auf ihr Haupt! Aber es hat nichts zu bedeuten. Wir haben nichts zu fürchten. Denn – ha! ha! – haben wir nicht einen Sohn? Und ist unser Sohn nicht der zukünftige Herzog? Unser vielgeliebter Konrad, verhält es sich nicht so ...? Denn obgleich du ein Mädchen von achtundzwanzig Jahren bist, mein Kind, so hast du doch niemals einen andern Namen gehabt.

Und nun hat es sich begeben, daß das Alter seine Hand auf meinen Bruder gelegt und ihn hinfällig und schwach gemacht hat. Die Staatssorgen drücken ihn nieder. Darum wünscht er, daß du zu ihm kommst, um bereits in Wirklichkeit, wenn auch noch nicht dem Namen nach, Herzog zu sein. Deine Dienerschaft steht bereit – heute nacht reisest du ab ...

Nun höre wohl, was ich dir sage. Präge dir jedes meiner Worte fest ins Gedächtnis. Es gibt ein Gesetz, so alt wie Deutschland selbst. Dieses Gesetz bestimmt, daß, wenn eine Frau auch nur einen Augenblick auf dem großen Herzogsstuhle gesessen, bevor sie feierlich vor allem Volk gekrönt worden, sie dann sterben soll! Achte also auf meine Worte. Gib Bescheidenheit vor. Verkünde deine Richtersprüche von dem Stuhl des ersten Ministers, der am Fuße des Thrones steht. Und tue das so lange, bis du gekrönt bist und dein Leben also keine Gefahr mehr läuft. Es ist nicht wahrscheinlich, daß dein Geschlecht jemals entdeckt werden wird; allein die Klugheit fordert, daß wir bei allem so sicher vorgehen, als es in diesem trügerischen Erdenleben möglich ist.«

»O mein teurer Vater, ist darum mein ganzes Leben eine Lüge gewesen? Mußte ich darum meine unschuldige Base um ihre Rechte betrügen? Schone meiner, schone deines Kindes!«

»Was, du närrisches Geschöpf! Ist das der Lohn für das höhere Glück, das mein Verstand für dich ersonnen hat? Bei den Gebeinen meines Vaters, diese deine schwächlichen Gefühle stimmen sehr schlecht zu meiner Laune. Begib dich sofort zu dem Herzog! Und hüte dich, meine Pläne stören zu wollen!«

Das genüge als Probe ihres Gesprächs. Das Flehen, die Bitten und die Tränen des zartfühlenden Mädchens waren nutzlos. Weder sie noch sonst etwas vermochte den alten Herrn von Klugenstein zu rühren. Und somit sah schließlich seine Tochter mit schwerem Herzen die Burgtore sich hinter ihr schließen, um in finsterer Nacht, umgeben von einer ritterlichen Schar bewaffneter Vasallen und einem Gefolge treuer Diener, von dannen zu reiten.

Der alte Freiherr saß nach der Abreise seiner Tochter lange Zeit schweigend da; dann wandte er sich an sein betrübtes Weib und sprach:

»Frau, unsere Angelegenheit scheint einen schönen Verlauf zu nehmen. Vor etwa einem Vierteljahr sandte ich den verschlagenen und schönen Grafen Dentzin in jenem teuflischen Auftrag zu meines Bruders Tochter Konstanze. Mißglückt ihm sein Plan, so sind wir nicht ganz außer Gefahr; hat er aber Erfolg, so wird keine Macht unser Kind daran hindern können, Herzogin zu sein, sollte auch ein mißgünstiges Geschick bestimmt haben, daß es niemals Herzog werde!«

»Mein Herz ist voll böser Ahnungen, doch vielleicht wird noch alles gut.«

»Schweig, Frau! Das Krächzen überlasse den Eulen. Geh zu Bett und träume von Brandenburg und der Herrlichkeit unseres Geschlechts!«

Zweites Kapitel: Festlichkeit und Tränen

Sechs Tage nach den im vorhergehenden Kapitel berichteten Ereignissen strahlte die schöne Hauptstadt des Herzogtums Brandenburg im Glanze kriegerischer Ausrüstung. Lärmender Jubel der getreuen Untertanen erfüllte die Straßen, denn Konrad, der junge Erbe der Krone, war angekommen. Das Herz des alten Herzogs war voller Glück. Die schöne Erscheinung und das anmutige Benehmen Konrads hatten ihn sofort für seinen Neffen eingenommen. Die weiten Hallen des Palastes wimmelten von edlen Rittern, welche Konrad willkommen hießen. Alles ließ sich so glänzend und glücklich an, daß sein Kummer und seine Befürchtungen schwanden und einer behaglichen Zufriedenheit Platz machten.

Aber in einem abgelegenen Gemache des Palastes spielte sich ein Auftritt ganz anderer Art ab. An einem Fenster stand des Herzogs einziges Kind, die Prinzessin Konstanze. Ihre Augen waren rotgeschwollen und voller Tränen. Sie war allein. Plötzlich begann sie von neuem zu weinen und sagte laut:

»Der Schurke Dentzin ist fort – ist aus dem Herzogtum entflohen! Ich konnte es zuerst gar nicht glauben, aber ach, es ist nur zu wahr und ich liebte ihn so sehr! Ich wagte ihn zu lieben, obschon ich wußte, daß der Herzog, mein Vater, mir nimmer gestatten würde, ihn zu heiraten. Ich liebte ihn – aber jetzt hasse ich ihn! Aus ganzer Seele hasse ich ihn! Was soll aus mir werden? Ich bin verloren, verloren! Ich werde wahnsinnig werden!«

Drittes Kapitel: Der Knoten schürzt sich

Einige Monate verstrichen. Alle Welt war voll des Lobes über die Regierung des jungen Konrad und pries die Weisheit seiner Urteilssprüche, die Milde seiner Entscheidungen und die Bescheidenheit, welche er in seinem hohen Amte an den Tag legte. Der alte Herzog übergab ihm bald sämtliche Regierungsgeschäfte, trat beiseite und lauschte mit stolzer Genugtuung, während sein Erbe vom Sitze des ersten Ministers die Beschlüsse der Krone bekanntgab. Kein Zweifel schien möglich zu sein, daß ein so sehr von allen geliebter, gepriesener und geehrter Prinz wie Konrad anders als glücklich sein könnte. Aber seltsam genug, er war es nicht. Denn er sah mit Schmerz, daß die Prinzessin Konstanze ihn zu lieben begonnen hatte! Die Liebe der andern Menschen war hohes Glück für ihn, doch diese Liebe war unheilbringend! Vor allem, als er sah, daß auch der Herzog die Leidenschaft seiner Tochter entdeckt hatte, und daß er sich darüber freute und bereits von einer Heirat träumte. Mit jedem Tag schwand die tiefe Traurigkeit, welche das Antlitz der Prinzessin beschattet hatte, mehr und mehr dahin; mit jedem Tag strahlten Hoffnung und Lebenslust heller aus ihren Augen, und zuweilen gewahrte man sogar ein flüchtiges Lächeln auf ihren Zügen, die bisher so traurig gewesen.

Konrad machte sich Gedanken. Bitter fluchte er sich, daß er, als er noch neu und fremd im Palast war, der Regung nachgegeben hatte, die Gesellschaft einer Vertreterin seines eigenen Geschlechts aufzusuchen. Er war damals so traurig und sehnte sich nach jener Teilnahme, wie sie nur das Frauenherz empfindet und zu gewähren vermag.

Jetzt begann er seine Base zu meiden. Doch das verschlimmerte die Sache nur; je mehr er sie mied, um so häufiger versuchte sie ihm zu begegnen. Das Mädchen folgte ihm auf Schritt und Tritt; sie machte förmlich Jagd auf ihn; immer und überall war sie in seiner Nähe, in der Nacht, wie auch am Tage. Sie schien merkwürdig besorgt um ihn zu sein. Ganz bestimmt handelte es sich hier um ein Geheimnis.

Das konnte nicht so fortgehen. Alle Welt redete schon davon. Der Herzog wurde immer verlegener. Der arme Konrad wurde vor Furcht und innerer Erregung bleich wie ein Gespenst. Eines Tages, als er aus einem Vorzimmer trat, das an die Gemäldegalerie grenzte, stand plötzlich Konstanze vor ihm. Sie ergriff seine Hände und rief aus:

»Warum meidest du mich? Was habe ich getan, was gesagt,

daß du deine gute Meinung von mir verloren hast? Früher dachtest du anders von mir! Konrad, verachte mich nicht, sondern bedaure ein gequältes Herz! Ich liebe dich, Konrad – ich kann die Worte nicht länger in mir verschließen, sonst bringen sie mir den Tod! So, jetzt verachte mich, wenn du nicht anders kannst, aber ich mußte es sagen!«

Konrad war sprachlos. Konstanze zauderte einen Augenblick, und dann flammte, da sie sein Schweigen falsch deutete, eine wilde Freude in ihren Augen auf. Sie schlang ihre Arme um seinen Nacken und sagte:

»Dein Herz erweicht sich! Dein Herz erweicht sich! Du kannst – du willst mich lieben! O sprich es aus, daß du mich lieben willst, mein einziger, mein angebeteter Konrad!«

Konrad stöhnte laut. Totenblässe überzog sein Antlitz und er zitterte wie Espenlaub. Dann stieß er das arme Mädchen voller Verzweiflung von sich und rief aus:

»Du weißt nicht, was du von mir begehrst! Es ist unmöglich, für alle Ewigkeit unmöglich!« Und dann floh er wie ein Verbrecher und ließ die Prinzessin starr vor Bestürzung zurück. Sie stand da, weinte und schluchzte, während Konrad in seinem Gemach weinte und schluchzte. Beide waren in Verzweiflung. Beide sahen das Verderben näherkommen.

Nach längerer Zeit stand Konstanze langsam auf und entfernte sich, wobei sie sagte:

»Wenn ich bedenke, daß er meine Liebe gerade in dem Augenblick verschmähte, da ich glaubte, sie würde sein grausames Herz schmelzen! ... Ich hasse ihn! Er stieß mich – ja, dieser Mann stieß mich von sich wie einen Hund!«

Viertes Kapitel: Eine schreckliche Enthüllung

Die Zeit verrann. Wiederum ruhte tiefe Schwermut auf dem Antlitz der guten Herzogstochter. Man sah sie und Konrad nicht mehr beisammen. Das grämte den Herzog. Nach einiger Zeit kehrte die Farbe in Konrads Wangen und die alte Lebhaftigkeit in seinen Augen zurück, und er steuerte das Staatsruder mit klarer, stets reifer werdender Weisheit.

Dann begann sich ein eigentümliches Geflüster in der Nähe des Palastes zu verbreiten. Es wurde lauter; es breitete sich immer mehr aus. Zuerst bemächtigten sich seiner die Klatschbasen der Stadt und dann durchlief es das ganze Herzogtum. Der Inhalt des Geflüsters war folgender:

»Die Prinzessin Konstanze hat ein Kindlein geboren!«

Als das der Herr von Klugenstein vernahm, da schwang er dreimal seinen Helmbusch um das Haupt und rief laut aus:

»Lang lebe der Herzog Konrad! – denn seht, von diesem Tage an ist ihm die Krone gesichert! Dentzin hat seinen Auftrag wacker erfüllt, und der brave Halunke soll belohnt werden!«

Und er machte die Kunde weit und breit bekannt, und achtundvierzig Stunden lang gab es in der ganzen Herrschaft Klugenstein keine Seele, die nicht gesungen, getanzt und gejubelt hätte, um das große Ereignis zu feiern – und das alles auf Kosten des stolzen und glücklichen Herrn von Klugenstein.

Fünftes Kapitel: Die furchtbare Katastrophe

Der Tag des Gerichts nahte. Sämtliche große Herren und Freiherren von Brandenburg waren im Gerichtssaal des herzoglichen Schlosses versammelt. Kein Platz war unbesetzt, wo ein Zuschauer zum Stehen oder Sitzen Raum gefunden hätte. Konrad, in Purpur und Hermelin gekleidet, saß auf dem Stuhl des ersten Ministers, und auf beiden Seiten hatten die obersten Richter des Reiches Platz genommen. Der alte Herzog hatte streng befohlen, daß die Untersuchung gegen seine Tochter ohne jede Rücksicht geführt werde, und sich dann gebrochenen Herzens zu Bett gelegt. Seine Tage waren gezählt. Der arme Konrad hatte, als gelte es seinem eigenen Leben, gebeten, man möchte ihn doch des unglücklichen Amtes entheben, über das Verbrechen seiner Base zu Gericht sitzen zu müssen – doch er wurde nicht erhört.

Das betrübteste Herz in dieser ganzen Versammlung klopfte in Konrads Brust.

Das froheste dagegen in der Brust seines Vaters, denn ohne Wissen seiner Tochter ›Konrad‹ war der alte Freiherr von Klugenstein nach der Hauptstadt gekommen, und triumphierend über das wachsende Glück seines Hauses stand er in der Schar der Edlen.

Nachdem die Herolde in feierlicher Weise den Beginn des Gerichts verkündet hatten und die übrigen einleitenden Handlungen geschehen waren, sprach der ehrwürdige Oberrichter:

»Angeklagte, tretet vor!«

Die unglückliche Prinzessin erhob sich und trat unverschleiert vor die große Versammlung.

Der Oberrichter fuhr fort:

»Durchlauchtige Prinzessin, vor die höchsten Richter dieses Landes ist die Beschuldigung gelangt und bewiesen, daß Eure Durchlaucht außerhalb der heiligen Ehe einem Kindlein das Leben geschenkt. Nach altem Landesgesetz steht hierauf die Todestrafe, mit Ausnahme eines einzigen Falles, den Seine Durchlaucht, der regierende Fürst, unser gnädigster

Herzog Konrad, Euch in seinem feierlichen Richterspruch jetzt kundtun wird; weshalb Ihr achtgeben wollt.«

Konrad streckte zögernd das Zepter aus, und in demselben Augenblick erzitterte das Frauenherz unter seinem Gewande mitleidig für die unglückselige Angeklagte, und die Tränen traten ihm in die Augen. Er öffnete den Mund, um zu reden, aber der oberste Richter sagte rasch: »Nicht dort, Euer Durchlaucht, nicht dort! Es ist wider das Gesetz, einen Richterspruch über irgendein Mitglied der herzoglichen Familie anders als vom herzoglichen Throne zu verkünden!«

Schauder erfaßte den armen Konrad und heftiges Beben schüttelte die eiserne Gestalt seines alten Vaters. Konrad war noch nicht gekrönt – durfte er den Thron zu entheiligen wagen?

Er zauderte und war blaß vor Schrecken. Aber es mußte sein. Denn schon hatten sich verwunderte Augen auf ihn gerichtet. Zögerte er noch länger, so verwandelte sich das Befremden in Mißtrauen. Er bestieg den Thron. Dann streckte er wieder das Zepter aus und sprach:

»Angeklagte, im Namen unseres gnädigsten Herrn, des Herzogs Ulrich von Brandenburg, erfülle ich die feierliche Pflicht, welche mir übertragen worden ist. Habet acht auf meine Worte. Nach altem Landesgesetz müsset Ihr unfehlbar sterben, es sei denn, daß Ihr den Genossen Eurer Schuld nennet und ihn dem Scharfrichter überantwortet. Nehmet diese Gelegenheit wahr – rettet Euch, solange noch Zeit ist. Nennet den Vater Eures Kindes!«

Ein feierliches Schweigen legte sich auf die große Gerichtsversammlung – ein Schweigen so tief, daß man sein eigenes Herz schlagen hören konnte.

Da wandte sich die Prinzessin langsam um, ihre Augen glühten vor Haß, und mit dem Finger auf Konrad zeigend, sagte sie:

»Du bist dieser Mann!«

Die furchtbare Überzeugung von einer unabwendbaren großen Gefahr durchzuckte Konrad wie das Schauern des Todes. Welche Macht auf Erden konnte ihn noch retten? Um die Anklage zu widerlegen, mußte er das Geheimnis enthüllen, daß er ein Weib war; und auf dem herzoglichen Stuhle zu sitzen – darauf stand für ein ungekröntes Weib die Todesstrafe! In ein und demselben Augenblick sanken Konrad und sein grimmiger alter Vater in Ohnmacht und fielen zu Boden.

Den Schluß dieser schauderhaften und ereignisvollen Geschichte wird man weder in dieser noch in irgendeiner andern Darstellung finden, weder jetzt noch in Zukunft. Denn ich habe meinen Helden (oder meine Heldin) in eine so eigentümliche verwickelte Lage gebracht, daß ich nicht weiß, wie ich ihn (oder sie) jemals wieder aus derselben herausbringen soll, und darum will ich lieber meine Hände in Unschuld waschen und es der Person selbst überlassen, sich aus ihrer Klemme wieder herauszuarbeiten – oder darin zu bleiben. Ich glaubte, es würde ganz leicht sein, das kleine Hindernis zu beseitigen, aber danach sieht es mir jetzt nicht aus.

Journalismus in Tennessee

Der Redakteur der *›Lawine‹* in Memphis zündet auf folgende Weise einem Korrespondenten heim, der ihn als Radikalen hingestellt hatte: »Als er sein erstes Wort schrieb, als er seine i mit Pünktchen, seine t mit Querstrichen versah und einen Punkt hinknallte, wußte er, daß er einen Satz zusammenbraute, der von Nichtswürdigkeit gesättigt war und vor Verlogenheit zum Himmel stank.«

Exchange

Mein Arzt sagte mir, das südliche Klima würde meiner Gesundheit bekommen, und so ging ich hinunter nach Tennessee und erhielt dort eine Stelle als Hilfsredakteur am Kreisblatt von Johnson County, der *Morgenglorie und Kriegsschrei.* Als ich mein Amt antrat, fand ich den Chefredakteur im Büro sitzend, den dreibeinigen Stuhl zurückgekippt und seine Füße auf einem fichtenen Tisch. Es befand sich noch ein zweiter Stuhl aus Fichtenholz in dem Zimmer und noch ein anderer amputierter Stuhl, und beide waren halb vergraben unter Zeitungen und Papierfetzen und Bogen von Manuskripten. Auch ein hölzerner Sandkasten war vorhanden, gefüllt mit Zigarrenstummeln und Kautabakresten, sowie ein Ofen, dessen Tür nur noch an der obern Angel hing.

Der Chefredakteur hatte einen langschwänzigen schwarzen Schwalbenfrack und weißleinene Hosen an. Seine Stiefel waren klein und tadellos gewichst. Er trug ein Faltenhemd, einen großen Siegelring, einen altmodischen Stehkragen und ein buntes Halstuch mit herabhängenden Zipfeln. Datum dieses Kostüms etwa 1848. Er rauchte eine Zigarre, war bemüht, über ein Wort nachzudenken und hatte, als er sich mit den Händen durch die Haare gefahren war, seine Locken in Unordnung gebracht. Er warf furchtbare Blicke um sich, woraus ich schloß, daß er einen besonders knotigen Leitartikel zusammenbraute. Er hieß mich die Austauschzeitungen hervorzunehmen, sie ›abzurahmen‹ und das Interessanteste daraus in einem Artikel über den ›Geist der Presse in Tennessee‹ zusammenzufassen.

Ich schrieb was folgt:

Der Geist der Presse in Tennessee

Die Redaktion des Halbwöchentlichen Erdbebens *scheint hinsichtlich der Eisenbahn nach Ballyhack das Opfer eines Mißverständnisses zu sein. Die Gesellschaft hat durchaus nicht die Absicht, Buzzardville links liegenzulassen. Im Gegenteil, sie betrachtet diesen Ort als eine der wichtigsten Stationen an der Strecke und hat daher keinerlei Grund, ihn zu ignorieren. Die Herren Kollegen vom* Erdbeben *werden sich zweifellos ein Vergnügen daraus machen, ihren Irrtum zu berichtigen.*

John W. Blossom, Esq., der gewandte Redakteur des Donnerkeil und Schlachtruf der Freiheit *von Higginsville ist gestern in unserer Stadt angekommen. Er ist im Hotel van Buren abgestiegen.*

Wie wir erfahren, nimmt unser Kollege vom Morgengeheul *in Mud Springs irrtümlicherweise an, die Wahl van Werters sei keine feststehende Tatsache; doch ehe unser Hinweis ihn erreicht, wird er seinen Mißgriff ohne Zweifel selbst entdeckt haben. Offenbar ist er durch unvollständige Wahlziffern irregeleitet worden.*

Mit Vergnügen vernehmen wir, daß die Stadtverwaltung von Blathersville sich bemüht, mit einigen New Yorker Herren einen Vertrag abzuschließen, zwecks Belegung ihrer ziemlich schwer passierbaren Straßen mit dem Nicholsonschen Pflaster. Das Tägliche Hurra *setzt sich mit viel Geschick für die Neuerung ein und äußert seine Zuversicht auf schließlichen Erfolg.*

Mit Bedauern hören wir, daß Oberst Bascom, Chefredakteur des Verhallenden Freiheitsrufes, *vor einigen Tagen auf der Straße stürzte und sich das Bein brach. Er litt in letzter Zeit an großer Schwäche, welche durch Überanstrengung und Kummer über Krankheitsfälle in seiner Familie hervorgerufen war, und man vernimmt, daß er infolge seiner Gewohnheit, zuviel in der Sonne zu spazieren, in Ohnmacht fiel.*

Ich reichte das Manuskript dem Chefredakteur zur Annahme, Änderung oder Vernichtung. Er warf einen Blick darauf. Sein Gesicht verfinsterte sich. Seine Augen flogen über die Seiten, und seine Züge wurden unheilverkündend. Es war leicht zu sehen, daß etwas verkehrt war. Dann sprang er auf und rief:

»Blitz und Donner! Glauben Sie denn, daß es mir einfallen könnte, von diesem Vieh in diesem Tone zu sprechen? Glauben Sie denn, daß meine Abonnenten solch schales Gebräu fressen werden? Geben Sie mir die Feder her!«

Niemals sah ich eine Feder so boshaft hinkritzeln und ausstreichen und so erbarmungslos durch die Verba und Adjektiva eines andern hindurchpflügen. Während er mitten in seiner Arbeit war, schoß jemand durch das offene Fenster auf ihn und entstellte die Symmetrie meines rechten Ohres.

»Ah«, sagte er, »das ist der Halunke Smith vom *Moralischen Vulkan* – der war schon gestern fällig!« Und damit riß er einen Matrosenrevolver aus seinem Gürtel und feuerte. Smith fiel hin, in den Oberschenkel getroffen. Dadurch verfehlte er, der gerade zum zweiten Male feuerte, sein Ziel und machte mit seinem zweiten Schuß einen Unschuldigen zum Krüppel. Der Unschuldige war ich. Es handelte sich nur um einen Finger.

Dann fuhr der Chefredakteur mit Ausstreichen und Dazwischenschreiben fort. Gerade als er damit fertig war, kam eine Handgranate durch das Ofenrohr herunter, und die Explosion riß den Ofen in tausend Stücke. Doch richtete sie weiter keinen Schaden an, als daß ein verirrter Splitter mir ein paar Zähne ausschlug.

»Dieser Ofen ist futsch«, sagte der Chefredakteur.

»Das glaube ich auch«, sagte ich.

»Na, was tut's – bei dem Wetter brauchen wir ihn nicht. Ich weiß, wer's war. Werd ihn schon kriegen. So, das hier ist der Stil, in welchem solches Zeug geschrieben werden muß.«

Ich nahm das Manuskript. Es war von Strichen und Einschiebseln so entstellt, daß seine eigene Mutter, wenn es eine gehabt hätte, es nicht wiedererkannt haben würde. Es lautete jetzt wie folgt:

Der Geist der Presse in Tennessee

Die hartgesottenen Lügner vom Halbwöchentlichen Erdbeben *gehen offensichtlich darauf aus, einem edlen und ritterlichen Volke wieder einmal eine ihrer abscheulichen und brutalen Lügen hinsichtlich jener glorreichsten Idee des neunzehnten Jahrhunderts, der Eisenbahn nach Ballyhack, aufzutischen. Der Einfall, Buzzardville sollte links liegenbleiben, entsprang ihrem eigenen ekelhaften Gehirn – oder vielmehr jenem Bodensatz, den sie als Gehirn betrachten. Sie täten besser, diese Lüge zu verschlucken, wenn sie ihren verseuchten Reptilienkadavern die Durchpeitschung ersparen wollen, die sie so reichlich verdienen.*

Der Esel Blossom vom Donnerkeil und Schlachtruf der Freiheit *von Higginsville treibt sich hier wieder herum und schmarotzt im ›van Buren‹.*

Wie wir erfahren, verbreitet der besoffene Lump vom Morgengeheul *aus Mud Springs mit seiner üblichen Neigung zum Lügen die Nachricht, van Werter sei nicht gewählt. Die vom Himmel kommende Mission der Zeitungen besteht dar-*

in, den Samen der Wahrheit zu streuen, den Irrtum auszurotten; zu erziehen, zu veredeln, den Ton der öffentlichen Moral und Sitte zu heben, die gesamte Menschheit feiner, tugendhafter, mildtätiger und in jeder Weise besser, frömmer und glücklicher zu machen; und dennoch würdigt dieser elende Schuft sein erhabenes Amt hartnäckig herab zur Verbreitung von Lügen, Verleumdungen, Beschimpfungen und gemeinen Schmähungen.

Blathersville braucht gepflasterte Straßen – ein Gefängnis und ein Armenhaus braucht es noch dringender. Welche Idee, die einzige Straße eines so kümmerlichen Nestes zu pflastern, dessen sämtliche Sehenswürdigkeiten zwei Schnapsbrennereien, eine Schmiede und ein Senfpflaster von Zeitungsblättchen wie das Tägliche Hurra *bilden! Buckner, das kriechende Insekt, welches das* Hurra *redigiert, schreit in dieser Sache wie ein Esel mit der ihm eigenen Blödheit allerlei Unsinn in die Welt und bildet sich ein, er verzapfe große Weisheiten.*

»Nun, so wird bei uns geschrieben – gepfeffert und von der Leber weg! Von Eurem Milchbrei-Journalismus wird einem ja schlecht.«

In diesem Augenblick kam ein Ziegelstein durch das Fenster geflogen, zertrümmerte unter großem Lärm eine Scheibe und gab mir einen ziemlichen Schlag in den Rücken. Ich ging aus der Schußlinie – ich merkte langsam, daß ich im Wege war.

Der Chef sagte:

»Das war vermutlich der Colonel. Ich warte schon seit zwei Tagen auf ihn. Er wird gleich hier sein.«

Er hatte recht. Einen Augenblick später erschien der Colonel in der Tür, einen Dragonerrevolver in der Hand. Er sagte:

»Sir, habe ich die Ehre, mit der Memme zu reden, welche dieses schäbige Käseblatt herausbringt?«

»Die Ehre haben Sie. Nehmen Sie Platz, Sir. Aber gehen Sie vorsichtig mit dem Stuhl um, er hat nur drei Beine. Ich glaube, ich habe die Ehre, mit dem stinkenden Lügner Colonel Blatherskite Tecumseh zu sprechen?«

»Richtig, Sir. Ich habe mit Ihnen ein Hühnchen zu rupfen. Wenn Sie Zeit haben, wollen wir damit beginnen.«

»Ich habe einen Artikel über den ›Ermutigenden Fortschritt der moralischen und intellektuellen Entwicklung in Amerika‹ zu beenden, aber das eilt nicht. Beginnen Sie.«

Beide Pistolen krachten im selben Augenblick los. Der Chef verlor eine Locke von seinen Haaren, und die Kugel des Colonels beendete ihre Laufbahn in dem fleischigen Teile meines Schenkels. Dem Colonel wurde die linke Schulter ein wenig gestutzt. Sie feuerten noch einmal. Beide fehlten diesmal ihren Mann, aber ich bekam mein Teil, nämlich einen Schuß in den Arm. Bei der dritten Salve wurden beide Herren leicht verwundet, während ich einen Streifschuß am Knöchel erhielt. Ich sagte darauf, daß ich es für ratsam hielte, hinauszugehen, um ein wenig frische Luft zu schnappen, da dies eine Privatunterredung sei und ich aus Zartgefühl Bedenken trage, mich noch länger daran zu beteiligen. Aber beide Herren ersuchten mich, ruhig sitzen zu bleiben, und versicherten mir, daß ich ihnen durchaus nicht im Wege wäre. Ich war anderer Meinung.

Während sie ihre Waffen wieder luden, unterhielten sie sich eine Weile über die Wahlen und die Ernte, und ich ging ans Verbinden meiner Wunden. Aber bald wurde das Feuer mit großer Lebhaftigkeit von neuem eröffnet, und jeder Schuß traf – doch muß ich dazu bemerken, daß fünf von den sechs Schüssen auf mein Teil fielen. Durch den sechsten wurde der Colonel tödlich verwundet; mit feinem Humor äußerte er, daß er sich jetzt leider empfehlen müsse, da er in der Stadt noch etwas zu erledigen hätte. Dann erkundigte er sich nach der Adresse des Leichenbestatters und verabschiedete sich.

Der Chef wandte sich nach mir um und sagte:

»Ich erwarte zum Dinner Gäste und muß mich fertigmachen. Ich wäre Ihnen sehr verbunden, wenn Sie die Abzüge lesen und die Kunden bedienen wollten.«

Bei dem Gedanken, solche Kunden bedienen zu müssen, fuhr ich ein wenig zusammen, aber die Kanonade, die mir noch in den Ohren tönte, hatte mich zu sehr verwirrt, als daß ich an eine Erwiderung hätte denken können. Er fuhr fort:

»Jones wird um drei hier sein – peitschen Sie ihn durch. Gillespie wird vielleicht etwas früher vorsprechen – werfen Sie ihn zum Fenster hinaus. Ferguson wird etwa um vier kommen – blasen Sie ihm das Licht aus. Ich glaube, das ist für heute alles. Wenn Sie etwas Zeit übrig haben, schreiben Sie einen gesalzenen Artikel über die Polizei – geben Sie dem Oberinspektor einige Pillen zu schlucken. Die Peitschen liegen unter dem Tisch, die Schießeisen in der Schublade – Munition dort im Winkel – Leinwand und Bandagen da oben in den Fächern. Falls Ihnen etwas Menschliches passiert, gehen Sie hinunter zu Lancet, dem Chirurgen. Er annonciert in unserer Zeitung – wir gleichen unsere Rechnungen miteinander aus.«

Fort war er. Ich schauderte. Nach Verlauf von drei Stunden hatte ich so furchtbare Gefahren bestanden, daß mein Seelenfrieden und alle Lebensfreude verschwunden waren. Gillespie hatte vorgesprochen und mich zum Fenster hinausgeworfen. Jones stellte sich pünktlich ein, und als ich mich daranmachen wollte, ihn durchzupeitschen, nahm er mir dieses Geschäft ab. Bei einem Zusammenstoß mit einem Fremden, der nicht auf dem Programm stand, verlor ich meinen Skalp. Ein anderer Fremder, namens Thompson, ließ mich als

Wrack, als Ruine von chaotischen Lumpen zurück. Als ich schließlich in einer Ecke furchtbar in der Klemme saß und von einem wütenden Haufen Redakteuren, Räubern, Politikern und Halunken belagert wurde, die rasten und fluchten und mir ihre Waffen um den Kopf schwangen, bis die Luft von zuckenden Stahlblitzen flimmerte, und ich mich gerade entschloß, meinen Rücktritt als Redakteur zu Papier zu bringen, erschien plötzlich der Chef und mit ihm ein Schwarm unternehmungslustiger und begeisterter Freunde. Darauf folgte ein wildes Getümmel und Gemetzel, ein Auftritt, wie ihn keine menschliche Feder, und wäre sie aus härtestem Stahl, beschreiben kann. Leute wurden niedergeschossen, erstochen, zerstückelt, in die Luft gesprengt und zum Fenster hinausgeworfen. Es entstand ein kurzer Wirbelwind grimmiger Gotteslästerung, durch den ein wirrer und wahnsinniger Kriegstanz hindurchflackerte, und dann war alles vorbei. Nach fünf Minuten herrschte wieder vollkommene Ruhe, und der bluttriefende Chef und ich betrachteten die blutigen Trümmer, mit denen der Boden um uns herum besät war. Er sagte:

»Sie werden Ihren Posten liebgewinnen, wenn Sie sich erst an solche Dinge gewöhnt haben.«

Ich sagte:

»Ich muß sehr um Entschuldigung bitten; ich glaube, vielleicht würde es mir nach einiger Zeit gelingen, nach Ihrem Geschmack zu schreiben; ja, ich glaube zuversichtlich, daß ich's könnte, sobald ich einige Praxis gehabt und die Sprache gelernt hätte. Aber, offen gestanden, diese Art energischen Ausdrucks hat ihre Unbequemlichkeiten, und man ist Unterbrechungen ausgesetzt. Sie sehen das selbst. Eine kräftige Schreibart ist ohne Zweifel geeignet, das Publikum zu erheben, aber ich möchte nicht soviel Aufmerksamkeit auf mich lenken, als dieselbe hervorruft. Ich kann nicht mit der notwendigen Ruhe und Fassung schreiben, wenn ich so oft unterbrochen werde wie heute. Die Stelle hier an der Zeitung gefällt mir gar nicht übel, aber es will mir nicht gefallen, daß ich allein gelassen werde, um die Kunden zu bedienen. Die Erlebnisse dabei sind, ich gebe es zu, in ihrer Art nicht bloß neu, sondern auch in gewisser Weise unterhaltend, doch sind sie nicht gerecht verteilt. Ein Herr schießt durch das Fenster auf Sie und macht *mich* zum Krüppel; eine Bombe kommt durch das Ofenrohr herunter, um Ihnen eine Freude zu machen, und schleudert *mir* die Ofentür an den Hals; einer Ihrer Freunde schneit herein, um mit Ihnen Komplimente zu wechseln, und betupft *mich* solange mit Kugellöchern, bis meine Haut meine Grundsätze nicht mehr halten kann; Sie gehen zu Ihrem Dinner, und Jones kommt mit seiner Peitsche; Gillespie wirft mich zum Fenster hinaus, Thompson reißt mir sämtliche Kleider vom Leibe, und ein mir ganz fremder Herr nimmt mir den Skalp mit der ungenierten Offenherzigkeit eines alten Bekannten weg; und in weniger als fünf Minuten erscheinen sämtliche Strolche des Landes in ihrer Kriegsbemalung und machen sich daran, den Rest meines Körpers mit ihren Tomahawks auf den Tod zu erschrekken. Alles in allem genommen, habe ich nie in meinem ganzen Leben so lebhafte Augenblicke durchgemacht wie heute. Nein: Sie gefallen mir, und Ihre ruhige, gelassene Art, den Kunden die Dinge auseinanderzusetzen, gefällt mir auch; aber sehen Sie, ich bin nicht daran gewöhnt. Das Herz des Südländers ist zu leidenschaftlich, und die Gastfreundschaft des Südländers ist zu verschwenderisch für einen Fremden. Die Abschnitte, die ich heute geschrieben und in deren kalte Sätze Ihre Meisterhand den glühenden Geist der Presse von Tennessee hineingegossen hat, werden ein zweites Nest von Hornissen aufrühren. Jene ganze Bande von Redakteuren wird kommen – und sie wird obendrein ganz ausgehungert kommen und jemanden zum Frühstück verlangen. Ich werde Ihnen Lebewohl sagen müssen. Ich lehne es ab, bei diesen Festlichkeiten zugegen zu sein. Ich kam meiner Gesundheit wegen nach dem Süden; aus demselben Anlaß werde ich zurückkehren, und zwar sofort. Die journalistische Tätigkeit in Tennessee ist zu aufregend für mich.«

Worauf wir unter gegenseitigem Bedauern voneinander Abschied nahmen und ich im Spital ein Zimmer bezog.

Knipst, Brüder, knipst!

Darf ich den freundlichen Leser bitten, einen Blick auf folgende Verse zu werfen und zu prüfen, ob er irgend etwas Gefährliches darin entdecken kann?

Schaffner, knips den Fahrschein fein!
Zieh vom Fahrgast Fahrgeld ein!
Zwanzig Cents: ein blauer Schein,
Dreißig Cents: ein grüner Schein,
Vierzig Cents: ein roter Schein,
Schaffner, knips den Fahrschein fein!

Refrain: *Knipst, Brüder, knipst den Schein,*
Knipst ein schönes Loch hinein!

Kürzlich stieß ich in der Morgenzeitung auf dieses Reimgebimmel und las es ein paarmal durch. Es ergriff sofort ganz und gar Besitz von mir. Während des ganzen Frühstücks gingen mir die Strophen im Walzertakt durch den Kopf; und als ich schließlich meine Serviette zusammenlegte, wußte ich nicht, ob ich etwas gegessen hatte oder nicht. Tags zuvor hatte ich mir sorgfältig mein Tagewerk zurechtgelegt – ich arbeitete gerade an einem tragischen Kapitel meines neuen Romans. Ich ging ans Pult, ergriff die Feder, aber das einzige, was ich aus ihr herausbringen konnte, war: ›Knipst ein schönes Loch hinein!‹ Eine Stunde lang kämpfte ich schwer, aber umsonst. Mein Kopf summte weiter: ›Zwanzig Cents: ein blauer Schein, dreißig Cents: ein grüner Schein‹, und so weiter und so fort, ohne Rast und ohne Ruh. Mit dem Arbeiten war es vorbei – soviel war klar. Ich gab es auf und schlenderte durch die Stadt, entdeckte aber sofort, daß meine Füße im Takt jenes erbarmungslosen Singsangs liefen. Als ich es nicht länger ertragen konnte, änderte ich meinen Schritt. Aber es half nichts; die Verse paßten sich dem neuen Schritt an und quälten mich genauso wie vorher. Ich ging wieder nach Hause, litt dort den ganzen Vormittag über Qualen, litt die gleichen Qualen während ich mechanisch und ohne jeden Genuß das Nachtessen zu mir nahm, litt und wimmerte den ganzen Abend; ging zu Bett und wälzte mich und warf mich herum und summte immerzu, immer weiter; stand um Mitternacht halb wahnsinnig auf und versuchte zu lesen; aber auf der verschwimmenden Seite war nichts zu sehen als: ›Knipst! Knipst ein schönes Loch hinein!‹ Als ein neuer Tag anbrach, hatte ich den Verstand verloren, und jeder war erstaunt und bekümmert über den blödsinnigen Refrain meines Gefasels: »Knipst, Brüder, knipst den Schein, knipst ein schönes Loch hinein!«

Zwei Tage später erhob ich mich – eine wankende Ruine – von meinem Schmerzenslager und begab mich, einer Verabredung gemäß, zu einem werten Freunde, dem Pfarrer M., um einen Spaziergang nach dem zehn Meilen entfernten Talcott-Turm zu machen.

Der geistliche Herr schaute mich scharf an, stellte aber keine Fragen. Wir brachen auf. Er begann zu erzählen, erzählte und erzählte und erzählte, wie es seine Gewohnheit war. Ich sagte nichts, ich hörte nichts. Nach einer Meile sagte er:

»Mark, ist Ihnen nicht gut? Sie sehen so hager und angegriffen, ja verstört aus. Sagen Sie endlich etwas, bitte!«

Traurig, ohne Begeisterung, sagte ich: »Knipst, Brüder, knipst den Schein, knipst ein schönes Loch hinein!«

Mein Freund sah mich verwirrt an und sprach: »Ich fürchte, ich kann Ihrem Gedankengang nicht ganz folgen. Was Sie gesagt haben, scheint nicht sehr bedeutungsvoll zu sein, jedenfalls nicht traurig; und doch – ich habe kaum je etwas gehört, das so pathetisch geklungen hätte. Was ist –«

Aber ich hörte nicht mehr. Ich war schon weit weg mit meinem unerbittlichen herzzerbrechenden: »Zwanzig Cents: ein blauer Schein, dreißig Cents: ein grüner Schein, vierzig Cents: ein roter Schein, Schaffner, knips den Fahrschein fein!« Was während der übrigen neun Meilen geschah, weiß ich nicht. Aber plötzlich legte mir Pfarrer M. die Hand auf die Schulter und rief:

»Oh, wachen Sie endlich auf! Aufwachen! Aufwachen! Schlafen Sie nicht den ganzen Tag! Wir sind am Aussichtsturm, Mensch! Ich habe mich taub und stumm und lahm geredet und nicht die geringste Antwort bekommen. Sehen Sie sich doch um in der herrlichen Herbstlandschaft! Schauen Sie hin, schauen Sie hin und weiden Sie Ihre Blicke daran! Sie sind viel gereist, Sie haben überall berühmte Landschaften gesehen. Nun, sagen Sie mir mal über diese hier Ihre ehrliche Meinung! Was sagen Sie dazu?«

Ich seufzte matt und murmelte:

»Zwanzig Cents: ein blauer Schein, dreißig Cents: ein grüner Schein, knipst ein schönes Loch hinein.«

Der geistliche Herr stand da, sehr ernsthaft, offenbar voller Teilnahme, und betrachtete mich lange, dann sagte er:

»Mark, hierin liegt etwas, was mir unbegreiflich ist. Das sind ungefähr dieselben Worte, die Sie vorhin sagten. Sie scheinen nichts zu bedeuten und dennoch brechen sie mir fast das Herz, wenn Sie sie sagen. ›Knipst‹ – wie hieß es?«

Ich fing von vorne an und wiederholte alle Verse. Auf

den Zügen meines Freundes zeigte sich wachsendes Interesse. Er sprach:

»Ei, was für ein reizendes Geklingel ist das, beinahe wie Musik. Es fließt so hübsch. Ich habe die Verse fast behalten. Wiederholen Sie sie nur noch einmal, dann habe ich sie sicher.«

Ich sagte sie her. Dann wiederholte sie der Pfarrer. Er machte einen kleinen Fehler, den ich verbesserte. Beim nächsten und beim folgenden Mal sagte er sie richtig. Da war es, als ob mir eine große Last von den Schultern fiele. Das marternde Gebimmel verließ mein Hirn und ein köstliches Gefühl der Ruhe und des Friedens senkte sich auf mich herab. Ich war so leichten Herzens, daß ich hätte singen und jauchzen können. Und wirklich stimmte ich auch eine halbe Stunde lang ein Lied nach dem andern an, während wir nach Hause wanderten. Dann fand meine befreite Zunge die gesegnete Sprache wieder, und die aufgestaute Rede so mancher langen Stunde begann zu strömen und zu fließen. Sie floß fort und fort, fröhlich, jubelnd, bis die Quelle leer und trocken war. Beim Abschied schüttelte ich dem Freunde herzlich die Hand und sagte:

»War das nicht ein herrlicher Nachmittag? Aber da fällt mir ein, Sie kamen ja seit zwei Stunden nicht mehr zu Worte. Na, kommen Sie, heraus mit der Sprache!«

Der geistliche Herr aber wandte mir einen glanzlosen Blick zu, seufzte tief und sagte, ohne Lebhaftigkeit, scheinbar unbewußt:

»Knipst. Brüder, knipst den Schein, knipst ein schönes Loch hinein!«

Es gab mir einen Stich ins Herz und ich sprach zu mir: »Armer Kerl! Jetzt hat es *ihn* gepackt.«

Zwei oder drei Tage lang sah ich den Pfarrer nicht. Dann, am Dienstagabend, wankte er zu mir herein und sank niedergeschlagen auf einen Stuhl. Er war bleich, abgezehrt, ein Wrack. Er erhob seine erloschenen Augen zu mir und sprach:

»Ach, Mark, diese herzlosen Verse haben mich zugrunde gerichtet. Sie lagen wie ein Albdruck auf mir, Tag und Nacht, Stunde für Stunde, bis zu diesem Augenblick. Seit unserem Zusammensein habe ich die Qualen der Verdammten gelitten. Am Samstag wurde ich plötzlich telegraphisch nach Boston gerufen; ich benutzte den Nachtzug. Die Veranlassung war der Tod eines werten, alten Freundes, der gewünscht hatte, daß ich ihm die Grabrede hielte. Ich nahm meinen Platz im Wagen ein und begann meine Rede vorzubereiten. Aber ich kam gar nicht über die Einleitung hinaus; der Zug setzte sich in Bewegung, die Räder begannen ihr ›Klack, klack – klack, klack, klack! Klack, klack – klack, klack, klack!‹ und sofort paßten sich die verhaßten Verse diesem Rhythmus an. Eine Stunde lang saß ich da und setzte auf jeden einzelnen und besonderen Räderschlag eine Silbe von jenen Versen. Ich war buchstäblich gerädert, als ob ich den ganzen Tag Holz gehackt hätte. Mein Schädel schmerzte zum Zerspringen. Ich meinte, ich müßte verrückt werden, wenn ich noch länger so dasäße. Ich zog mich also aus und ging zu Bett. Ich streckte mich in der Koje aus, und – nun, Sie können sich das Resultat denken. Die Sache ging ruhig weiter, genau wie vorher. ›Klack, klack, klack, zwanzig Cents, klack, klack, klack, ein blauer Schein; klack, klack, klack, dreißig Cents, klack, klack, klack, ein grüner Schein – und so weiter, und so weiter – knipst ein schönes Loch hinein!‹ Von Schlaf keine Rede! Ich habe kein Auge zugetan! Ich war nahezu rasend, als ich in Boston ankam. Fragen Sie mich nicht nach dem Begräbnis. Ich tat mein Bestes, aber jeder einzelne meiner feierlichen Sätze war verquickt, verstrickt, verzwickt mit ›Knipst, Brüder, knipst den Schein, knipst ein schönes Loch hinein.‹ Und das Jammervollste war, daß mein Vortrag unwillkürlich in den pathetischen Rhythmus jener pulsierenden Verse verfiel und ich tatsächlich sah, wie geistesabwesende Leute mit ihren Dummköpfen den Takt dazu nickten. Und, Mark, Sie mögen es nun glauben oder nicht, aber bevor ich fertig war, wiegte die ganze Versammlung in feierlicher Eintracht sanft den Kopf, Leidtragende, Leichenbestatter und alle übrigen. Sowie ich geschlossen hatte, floh ich in die Sakristei, in einem Zustande, der an Wahnsinn grenzte. Natürlich wollte es mein Unglück, daß ich dort eine bekümmerte alte Jungfer fand, eine Tante des Beerdigten, die von Springfield zu spät für das Begräbnis angekommen war. Sie begann zu schluchzen und sagte:

›Oh, oh, er ist dahin, er ist dahin, und ich habe ihn nicht gesehen, bevor er starb!‹

›Ja!‹ sagte ich, ›er ist dahin, er ist dahin – oh, wird denn dies Leiden nie enden!‹

›Sie haben ihn also geliebt? Ach, Sie haben ihn auch geliebt!‹

›Ihn geliebt? Wen geliebt?‹

›Ach, meinen armen Georg! Meinen armen Neffen!‹

›Ach so! – Ja – o ja, ja. Freilich – freilich. Knipst – knipst – ach, dieses Elend bringt mich noch um!‹

›Gott segne Sie! Gott segne Sie, Herr Pfarrer, für diese freundlichen Worte! Auch ich leide unter diesem schweren Verlust. Waren Sie in seinen letzten Augenblicken zugegen?‹

›Jawohl! Ich – wessen letzte Augenblicke?‹

›Seine – des teuren Verblichenen.‹

›Jawohl! Oh, ja – ja – ja! Ich denke doch, ich glaube, ich weiß nicht! O freilich – war ich da – ich war da!‹

›Ach, welch ein Glück! Welch köstliches Glück! Und seine letzten Worte – oh, sagen Sie mir seine letzten Worte. Was sagte er?‹

›Er sprach – er sprach – ach, mein Kopf, mein Kopf, mein Kopf! Er sprach – er sprach – er sprach überhaupt nichts weiter als knipst, knipst ein schönes Loch hinein! Oh, lassen Sie mich allein, verehrtestes Fräulein, bei allem was barmherzig ist, überlassen Sie mich meinem Wahnsinn, meinem Elend, meiner Verzweiflung! – Zwanzig Cents: ein blauer Schein, dreißig Cents: ein grüner Schein – mehr kann der Mensch nicht ertragen! – Knipst ein schönes Loch hinein!‹«

Die hoffnungslosen Augen meines Freundes ruhten eine inhaltsschwere Minute lang auf den meinen, dann sagte er eindringlich:

»Mark, Sie sagen ja gar nichts, nichts zu meinem Trost, nichts, was mir etwas Hoffnung gäbe! Aber, schon recht, es ist auch so gut – es ist auch so gut. Sie können mir nicht helfen. Die Zeit ist längst vorüber, da Worte mich aufrichten konnten. Eine innere Stimme sagt mir, daß meine Zunge verdammt ist, diese Worte ewig zu wiederholen. Da – da kommt es wieder über mich. Zwanzig Cents: ein blauer Schein, dreißig Cents: ein –«

Immer leiser und leiser murmelnd versank mein Freund in sanfte Verzückung und vergaß seine Leiden in einem seligen Traumzustand.

Wie rettete ich ihn schließlich vor dem Irrenhause? Ich brachte ihn nach einer benachbarten Universität und ließ ihn die Last seiner quälenden Verse in die begierigen Ohren der armen nichtsahnenden Studenten abladen. Und was geschah? Das Resultat war unsäglich traurig. Und warum schrieb ich diese Geschichte nieder? Zu einem würdigen, ja zu einem erhabenen Zweck. Es geschah, um den Leser zu warnen, Sollte er auf diese unbarmherzigen Verse stoßen, fliehe er sie – fliehe er sie wie die Pest!

Das Interview

Der kräftige und gewandte junge Mann setzte sich auf den Stuhl, den ich ihm anbot, und bemerkte, er stände in Verbindung mit dem *Täglichen Donnerwetter.* Dann setzte er hinzu: »Sie haben hoffentlich nichts dagegen, wenn ich Sie interviewe?«

»Wenn Sie mich ...?«

»Wenn ich Sie interviewe.«

»Ah, so! Jawohl – ja. Hm! Ja – jawohl.«

Ich war an jenem Morgen nicht recht in Ordnung. Meine Geisteskräfte schienen wirklich etwas gelitten zu haben. Trotzdem ging ich an den Bücherschrank, und nachdem ich sechs bis sieben Minuten gesucht hatte, sah ich mich genötigt, mich dem jungen Mann zuzuwenden. Ich fragte:

»Wie schreiben Sie es?«

»Schreiben? Was denn?«

»Interviewen.«

»Du meine Güte! Wozu wollen Sie es denn schreiben?«

»Ich will es gar nicht schreiben; ich will nur nachsehen, was es bedeutet.«

»Nun, das ist merkwürdig, das muß ich gestehen. Ich kann Ihnen ja sagen, was es bedeutet, wenn Sie – wenn Sie ...«

»Sehr schön. Das genügt, ich werde Ihnen sehr dankbar sein.«

»I-n-t-e-r ...«

»Sie schreiben es also mit I?«

»Ja, natürlich!«

»Ach, darum habe ich so lange gesucht.«

»Nun, mein bester Herr, womit wollen Sie es denn sonst schreiben?«

»Ja, ich – ich – weiß eigentlich nicht. Ich suchte im hintern Teil des Lexikons, in der Hoffnung, es unter den Abbildungen aufzutreiben. Aber es ist eine sehr alte Auflage.«

»Ja, verehrter Herr, eine Abbildung davon würden Sie auch in der neuesten Auflage nicht finden. Verzeihen Sie, nehmen Sie es mir nicht übel – aber Sie sehen nicht so – so – intelligent aus, wie ich erwartet hatte. Nichts für ungut – nichts für ungut!«

»O bitte, bitte! Mir ist schon oft gesagt worden, sogar von Leuten, die nicht schmeicheln, auch keinen Grund zum Schmeicheln haben konnten, daß ich in dieser Hinsicht geradezu merkwürdig bin. Ja – ja; man spricht mit Entzücken davon.«

»Das kann ich mir denken. Doch, um wieder auf unser Interview zu kommen: Sie wissen, daß es jetzt üblich ist, jeden Mann zu interviewen, der zu öffentlichen Ehren gelangt.«

»So, ich hatte noch nichts davon gehört. Es muß sehr interessant sein. Womit führen Sie es aus?«

»Hm, ah, – hm, hm – das ist ja recht entmutigend. Es müßte manchmal mit einem Knüttel ausgeführt werden; aber gewöhnlich besteht es darin, daß der Interviewer Fragen stellt und der Interviewte sie beantwortet. Das ist jetzt sehr beliebt. Wollen Sie mir gestatten, gewisse Fragen an Sie zu richten, die die wichtigsten Punkte Ihrer öffentlichen und privaten Vergangenheit ans Licht bringen sollen?«

»Aber mit Vergnügen, mit größtem Vergnügen. Ich habe allerdings ein sehr schlechtes Gedächtnis, aber ich hoffe, Sie machen sich nichts daraus. Es ist nämlich ein sehr unregelmäßiges Gedächtnis – merkwürdig unregelmäßig. Manchmal geht es im Galopp, dann braucht es wieder bis zu vierzehn

Tagen, um einen gegebenen Punkt zu überschreiten. Es macht mir großen Kummer.«

»Nehmen Sie es nicht tragisch. Es wird schon gehen, sofern Sie alles tun, was in Ihren Kräften steht.«

»Das will ich, und ich werde mich so gut wie möglich konzentrieren.«

»Ich danke Ihnen. Können wir anfangen?«

»Ich bin bereit.«

»Wie alt sind Sie?«

»Neunzehn, im Juni.«

»Was Sie nicht sagen! Ich hätte Sie für fünf- bis sechsunddreißig gehalten. Wo sind Sie geboren?«

»In Missouri.«

»Wann fingen Sie an zu schreiben?«

»Im Jahre 1836.«

»Aber, wie ist das möglich, wenn Sie jetzt erst neunzehn Jahre alt sind?«

»Ich weiß nicht. Scheint es nicht sonderbar zu sein?«

»Es scheint wirklich so. Wen halten Sie für den merkwürdigsten Mann, den Sie je kennenlernten?«

»Aaron Burr.«

»Aber Aaron Burr ist doch schon seit 1804 tot. Wenn Sie selbst erst neunzehn sind, können Sie ihn doch kaum gekannt haben?«

»Nun, wenn Sie besser über mich Bescheid wissen als ich, wozu fragen Sie mich?«

»Es war nur eine Vermutung, weiter nichts. Wie lernten Sie Burr kennen?«

»Nun, ich war eines Tages zufällig bei seiner Beerdigung, und er bat mich, nicht soviel Lärm zu machen, und –«

»Aber, gütiger Himmel! Wenn Sie bei seiner Beerdigung waren, muß er doch tot gewesen sein; und wenn er tot war, wie konnte er sich darum kümmern, ob Sie Lärm machten oder nicht?«

»Ich weiß nicht. Er war immer ein eigentümlicher Mensch.«

»Ich begreife das nicht. Sie sagen, er sprach mit Ihnen und er sei tot gewesen.«

»Ich habe nicht gesagt, daß er tot war.«

»Aber war er denn nicht tot?«

»Hm, manche sagen ja, manche sagen nein.«

»Was meinen Sie?«

»Die ganze Sache ging mich doch nichts an ... Es war ja nicht mein Begräbnis.«

»Haben Sie – indessen, nein, so kommen wir doch nicht weiter. Lassen Sie mich nach etwas anderem fragen. An welchem Tage sind Sie geboren?«

»Montag, den 31. Oktober 1693.«

»Was! Unmöglich! Dann wären Sie ja hundertundachtzig Jahre alt. Wie wollen Sie das erklären?«

»Ich will es gar nicht erklären.«

»Aber Sie sagten vorhin, Sie wären erst neunzehn Jahre alt, und nun geben Sie sich für hundertundachtzig aus. Das ist ja ein schauderhafter Widerspruch.«

»Ha! Haben Sie das gemerkt?« Ich schüttelte ihm herzlich die Hand. »Oft habe ich es auch als Widerspruch empfunden, aber ich weiß nicht, ich konnte mich nie entscheiden. Wie rasch Sie so etwas merken!«

»Danke für das Kompliment. Hatten oder haben Sie Geschwister?«

»Hm! Ich – ich – ich glaube – ja. Aber ich erinnere mich nicht mehr genau.«

»Na, das ist die außerordentlichste Aussage, die ich je gehört habe.«

»Wieso meinen Sie?«

»Wie sollte ich anders? Bitte sehen Sie einmal hierher! Wen stellt das Bild dort an der Wand dar? Ist das nicht ein Bruder von Ihnen?«

»Aber gewiß. Ja, ja, ja! Jetzt fällt es mir ein! Das war ein Bruder von mir. Das ist Wilhelm – Bill nannten wir ihn. Armer, alter Bill!«

»Wie? Ist er denn tot?«

»Ja, ich vermute es. Wir konnten es nie sagen. Es war eine rätselhafte Geschichte.«

»Das ist traurig, sehr traurig. Er ist also verschwunden?«

»Nun ja, sozusagen auf normale Art und Weise. Wir haben ihn begraben.«

»Begraben! Begraben, ohne zu wissen, ob er tot war oder nicht?«

»Nein ... Das nicht. Er war tot genug.«

»Nun, ich gestehe, das begreife ich nicht. Wenn Sie ihn begraben haben und wußten, daß er tot war –«

»Nein! Nein! Wir glaubten nur, er wäre es.«

»Oh, ich verstehe! Er kam wieder zu sich?«

»Ist ihm gar nicht eingefallen.«

»Nun, so etwas habe ich in meinem Leben noch nie gehört. Jemand war tot. Jemand wurde begraben. Also, wo steckte das Rätsel?«

»Ha! Das ist es eben! Das ist es gerade! Sehen Sie, wir waren Zwillinge – der Selige und ich – und wir wurden in der Badewanne verwechselt, als wir erst vierzehn Tage alt waren, und einer von uns ertrank. Aber niemand wußte genau, welcher. Einige meinen, es sei Bill gewesen – einige meinen, daß ich es war.«

»Nun, das ist merkwürdig! Welcher Ansicht sind denn Sie?«

»Ha! Das weiß der Himmel! Ich würde eine Welt darum geben, wenn ich das wüßte. Dieses grauenhafte Rätsel hat einen Schatten über mein ganzes Leben geworfen. Aber ich will Ihnen jetzt ein Geheimnis verraten, das ich noch keinem lebenden Wesen enthüllt habe. Einer von uns hatte ein besonderes Kennzeichen – ein großes Mal auf dem linken Handrücken; das war ich. Und eben dieses Kind ertrank.«

»Nun also! Ich sehe nicht ein, daß nach alledem die Sache irgendwie rätselhaft ist.«

»Nicht? Aber ich. Immerhin sehe ich nicht ein, wie in aller Welt meine Leute so blind handeln und das falsche Kind begraben konnten. Aber pst! Sprechen Sie nirgends darüber, wo meine Familie es hören kann. Der Himmel weiß, daß sie ohnedies Sorgen genug haben.«

»Gewiß ... Ich glaube auch, ich habe für den Augenblick genügend Stoff. Ich danke Ihnen für Ihre Mühe. Aber jener Bericht über Aaron Burrs Beerdigung hätte mich sehr interessiert. Könnten Sie mir vielleicht sagen, welcher besondere Umstand Sie zu der Ansicht veranlaßte, daß Burr ein merkwürdiger Mann war?«

»Oh! Es war nur eine Kleinigkeit. Unter fünfzig Menschen würde sie kaum einer beachtet haben. Nach der Leichenrede, als der Zug sich nach dem Kirchhof in Bewegung setzen wollte und die Leiche im Sarg schön aufgebahrt lag, sagte er, er wolle einen letzten Blick auf das Schauspiel werfen, und damit stand er auf und setzte sich zum Kutscher.«

Hierauf zog sich der junge Mann ehrerbietig zurück. Er war ein sehr angenehmer Gesellschafter, und ich sah ihn ungern scheiden.

Ein Tag am Niagara

Das Städtchen Niagara-Falls ist ein sehr beliebter Erholungsort, die Gasthäuser sind ausgezeichnet und die Preise sind keineswegs übertrieben. Im ganzen Land gibt es keine bessere Gelegenheit zum Fischfang, ja nirgends ist sie auch nur annähernd so gut wie hier; denn während anderswo bestimmte Stellen den übrigen vorzuziehen sind, ist am Niagara ein Platz so gut wie der andere. Der Fisch beißt hier nämlich überhaupt nicht an; deshalb ist es ganz überflüssig, erst fünf Meilen weit zu einer Angelstelle zu laufen, denn man kann sich fest darauf verlassen, daß man dort auch nicht mehr Erfolg haben wird. Das hat seine Vorzüge, auch wenn bisher noch niemand das Publikum darauf aufmerksam gemacht hat.

Das Wetter im Sommer ist kühl, die Ausflüge zu Fuß und im Wagen alle angenehm und nicht ermüdend. Wenn man den Wasserfall ›machen‹ will, fährt man erst ungefähr eine Meile stromabwärts und bezahlt dann eine Kleinigkeit für die Erlaubnis, von einem Felsvorsprung auf die schmalste Stelle des Niagara hinabsehen zu dürfen. Ein Eisenbahndurchstich durch einen Berg wäre sicher ebenso hübsch, wenn in seiner Tiefe, wie hier, ein wilder Fluß seine Wogen tobend und schäumend vorüberwälzte. Man kann nun auf einer Treppe hundertfünfzig Fuß tief hinabsteigen und am Rande des Wassers stehen. Hat man das getan, fragt man sich verwundert, warum man es getan hat – aber dann ist es zu spät.

Jetzt beschreibt uns der Führer in furchtbarer Anschaulichkeit, so daß einem das Blut in den Adern gerinnt, wie er den kleinen Dampfer ›Nebeljungfrau‹ die gräßlichen Stromschnellen hinunterfahren sah, wie erst der eine Radkasten in den tobenden Wellen verschwand, dann der andere, an welcher Stelle ihr Schlot über Bord stürzte, wo ihre Planken anfingen zu brechen und auseinanderbarsten, und wie die ›Nebeljungfrau‹ endlich dennoch davonkam, nachdem sie die ungeheure Leistung vollbracht hatte, siebzehn Meilen in sechs Minuten zurückzulegen, oder sechs Meilen in siebzehn Minuten – genau weiß ich's nicht mehr. Aber jedenfalls war es etwas ganz Außergewöhnliches. Allein den Führer die Geschichte neunmal hintereinander erzählen zu hören, jedem Neuankömmling von vorn, ist das Eintrittsgeld wert, denn nie läßt er ein Wort aus, nie verändert er einen Satz oder eine Gebärde. Später fährt man dann über eine Hängebrücke, wobei einem ganz jämmerlich zumute wird, da man sich unwillkürlich vorstellt, daß man hier entweder zweihundert Fuß tief in den Fluß hinunterfallen oder der Eisenbahnzug über unserem Kopf auf uns hinunterstürzen könnte. Jede dieser Aussichten ist schon im einzelnen unangenehm, aber vereint versetzen sie uns in die schlechteste Stimmung.

Auf dem kanadischen Ufer fahren wir die Schlucht entlang, vorbei an einer endlosen Reihe von Photographen, die hinter ihrem Kasten lauern, um uns und unser wackeres Gefährt prahlerisch vorn aufs Bild zu bannen, wohingegen der erhabene Niagara nur klein und wesenlos im Hintergrund erscheint. Sollte man es für möglich halten, daß viele Leute aus unglaublicher Frechheit oder angeborener Nichtsnutzigkeit solche Verbrechen anstiften oder ihnen Vorschub leisten?!

Tagtäglich gehen aus den Händen dieser Photographen stolze Bilder hervor: Papa und Mama, mit oder ohne Kinder, alle einfältig lächelnd, alle auf dem Wagen gruppiert, in unbequemen und gekünstelten Stellungen, alle in blödsinniger Größe emporragend vor der in verkleinertem Maßstab übel zugestutzten Wiedergabe des majestätischen Naturwunders, des Wasserfalles, dem die Geister des Regenbogens dienen, dessen Stimme Donner ist, dessen ehrfurchtgebietende Stirn sich in Wolken hüllt. Schon in vergangenen und vergessenen Zeitaltern war er hier König, noch ehe dieses Menschengewürm geschaffen ward, um auf eine kurze Spanne Zeit in den unzähligen Welten der Schöpfung eine Lücke auszufüllen. Und er wird weiter hier herrschen, jahrhunderte- und jahrtausendelang, nachdem sich dies Geschlecht längst zu seinen Blutsverwandten, dem andern Gewürm, gesellt und sich mit ihrem vergessenen Staub vermischt haben wird.

Es richtet zwar keinen Schaden an, wenn man den Niagara zum Hintergrund wählt, um die eigene herrliche Nichtigkeit in gutes, starkes Licht zu rücken; aber um es zu tun, dazu gehört eine übermenschliche Selbstgefälligkeit.

Hat man den ungeheuren Hufeisenfall lange genug betrachtet und sich davon überzeugt, daß nichts daran zu verbessern ist, so kehrt man über die neue Hängebrücke auf die amerikanische Seite zurück und wandert nun am Ufer entlang, um, wie sich's gehört, die Höhle der Winde zu besichtigen.

Auf Anraten legte ich hier meine sämtlichen Kleidungsstücke ab und zog eine wasserdichte Jacke und Hose an. Diese Tracht ist malerisch, aber nicht schön. Ein ähnlich gekleideter Führer stieg vor uns eine Wendeltreppe hinab, die sich wand und wand und fortfuhr sich zu winden, lange nachdem das Ding aufgehört hatte, etwas Neues zu sein, und endete, noch ehe es indessen anfing, ein Vergnügen zu werden. Wir befanden uns jetzt unterhalb des Wassersturzes, aber noch immer in beträchtlicher Höhe über dem Spiegel des Stroms.

Über unsichere Brücken, die aus einer einzigen Planke

bestanden, schritten wir nun behutsam weiter; nur ein gebrechliches Holzgeländer, an das ich mich mit beiden Händen klammerte – nicht etwa aus Furcht, sondern weil es mir so gefiel – schützte uns vor dem Absturz. Immer steiler ging es hinab, immer gebrechlicher wurde die Brücke, und der Sprühregen des amerikanischen Falls traf uns immer heftiger, so daß wir bald kaum mehr aus den Augen sehen konnten. Nur tastend ging es weiter. Hinter dem Wasserfall hervor brauste ein rasender Wind, der entschlossen schien, uns von der Brücke zu fegen, am Felsen zu zerschmettern und hinunter in die Stromschnellen zu schleudern. Ich erklärte, ich wolle umkehren – aber dazu war es zu spät. Wir befanden uns jetzt beinahe unter der riesigen Wasserwand, die von oben herabdonnerte, und der Höllenlärm übertönte jedes Wort.

Im nächsten Augenblick verschwand der Führer hinter der Sintflut, und vom Donner betäubt, vom Wind hilflos weitergetrieben, vom niederprasselnden Sprühregen wie mit Geißeln gepeitscht, folgte ich ihm. Alles war Finsternis. Solch ein Getöse von kämpfenden Winden und Wasserfluten, solch Brüllen und Heulen hatte mir noch nie in den Ohren gedröhnt. Ich duckte den Kopf, und der Ozean schien mir auf den Nacken zu fallen. Der Weltuntergang schien gekommen. Die Flut stürzte so gewaltig hernieder, daß ich überhaupt nichts mehr sehen konnte. Als ich offenen Mundes nach Luft schnappte, lief mir der größte Teil des amerikanischen Kataraktes die Kehle hinunter. Wäre ich jetzt irgendwo leck gewesen, es hätte meinen Untergang bedeutet.

In dem Augenblick merkte ich, daß die Brücke zu Ende war und wir nun auf dem schlüpfrigen, abschüssigen Felsen einen Halt für unseren Fuß suchen mußten. Mein ganzes Leben lang hatte ich noch nie solche Angst ausgestanden, und ich bin nicht daran gestorben! – Endlich aber hatten wir uns durchgearbeitet und kamen wieder ans Tageslicht, wo wir der brausenden, schäumenden und kochenden Wassermasse gegenüberstanden und sie bestaunen konnten. Als ich die riesige Wand, in der es so furchtbar wühlte und arbeitete, von vorn sah, tat mir es leid, daß ich mich hinter ihren Rücken gewagt hatte.

Nach der Besichtigung der Fälle begab ich mich in das nahegelegene Städtchen Niagara-Falls. Als ich dort in den Läden alle möglichen Indianersachen ausgestellt sah, Perlarbeiten, Mokassins und Figürchen, die menschliche Wesen darstellen sollten, da übermannte mich die Rührung. Ich dachte, daß ich nun bald der edlen Rothaut von Angesicht zu Angesicht entgegentreten würde. Von jeher war der Indianer mein besonderer Liebling und mein Freund. Ich las in Geschichten, Sagen und Romanen gern von dem Indianer, von seinem angeborenen Scharfsinn, seiner Liebe zum wilden, freien Leben in Gebirge und Wald, von seiner adligen Gesinnung, seiner bilderreichen Sprache, seiner ritterlichen Liebe zur braunen Maid und von seiner malerischen Tracht.

In einem Laden erfuhr ich von der Verkäuferin, daß sämtliche hier ausgestellten Merkwürdigkeiten tatsächlich von Indianern angefertigt waren. Sie erklärte mir, bei den ›Fällen‹ seien stets mehrere von ihnen anzutreffen, friedliche und freundliche Leute, mit denen zu sprechen ganz ungefährlich sei. Und richtig: als ich mich der Brücke näherte, die nach der Luna-Insel führt, stieß ich auf einen edlen Sohn der Wälder, der, eifrig an einem Beutel aus Glasperlen hantierend, unter einem Baum saß. Er trug einen Schlapphut und Holzschuhe und hielt eine kurze schwarze Pfeife im Mund. So schwindet bei der verderblichen Berührung mit unserer verweichlichenden Zivilisation die ursprüngliche malerische Pracht des Indianers, die er zeigt, solange er fern von uns in seinen heimatlichen Jagdgründen lebt! Ich fragte diese Reliquie folgendes:

»Ist der Wawhoo-Wang-Wang des Whack-a-Whack glücklich? Sehnt sich der große *Gefleckte Donner* nach dem Kriegspfad, oder ist sein Herz zufrieden, wenn es von dem braunen Mädchen, dem *Stolz der Wälder*, träumt? – Dürstet der mächtige Sachem nach dem Blut seiner Feinde, oder genügt es ihm, Arbeitsbeutel für die Töchter der Bleichgesichter zu stricken? Sprich, herrlicher Nachkomme entschwundener Größe – ehrwürdige Reliquie, sprich!«

Die Reliquie sprach:

»Was! – mich, Dennis Hooligan, hältst du für einen schmierigen Indianer, du näselnder, hohlwangiger, spinnebeiniger Teufel? Beim Pfeifer, der Moses vorspielte, ich dreh dir das Genick um!«

Ich hielt es für klüger, mich zu entfernen.

Bald darauf traf ich beim Terrapin-Turm eine sanfte Tochter der Ureinwohner in befransten und perlenbestickten Mokassins und Gamaschen. Sie saß auf einer Bank, ihre zierlichen Waren um sich her ausgebreitet. Soeben hatte sie einen Häuptling fertiggeschnitzt, der starke Familienähnlichkeit mit einer Wäscheklammer verriet, und bohrte nun ein Loch in den Unterleib, um seinen Bogen hineinzustecken.

Ich zögerte einen Augenblick, dann redete ich sie an:

»Ist dem Mädchen der Wälder das Herz schwer? Fühlt sich die *Lachende Kaulquappe* einsam? Trauert sie über das erloschene Beratungsfeuer ihres Stammes und die entschwundene Herrlichkeit ihrer Ahnen? Oder schweift ihr schwermütiger Geist weit fort zu den Jagdgründen, wohin ihr tapferer *Blitzverschlinger* zog? – Warum schweigt meine Tochter? Ist sie dem fremden Bleichgesicht nicht wohlgesinnt?«

Darauf das Mädchen:

»Na, so was! Mich, Biddy Malone, wagt er zu beschimpfen! Mach, daß du wegkommst, sonst schmeiß ich dein dürres Gerippe in den Wasserfall, du lumpiger Rumtreiber!«

Auch hier ging ich von dannen.

Der Henker soll diese Indianer holen, dachte ich. Man hat mir doch erzählt, sie seien zahm; aber wenn der Schein nicht völlig trügt, könnte ich denken, sie wären alle auf dem Kriegspfad.

Noch einen Versuch, den letzten, unternahm ich, mich ihnen zu verbrüdern. Ich stieß auf eines ihrer Lager, wo ich sie im Schatten eines Baumes versammelt fand, mit der Anfertigung von Wampums und Mokassins beschäftigt, und redete mit ihnen in der Sprache der Freundschaft:

»Edle Rothäute«, sagte ich, »tapfere, große Sachems, Häuptlinge, Squaws und Hohe Muck-a-Mucks, das Bleichgesicht vom Lande der Untergehenden Sonne entbietet euch seinen Gruß! Du, *Mildtätiger Iltis*, du *Verschlinger der Berge*, du *Brüllender Donnerschlag*, du *Kampfhahn mit dem Glasauge*, das Bleichgesicht von jenseits des Großen Wassers entbietet euch allen seinen Gruß. Krieg und Seuchen haben eure Reihen gelichtet und eure einst so stolze Rasse dem Untergang geweiht; Poker und andere Kartenspiele haben eure Beutel geleert, wie auch der eitle, neumodische Christenaufwand für Seife, die eure ruhmvollen Ahnen nicht kannten. Daß ihr euch in aller Einfalt fremdes Gut aneignetet, brachte euch in Ungelegenheiten. Eine falsche Darstellung von Taten, die eurer Harmlosigkeit entsprangen, hat eurem Ruf in den Augen eines seelenlosen Bedrückers geschadet. Ihr habt Tauschhandel getrieben, um euch Feuerwasser zu verschaffen, damit ihr euch betrinken, euch glücklich fühlen und eure Familien mit dem Tomahawk umbringen konntet. Das hat die malerische Pracht eurer Kleider für alle Zeiten zugrunde gerichtet. Da steht ihr nun, in der grellen Beleuchtung des neunzehnten Jahrhunderts, aufgeputzt wie die Vogelscheuchen und der Mob aus den Vorstädten von New York! Schande über euch! Gedenket eurer Ahnen! Ruft euch ihre großen Taten ins Gedächtnis zurück! Erinnert euch an Unkas, an die *Rote Jacke*, das *Loch im Tag* und Whoopdedoodledo! Eifert ihnen nach! Sammelt euch unter meinem Banner, edle Wilde, gefeierte Gurgelabschneider!«

»Nieder mit ihm!« – »Zerschlagt ihm doch endlich sein Schandmaul!« – »Verbrennt ihn!« – »Henkt ihn!« – »Ins Wasser mit ihm!«

Ein schnelleres Verfahren hat es noch nie gegeben. Plötzlich sah ich es in der Luft aufblitzen: Knüttel, Backsteine, Fäuste, Körbe mit Glasperlen und Mokassins: alles traf mich auf einmal wie ein einziger Strahl, doch jedes an einer anderen Körperstelle.

Im nächsten Augenblick fiel der ganze Stamm über mich her. Sie rissen mir die Kleider vom Leibe; sie brachen mir Arme und Beine; sie versetzten mir einen Schlag auf den Kopf, der in meiner Schädeldecke eine Delle hinterließ, so daß man hätte Kaffee daraus trinken können wie aus einer Untertasse; und um ihr schändliches Werk zu krönen, warfen sie mich in den Niagarafluß.

Etwa hundert Fuß tiefer blieb ich mit den Fetzen meiner Weste an einer vorspringenden Felsecke hängen und baumelte eine Weile in der Luft, ohne loskommen zu können. Endlich fiel ich und tauchte am Fuß des Falles wieder auf, in einem Wirbel von weißem Schaum. Natürlich geriet ich in den Strudel. Vierundzwanzigmal kreiste ich darin herum, hinter einem Stück Holz her, dem ich immer näher kam – vierundzwanzigmal griff ich nach demselben Busch am Ufer und verfehlte ihn jedesmal um Haaresbreite.

Endlich kam ein Mann die Böschung herabgeklettert, setzte sich neben den Busch, steckte seine Pfeife in den Mund, strich ein Zündholz an und verfolgte mich mit einem Auge, während er das andere auf das Hölzchen richtete, das er mit den Händen vor dem Wind schützte. Aber ein Windstoß blies es aus. Als ich bei der nächsten Runde in seine Nähe kam, rief er:

»Haben Sie ein Streichholz?«

»Gewiß, in einer anderen Westentasche; helfen Sie mir bitte heraus.«

»Um keinen Preis!«

Als ich wieder vorbeitrieb, sagte ich:

»Entschuldigen Sie die anscheinend unbescheidene Neugier eines Ertrinkenden; aber wollen Sie mir Ihr sonderbares Verhalten nicht gefälligst erklären?«

»Aber gern. Ich bin der Leichenbeschauer. Beeilen Sie sich nicht meinetwegen – ich kann auf Sie warten. Aber ich wünschte, ich hätte ein Streichholz.«

Ich sagte: »Nehmen Sie meinen Platz ein, dann hol ich Ihnen eins.«

Auf den Vorschlag ging er leider nicht ein, und dieser Mangel an Vertrauen seinerseits erzeugte zwischen uns eine Verstimmung. Von da an mied ich ihn und nahm mir vor, falls mir etwas zustieße, die Katastrophe so zu berechnen, daß meine Kundschaft dem Leichenbeschauer drüben auf der amerikanischen Seite zufiele.

Endlich kam ein Polizist des Wegs; er verhaftete mich, weil ich durch mein Hilfegeschrei die öffentliche Ruhe am Ufer störte. Der Richter erlegte mir eine Geldbuße auf, aber damit zog er den kürzeren. Mein Geld steckte in meinen Beinkleidern und meine Beinkleider bei den Indianern.

So also entging ich dem Tod. Jetzt aber liege ich hier in sehr kritischer Verfassung. Doch wenigstens liege ich, ob kritisch oder nicht. Am ganzen Leib bin ich verwundet, und der mich behandelnde Arzt meint, er werde mit der Bestandsaufnahme meiner Verletzungen vor heute abend nicht fertig sein. Indessen erklärte er bereits, daß nur sechzehn von meinen Wunden gefährlich seien; die andern kümmern mich nicht.

Als ich vorhin wieder zum Bewußtsein kam, sagte ich:

»Das ist ja ein gräßlich wilder Indianerstamm, Doktor, der die Perlarbeiten und Mokassins für Niagara-Falls macht. Wo stammen denn die Leute her?«

»Aus Limerick, mein Freund, es sind Irländer.«

Menschenfresserei in der Eisenbahn

Ich besuchte kürzlich Saint Louis, und auf meinem Wege nach dem Westen, nach einem Wagenwechsel in Terre Haute, Indiana, stieg an einer Zwischenstation ein sanfter, wohlwollend aussehender Herr von ungefähr fünfundvierzig oder fünfzig Jahren ein und setzte sich neben mich. Wir unterhielten uns etwa eine Stunde lang ganz angenehm über vielerlei Dinge, und ich fand den Fremden außerordentlich gescheit und unterhaltend. Als er erfuhr, daß ich aus Washington sei, stellte er sogleich Fragen über verschiedene bekannte Männer und über Kongreßangelegenheiten, und ich sah sehr bald, daß ich mit einem Manne sprach, der mit dem politischen Leben in der Hauptstadt vertraut war. Er kannte sogar Gebaren und Gewohnheiten der Senatoren und Abgeordneten.

Zwei Männer blieben neben uns stehen, und der eine sagte zum andern:

»Harris, wenn du das für mich tun willst, werde ich es dir nie vergessen, mein Junge!« Die Augen meines neuen Gefährten leuchteten fröhlich auf. Die Worte mußten eine glückliche Erinnerung gestreift haben. Dann nahm sein Gesicht einen nachdenklichen, fast düsteren Ausdruck an. Er wandte sich zu mir und sagte: »Lassen Sie sich eine Geschichte von mir erzählen, ein geheimes Kapitel aus meinem Leben – ein Kapitel, das ich seit jenen Ereignissen noch nie berührt habe. Hören Sie geduldig zu und versprechen Sie mir, mich nicht zu unterbrechen.«

Ich versprach es, und er erzählte das folgende seltsame

Abenteuer, bald erregt, bald melancholisch, aber immer ernsthaft und gefühlvoll.

»Am 19. Dezember 1853 reiste ich mit dem Abendzug von Saint Louis nach Chicago ab. Es waren im ganzen vierundzwanzig Passagiere, keine Damen, keine Kinder. Wir waren in ausgezeichneter Stimmung, und es wurden bald angenehme Bekanntschaften geschlossen. Die Reise versprach einen glücklichen Verlauf zu nehmen, und ich glaube, keiner aus der Gesellschaft hatte auch nur das leiseste Vorgefühl der Schrecken, welche wir erleben sollten.

Um elf Uhr vormittags begann es stark zu schneien. Kurz nachdem wir das Dörfchen Welden verlassen hatten, umfing uns die ungeheure Prärieeinsamkeit, welche sich meilenweit in häuserloser Öde bis weit gegen die Jubilee-Ansiedlung hinzieht. Die Winde, nicht gehemmt von Bäumen oder Hügeln oder etwa vereinzelten Felsen, pfiffen scharf durch die wüste Ebene, den fallenden Schnee vor sich hertreibend wie den Schaum von den Wogenkämmen eines sturmgepeitschten Meeres. Der Schnee häufte sich immer mehr, und wir merkten an der verminderten Geschwindigkeit des Zuges, daß die Maschine sich mit ständig wachsenden Schwierigkeiten ihren Weg bahnte. Manchmal kam es wirklich fast zum Stillstand inmitten großer Schneehaufen, die sich wie Riesengräber über den Geleisen auftürmten. Die Unterhaltung begann zu stocken. Die Heiterkeit wich ernster Betroffenheit. Die Möglichkeit, auf der öden Prärie vom Schnee eingeschlossen zu werden, fünfzig Meilen von jedem Hause entfernt, trat einem jeden vor Augen, und übte ihren niederdrückenden Einfluß auf die Gemüter der Mitreisenden.

Um zwei Uhr morgens wurde ich durch das Aufhören jeglicher Bewegung um mich her aus unruhigem Schlummer geweckt. Die lähmende Wahrheit drang sofort auf mich ein –

wir waren Gefangene in einem Schneesturm! ›Alle Mann zu Hilfe!‹ Alle sprangen herbei, um zu gehorchen. Hinaus in die wilde Nacht, in die schwarze Finsternis! Alle eilten in den sich türmenden Schnee mit dem Bewußtsein, daß jetzt ein verlorener Augenblick uns Verderben bringen könnte. Schaufeln, Hände, Bretter – alles, was Schnee beseitigen konnte, wurde zu sofortiger Hilfeleistung herangezogen. Es war ein gespenstisches Bild, die kleine Schar schreckensstarrer Leute gegen den Wall von Schneemassen ankämpfend, halb im schwärzesten Schatten, halb in dem grellen Licht des Reflektors an der Lokomotive.

Eine kurze Stunde genügte, um die völlige Nutzlosigkeit unserer Anstrengungen zu erweisen. Der Wind trug ein Dutzend Barrikaden auf die Schienen, während wir eine abtrugen. Und, was schlimmer war, wir entdeckten, daß bei der letzten großen Anstrengung, welche die Maschine gegen den Feind gemacht hatte, die Vorder- und Hinterwelle des Treibrades gebrochen waren. Selbst bei freier Bahn wären wir hilflos gewesen. Müde von der Arbeit und voller Sorgen stiegen wir wieder ein, sammelten uns um die Öfen und erörterten ernsthaft unsere Lage. Wir hatten keinerlei Mundvorräte – darin lag unsere Hauptverlegenheit. Erfrieren konnten wir nicht, denn es lag ein ansehnlicher Holzvorrat im Tender. Das war unser einziger Trost. Die Beratung endete schließlich mit der entmutigenden Feststellung des Schaffners, daß der Versuch, in solchem Schnee fünfzig Meilen zu Fuß zu machen, jedes Menschen Tod wäre. Wir konnten also nicht nach Hilfe schicken, und selbst wenn wir das gekonnt hätten, wäre keine gekommen. Wir mußten uns ergeben und so geduldig wie möglich auf Beistand oder auf den Hungertod warten! Ich glaube, auch das mutigste Herz beschlich da ein momentaner Schauder, als diese Worte gesprochen wurden.

Von Stund an erstarb die Unterhaltung zu leisem Murmeln, das hier und da im Wagen brockenweise zwischen den einzelnen Windstößen zu hören war. Die Lampen brannten düster, und die meisten von uns Ausgestoßenen ließen sich bei den flackernden Lichtern nieder, um nachzudenken – um die Gegenwart zu vergessen – oder, um womöglich zu schlafen.

Die endlose Nacht – uns erschien sie wie eine Ewigkeit – ging schließlich träge zu Ende, und die Dämmerung brach kalt und grau im Osten an. Als es heller wurde, fingen die Passagiere nach und nach an, Lebenszeichen von sich zu geben, und einer nach dem andern schob sich den breitkrempigen Hut aus der Stirn, reckte seine steifgewordenen Glieder und betrachtete durch das Fenster die trostlose Aussicht. Sie war in der Tat trostlos – nirgends ein lebendiges Wesen zu erspähen, nirgends eine menschliche Wohnung, nichts als eine endlose weiße Wüste. Wie hochgehobene Laken trieben die Schneemassen vor dem Winde hin und her. Eine Welt von wirbelnden Flocken verschloß das Firmament unseren Blicken.

Den ganzen Tag saßen wir stumpfsinnig herum, sprachen wenig und dachten viel. Noch eine schleichende, traurige Nacht und dann – der Hunger! Wieder Morgendämmerung, wieder ein Tag mit Stillschweigen, Betrübnis, verzehrendem Hunger, hoffnungslosem Warten auf Hilfe, die nicht kommen konnte. Eine Nacht in unruhigem Schlummer, unter Träumen von Festmahlen, ein elendes Erwachen vor nagendem Hunger.

Der vierte Tag kam und ging und so der fünfte. Fünf Tage einer entsetzlichen Gefangenschaft! Der Hunger blickte allen wild aus den Augen. Es lagen Anzeichen von fürchterlicher Vorbedeutung darin, die Drohung von etwas, das sich noch unbestimmt in unserm Herzen regte, von etwas, das bis jetzt noch keine Zunge in Worte zu fassen wagte.

Der sechste Tag verging, der siebente dämmerte über einer

Schar von Männern, wie sie dürrer, bleicher und hoffnungsloser wohl nie im Schatten des Todes gestanden haben. Das, was in jedem Herzen gekeimt hatte, war endlich reif, jedem auf die Lippen zu treten. Die Natur war aufs äußerste angespannt, sie mußte nachgeben.

Richard H. Gaston aus Minnesota, groß, leichenhaft und blaß, erhob sich. Alle wußten, was kommen würde. Alle bereiteten sich vor. Jede Bewegung, jeder Schein von Erregtheit wurde erstickt. Nur ruhiger, gedankenvoller Ernst lag in den vorher so wilden Augen.

›Meine Herren, es kann nicht länger hinausgeschoben werden. Die Zeit drängt! Wir müssen entscheiden, wer von uns sterben soll, um Nahrung für die übrigen zu liefern!‹

Mr. John J. Williams aus Illinois stand auf und sagte: ›Meine Herren, ich schlage Hochwürden James Sawyer aus Tennessee vor.‹

Mr. Wm. R. Adams aus Indiana sagte: ›Ich stimme für Mr. Daniel Slote aus New York.‹

Mr. Charles J. Langdon: ›Ich ernenne Mr. Samuel A. Bowen aus Saint Louis.‹

Mr. Slote: ›Meine Herren, ich wünsche zu Gunsten von Mr. John A. Van Nostrand jun. aus New Jersey zu verzichten.‹

Mr. Gaston: ›Wenn kein Einspruch erhoben wird, soll Mr. Slotes Wunsch erfüllt werden.‹

Da Mr. Van Nostrand Einspruch erhob, wurde die Verzichtleistung von Mr. Slote verworfen. Verzichtleistungen von Sawyer und Bowen wurden auch angeboten und aus denselben Gründen abgelehnt.

Mr. A. L. Bascom aus Ohio: ›Ich beantrage, daß die Vorschläge jetzt geschlossen werden und daß das Haus zum Wahlgang übergehe.‹

Mr. Sawyer: ›Meine Herren, ich protestiere ernstlich gegen dieses Verfahren. Es ist in jeder Hinsicht widerrechtlich und ungeziemend. Ich beantrage, es sofort fallen zu lassen und einen Vorsitzenden für die Versammlung, sowie die geeigneten Beamten zu dessen Unterstützung zu wählen. Dann können wir mit der vorliegenden Angelegenheit sachgemäß zu Werke gehen.‹

Mr. Bell aus Iowa: ›Meine Herren, ich bin dagegen. Es ist jetzt nicht Zeit, auf der Wahrung von Formen und Zeremonien zu bestehen. Seit länger als sieben Tagen sind wir ohne Nahrung. Jeder Augenblick, den wir in müßiger Verhandlung verlieren, vermehrt unsere Pein. Ich bin mit den gemachten Ernennungen einverstanden. Jeder Anwesende, glaube ich, ist es auch und ich sehe nicht ein, warum wir nicht gleich noch den einen oder andern erwählen sollten. Ich möchte eine Resolution einbringen.‹

Mr. Gaston: ›Sie würde auf Widerspruch stoßen und müßte nach der Geschäftsordnung einen Tag liegenbleiben, wodurch die Verzögerung herbeigeführt würde, die Sie vermeiden wollen. Der Herr aus New Jersey.‹

Mr. van Nostrand: ›Meine Herren, ich bin ein Fremdling unter Ihnen, ich habe die Auszeichnung nicht gesucht, welche mir zuteil geworden ist. Mein Zartgefühl sträubt sich –‹

Mr. Morgan aus Alabama (ihn unterbrechend): ›Ich stelle die Vorfrage.‹

Der Antrag wurde angenommen und dadurch natürlich jede weitere Debatte abgeschnitten. Auch der Antrag, einen Vorstand zu erwählen, ging durch, und so wurde Mr. Gaston zum Vorsitzenden und Mr. Blake zum Schriftführer ernannt. Aus Mr. Holcomb, Mr. Dyer und Mr. Baldwin wurde ein Wahlkomitee gebildet, und Mr. R. M. Howland sollte als Proviantmeister das Komitee bei den Wahlen unterstützen.

Nach einer halbstündigen Pause erfolgten einige Separatverhandlungen. Beim Ertönen des Zeichens trat die Versammlung wieder zusammen. Das Komitee erstattete Bericht zu Gunsten der Herren George Ferguson aus Kentucky, Lucien Herrman aus Louisiana und W. Messick aus Colorado als Kandidaten. Von dem Bericht wurde Kenntnis genommen.

Mr. Rogers aus Missouri: ›Herr Präsident, da der Bericht jetzt dem Hause vorliegt, stelle ich den Antrag, Mr. Herrman durch Mr. Lucius Harris aus Saint Louis zu ersetzen, der uns allen als ein Ehrenmann bekannt ist. Ich möchte nicht so verstanden werden, als wollte ich den leisesten Schatten auf den hervorragenden Charakter und die Stellung des Herrn aus Louisiana werfen, das liegt mir fern. Ich achte und ehre ihn so sehr, wie nur einer der Anwesenden es tun kann. Aber keiner unter uns kann sich der Tatsache verschließen, daß er während der Woche, die wir hier warten, mehr Fleisch verloren hat, als irgendein anderer. Niemand unter uns kann sich der Tatsache verschließen, daß das Komitee kopflos verfahren ist, entweder aus Nachlässigkeit oder aus einer schlimmern Ursache, indem es einen Herrn zur Abstimmung vorschlug, der, wie rein auch seine eigenen Motive sein mögen, tatsächlich weniger Nährstoff hat –‹

Vorsitzender: ›Ich muß dem Herrn aus Missouri das Wort entziehen. Die Lauterkeit des Komitees darf nicht in Frage gestellt werden, außer auf dem Wege der Geschäftsordnung. Welche Stellung nimmt das Haus zu dem Antrage dieses Herrn?‹

Mr. Halliday aus Virginia: ›Ich schlage weiter vor, Mr. Messick durch Mr. Harvey Davis aus Oregon zu ersetzen. Die Herren könnten geltend machen, daß die Mühen und Entbehrungen eines Grenzerlebens Mr. Davis zäh gemacht haben. Aber, meine Herren, ist jetzt die Zeit, wegen Zähigkeit zu streiten? Ist jetzt die Zeit, in Kleinigkeiten anspruchsvoll zu sein? Ist jetzt die Zeit, über Sachen von geringer Wichtigkeit zu diskutieren? Nein, meine Herren, was wir jetzt brauchen ist Masse, Stoff, Gewicht – Masse. Das ist jetzt das Haupterfordernis, nicht Talent, nicht Geist, nicht Bildung. Ich bitte dringend, meinen Antrag anzunehmen!‹

Mr. Morgan (heftig): ›Herr Präsident, ich muß diesem Antrag auf das heftigste widersprechen. Der Herr aus Oregon ist alt, und außerdem besteht seine Masse nur aus Knochen, nicht aus Fleisch. Ich frage den Herrn aus Virginia, ob wir Suppe brauchen oder feste Nahrung? Ob er uns mit Schatten täuschen möchte? Ob er unsere Leiden durch ein oregonisches Gespenst verhöhnen will? Ich frage ihn, ob er die angstverzerrten Gesichter um ihn herum ansehen, ob er in unsere traurigen Augen blicken, ob er das erwartungsvolle Schlagen unserer Herzen anhören und uns dann diesen nach Hungersnot riechenden Betrug zumuten kann? Ich frage ihn, ob er an unseren trostlosen Zustand, an unsere vergangenen Sorgen, an unsere dunkle Zukunft denken und uns dennoch dieses Wrack, diese Ruine, diesen schwankenden Schwindel, diesen knochigen, verlebten, saftlosen Bummler von des Oregons unwirtbaren Gestaden unterschieben kann? Niemals!‹ (Beifall.)

Der Antrag kam zur Abstimmung und wurde nach einer hitzigen Debatte abgelehnt. Auf Grund des ersten Vorschlags wurde Mr. Harris auf die Liste gesetzt. Dann begann die Abstimmung. Fünfmal verlief sie ohne Resultat, beim sechsten Mal wurde Mr. Harris mit allen gegen seine eigene gewählt. Dann wurde beantragt, seine Wahl durch Applaus zu bestätigen, was mißlang, da er wieder gegen sich stimmte.

Mr. Radway beantragte, nun die übrigen Kandidaten vorzunehmen und an die Wahl für das Frühstück zu gehen. Das fand Zustimmung.

Beim ersten Wahlgang war Stimmengleichheit, da die eine Hälfte der Mitglieder den einen Kandidaten wegen seiner Jugend begünstigte, die andere Hälfte den andern, weil der größer war. Die Stimme des Präsidenten gab den Ausschlag für den letzteren, Mr. Messick. Dieser Beschluß rief starke Unzufriedenheit unter den Freunden des unterlegenen Kandidaten Mr. Ferguson hervor, und es wurden einige Stimmen für einen erneuten Wahlgang laut. Aber inzwischen ging ein Vertagungsantrag durch, und die Versammlung löste sich sogleich auf.

Die Vorbereitungen zum Mittagessen lenkten die Aufmerksamkeit der Partei Ferguson für eine ganze Weile von der Besprechung ihres Kummers ab, und dann, als sie sie wieder hätten aufnehmen können, wurde jeder Gedanke daran verscheucht durch die erfreuliche Ankündigung, daß Mr. Harris gar wäre. Wir improvisierten Tische aus den Lehnen der Wagensitze und setzten uns dann dankbaren Herzens zu einem Abendbrot nieder, wie es uns so schön während der sieben qualvollen Tage kaum im Traum beglückt hatte. Wie anders fühlten wir uns als noch wenige Stunden zuvor! Damals hoffnungsloses, hohläugiges Elend, Hunger, fieberhafte Todesangst, Verzweiflung. Jetzt Dankbarkeit, Heiterkeit, unaussprechliche Freude. Das, weiß ich, war die glücklichste Stunde meines vielbewegten Lebens. Der Wind heulte und trieb den Schnee wild gegen unser Gefängnis, aber er hatte nicht mehr die Macht, uns zu betrüben. Harris schmeckte mir; er hätte vielleicht etwas mehr gekocht sein können, aber ich darf kühn behaupten, daß mir nie ein Mensch besser zusagte als Harris, mir nie einer einen solchen Grad von Befriedigung gewährte. Messick war ja sehr gut, obwohl er etwas *haut goût* hatte, aber in bezug auf unverfälschte Nahrhaftigkeit und Zartheit der Fasern gibt es nur einen: Harris. Messick hatte seine guten Seiten, das will ich nicht leugnen, aber, wissen Sie, zum Frühstück eignete er sich so wenig wie eine Mumie, ganz und gar nicht! Mager? – Du lieber Himmel! – und zäh? Ach, und wie zäh der war! Sie können es sich nicht vorstellen, Sie können sich überhaupt nichts Ähnliches vorstellen!«

»Sie wollen doch nicht sagen, daß –«

»Unterbrechen Sie mich bitte nicht. Nach dem Frühstück wählten wir einen Mann namens Walker aus Detroit zum Abendessen. Er war ausgezeichnet. Ich schrieb es später seiner Frau. Er verdiente alles Lob. Ich werde immer an Walker denken. Er war nicht ganz durchgebraten, aber sehr gut. Dann, am nächsten Morgen, hatten wir Morgan aus Alabama zum Frühstück. Er war einer der herrlichsten Menschen, die ich je genossen habe, schön, von guter Erziehung, hochgebildet, sprach geläufig mehrere Sprachen. Ein echter Gentleman, wirklich ein echter Gentleman und auffallend saftig! Zum Abendbrot hatten wir den Patriarchen aus Oregon. Er war ein Reinfall, ohne Frage, alt, dürr, zäh, es ist gar nicht zu beschreiben.

Ich sagte schließlich: ›Meine Herren, tun Sie nach Ihrem Belieben, aber ich werde auf eine andere Wahl warten.‹ Und Grimes aus Illinois sagte: ›Meine Herren, ich warte auch. Wenn Sie einen Mann wählen, an dem irgend etwas Empfehlenswertes ist, will ich mich gerne wieder zu Ihnen gesellen.‹ Es zeigte sich bald, daß die Unzufriedenheit über Davis aus Oregon allgemein war, und es wurde daher, um die gute

Stimmung zu erhalten, die sich seit Harris so angenehm geltend gemacht hatte, von neuem zur Wahl geschritten, deren Resultat die Ernennung Bakers aus Georgia war. Er war großartig! Nun – danach hatten wir Doolittle und Hawkins und McElroy. Über McElroy wurde geklagt, weil er so ungewöhnlich klein und dünn war. Dann hatten wir Penrod, zwei Smiths und Bailey. Bailey hatte ein hölzernes Bein, was natürlich ein Verlust war, aber sonst war er gut. Weiter hatten wir einen Indianer, einen Drehorgelspieler und einen Herrn namens Buckminster, einen armseligen, hölzernen Landstreicher, der als Gesellschafter nicht zu gebrauchen war und als Frühstück kaum in Betracht kam. Wir waren froh, daß wir ihn erwählt hatten, ehe die Erlösung nahte.«

»Die erhoffte Erlösung kam also endlich?«

»Ja, sie kam an einem hellen, sonnigen Morgen, gerade nach der Wahl. Diese war auf John Murphy gefallen und nie hatte sie es besser getroffen, das will ich ihm bezeugen. Doch John Murphy kehrte mit uns in dem Zuge heim, der uns zu Hilfe kam, und später heiratete er die Witwe Harris –«

»Die Hinterbliebene von –?«

»Die Hinterbliebene von unserer ersten Wahl. Er heiratete sie und lebt noch in Glück, Ansehen und Wohlstand. Ach, Sir, es war wie ein Roman, wie ein Märchen! Doch hier ist meine Station, Sir, ich muß Ihnen Adieu sagen. Wenn Sie einmal einige Tage für mich übrig haben, werde ich mich jederzeit freuen, Sie bei mir zu sehen. Sie gefallen mir, ich habe eine Zuneigung zu Ihnen gefaßt, Sir. Ich könnte Sie fast so lieb gewinnen wie Harris. Guten Tag, Sir, glückliche Reise!«

Er war fort. Nie in meinem Leben bin ich so betäubt, so bekümmert, so entsetzt gewesen. Aber innerlich freute ich mich, daß er fort war. Trotz seines sanften Wesens und seiner angenehmen Stimme schauderte mir, wenn sich sein hungriges Auge auf mich richtete. Als ich hörte, daß ich seine gefährliche Zuneigung gewonnen hätte, und daß er mich mit dem seligen Harris gleichstellte, stand mir einfach das Herz still. Ich war unbeschreiblich verwirrt. Ich zweifelte nicht an seinen Worten, ich konnte keinen einzigen Satz seiner Darstellung in Frage ziehen, welche so sehr den Stempel des Ernstes und der Wahrheit trug; aber ihre entsetzlichen Einzelheiten überwältigten mich und brachten meine Gedanken in größte Verwirrung. Da merkte ich, daß der Schaffner mich ansah.

»Wer ist dieser Mann?« fragte ich ihn.

»Er war einst Kongreßmitglied, und zwar ein bewährtes. Doch er wurde einmal in der Eisenbahn von einem Schneesturm überfallen und wäre beinahe verhungert. Er war so verfroren und aus Mangel an Lebensmitteln so abgezehrt, daß er nachher erkrankte und mehrere Monate nicht bei Sinnen war. Jetzt ist er wieder in Ordnung, nur leidet er an einer fixen Idee. Wenn er nämlich auf das alte Thema kommt, ruht er nicht eher, als bis er die ganze Wagenladung jener Leute aufgegessen hat, von denen er erzählt. Er hätte auch diesmal die ganze Gesellschaft verschlungen, wenn er nicht hier hätte aussteigen müssen. Ihre Namen hat er bei der Hand wie das Alphabet. Wenn er sie alle bis auf sich selbst verzehrt hat, pflegt er zu sagen: ›Als dann die gewohnte Stunde zur Frühstückswahl kam und keine Opposition da war, wurde ich gewählt, leistete jedoch Verzicht, wogegen kein Widerspruch erhoben wurde. So bin ich also hier.‹«

Es war mir eine unaussprechliche Erleichterung, zu erfahren, daß ich nur den harmlosen Phantasien eines Verrückten zugehört hatte und nicht den wirklichen Erlebnissen eines blutdürstigen Menschenfressers.

Wohltun trägt Zinsen

Seit meiner Kindheit lese ich immer wieder in einer Sammlung moralischer Erzählungen, die mich in geschickter Weise gleichzeitig belehren und unterhalten. Das Buch lag mir stets bequem zur Hand, und sooft ich schlecht von meinen Mitmenschen dachte, griff ich danach, und meine Meinung änderte sich. Auch wenn ich mich als selbstsüchtig, niederträchtig und unedel empfand, griff ich danach, und es lehrte mich, meine verlorene Selbstachtung wiederzufinden. Oft hatte ich gewünscht, diese reizenden Geschichtchen möchten nicht mit dem glücklichen Höhepunkt aufhören, sondern von dem weiteren Ergehen der großmütigen Wohltäter berichten. Der Wunsch wurde immer dringender, weshalb ich mich endlich entschloß, ihn dadurch zu befriedigen, daß ich die Fortsetzung der Geschichtchen selber herausfand. So betrieb ich denn lange und mühevolle Nachforschungen, die zu merkwürdigen Ergebnissen führten. Mit diesen möchte ich den Leser bekanntmachen, wobei ich zunächst die ursprüngliche Geschichte erzähle und ihr dann die Fortsetzung folgen lasse, soweit es mir gelungen ist, sie zu ermitteln.

Der dankbare Pudel

Eines Tages traf ein wohlwollender Arzt (der das obengenannte Buch gelesen hatte) auf der Straße einen herrenlosen Pudel, der sich ein Bein gebrochen hatte; er nahm das arme Tier mit nach Hause, richtete das verletzte Glied ein und verband es und setzte den kleinen Vagabunden wieder in Freiheit. Dann vergaß er den Zwischenfall. Aber wie groß war sein Erstaunen, als er ein paar Tage später des Morgens seine Tür öffnete und den dankbaren Pudel geduldig wartend davor sitzen fand, in Begleitung eines anderen herrenlosen Hundes, der sich durch Zufall auch ein Bein gebrochen hatte. Der freundliche Arzt nahm sich sofort des unglücklichen Tieres an und vergaß auch nicht, die unerforschliche Güte und Gnade Gottes zu bewundern, der sich eines so bescheidenen Werkzeuges wie dieses armen, streunenden Pudels bedient hatte, um dadurch ... undsoweiter undsofort.

Fortsetzung

Am nächsten Morgen fand der freundliche Arzt beide Hunde vor seiner Tür, wedelnd vor Dankbarkeit und begleitet von zwei weiteren Hundekrüppeln. Die Krüppel wurden schleunigst behandelt, und die vier gingen ihres Wegs und ließen den freundlichen Arzt staunender und frömmer zurück denn je. Der Tag verging, der nächste Morgen kam. Vor der Tür saßen die vier genesenen Hunde und außer ihnen vier weitere, die der Behandlung bedurften. Auch dieser Tag verging, dem ein neuer Morgen folgte; und jetzt saßen sechzehn Hunde, darunter acht neue Verletzte, vor der Tür auf dem Bürgersteig, und die Passanten mußten um sie herumgehen. Gegen Mittag waren alle gebrochenen Beine gerichtet und verbunden, aber in die fromme Betrachtung des freundlichen Arztes mischte sich unfreiwilligerweise eine weltliche Überlegung. Von neuem ging die Sonne auf und beschien zweiunddreißig Hunde, sechzehn davon mit gebrochenen Beinen; sie hielten den Bürgersteig und die halbe Straße besetzt, und auf dem noch verbleibenden Raum drängte sich eine Zuschauermenge. Das Geheul der Verwundeten, das Gebell der Geheilten und die Bemerkungen der gaffenden Bürger erregten freundlichen Beifall, doch der Verkehr auf der Straße war unterbrochen. Der gute Arzt nahm zwei Assistenten zu Hilfe und vollbrachte sein mildtätiges Werk vor Anbruch der Dunkelheit, nachdem er zunächst vorsichtshalber aus der Kirchgemeinde ausgetreten war, um sich mit genügender Freiheit in der weltlichen Form ausdrücken zu können, die der Fall erforderte.

Doch fast jedes Ding hat seine Grenzen. Als wiederum der Morgen anbrach und der gute Arzt die lange Schlange von verletzten und Behandlung suchenden Hunden erblickte, sagte er: »Jetzt muß ich es zugeben, ich habe mich von dem Buch an der Nase herumführen lassen; es erzählt nur die eine Hälfte der Geschichte und verschweigt den Rest. Reicht mir eine Flinte; die Sache hat lang genug gedauert.«

Er stürzte mit seiner Waffe hinaus und trat zufällig dem ersten Pudel auf den Schwanz, der ihn sofort ins Bein biß. Nun aber hatte das große und verdienstvolle Werk, das auch ihm zugute gekommen war, den Pudel derart in Begeisterung versetzt, daß es ihm den Kopf verdreht hatte und er tollwütig geworden war.

Einen Monat später, als der freundliche Arzt infolge dieses Bisses seinem Ende entgegensah, versammelte er seine weinenden Freunde um sich und sagte:

»Nehmt euch vor den Büchern in acht. Sie erzählen stets nur die eine Hälfte der Geschichte. Wenn je ein armer Teufel euch um Hilfe bittet und ihr im Zweifel darüber seid, welche Folgen eure Mildtätigkeit haben könnte, so haltet euch an den Zweifel und bringt den Bittsteller um.«

Mit diesen Worten drehte er sein Gesicht zur Wand und gab seinen Geist auf.

Der wohltätige Schriftsteller

Ein armer angehender Literat hatte sich vergeblich bemüht, seine Manuskripte bei einem Verlag anzubringen. Endlich, als er schon dem Schrecken des Hungertodes entgegensah, klagte er einem berühmten Schriftsteller seine traurige Lage und bat ihn um Rat und Hilfe. Der hochherzige Mann legte sogleich seine eigene Arbeit beiseite und begann eines der verschmähten Manuskripte zu prüfen. Nach Beendigung seines menschenfreundlichen Werkes schüttelte er dem jungen Mann herzlich die Hand und erklärte: »Ihre Arbeit scheint mir nicht schlecht; kommen Sie am Montag wieder.«

Zur verabredeten Zeit erschien der junge Autor. Ohne ein Wort zu sagen öffnete sein berühmter Kollege mit freundlichem Lächeln eine Zeitung, die frisch aus der Druckerei kam. Wie erstaunt war der junge Mann, als er in einer der Spalten seinen eigenen Artikel entdeckte. Auf die Knie sinkend und unter Tränen sagte er: »Wie kann ich Ihnen je für solchen Edelmut danken!«

Der berühmte Schriftsteller in dieser Geschichte war kein anderer als Snodgrass; und der junge Literat Snagsby, den er aus dem Dunkel hervorzog und vom Hungertode errettete, machte sich später einen nicht minder berühmten Namen.

Wollen wir uns an diesem erfreulichen Vorfall ein Beispiel nehmen und bereitwillig allen Anfängern beistehen, die der Hilfe bedürfen.

Fortsetzung

In der folgenden Woche stellte sich Snagsby mit fünf anderen zurückgewiesenen Manuskripten ein. Das überraschte den berühmten Snodgrass ein wenig, denn in den üblichen Moraltraktätchen bedarf ein junger Mann nur einmal der Hilfe, um alle Schwierigkeiten zu überwinden. Trotzdem überarbeitete er die Schriftstücke, schnitt hier und da eine Stilblüte fort, rodete die Eigenschaftswörter scheffelweise aus, und es gelang ihm daraufhin wirklich, zwei der Artikel unterzubringen.

Eine Woche später erschien der dankbare Snagsby abermals mit einer neuen Ladung von Manuskripten. Wohl hatte es dem berühmten Schriftsteller zunächst eine hohe innere Befriedigung gewährt, dem strebsamen jungen Mann zum Erfolg zu verhelfen und es den großmütigen Leuten gleichzutun, von denen die Moralgeschichten berichten; jetzt aber begann sich in ihm der Argwohn zu regen, daß die Sache vielleicht einen Haken habe. Seine Begeisterung erlitt einen Dämpfer. Immerhin brachte er es nicht fertig, den jungen Menschen zurückzustoßen, der sich in einfältigem Vertrauen so fest an ihn klammerte.

Das Ende vom Lied war denn auch, daß der berühmte Schriftsteller den armen jungen Anfänger für immer auf dem Halse behielt. Vergebens unternahm er hin und wieder einen schwachen Versuch, sich der Last zu entledigen. Immer aufs neue mußte er Snagsby Rat erteilen und Mut einflößen, mußte sich bemühen, seine Manuskripte unterzubringen, was eine vorherige Überarbeitung voraussetzte, da sie sonst unbrauchbar waren. Als der junge Streber endlich im Sattel saß, schwang er sich plötzlich mit einem kühnen Schwung auf den Gipfel des Ruhms. Er beschrieb nämlich das Privatleben seines berühmten Kollegen bis ins kleinste und mit so beißendem Witz, daß sein Buch reißenden Absatz fand; dem berühmten Kollegen aber brach über dieser Kränkung das Herz. Noch mit dem letzten Atemzug seufzte er: »Ach, die Moraltraktätchen haben gelogen; sie erzählen nicht die ganze Geschichte. Hütet euch, meine Freunde, vor ehrgeizigen jungen Autoren. Wen Gott zum Verhungern bestimmt hat, den soll ein anderer nicht retten wollen – er läuft sonst nur in sein eigenes Verderben.«

Der dankbare Gatte

Eine Dame fuhr eines Tages mit ihrem Söhnchen durch die Hauptstraße einer großen Stadt, als plötzlich die Pferde scheuten und durchgingen. Der Kutscher wurde vom Bock geschleudert, und die Insassen des Wagens saßen vor Schreck wie gelähmt. Aber ein wackerer Jüngling, der gerade mit seinem Gemüsewagen daherkam, fiel den durchgehenden Pferden in die Zügel und brachte sie schließlich unter eigener Lebensgefahr zum Stehen.

Die dankbare Dame ließ sich seine Adresse nennen und erzählte die Heldentat daheim ihrem Gatten (der das Buch mit den Moralgeschichten ebenfalls gelesen hatte). Er vergoß bei dem erschütternden Bericht Tränen der Rührung und dankte im Verein mit seinen ihm wiedergeschenkten Lieben dem Allmächtigen, ohne dessen Willen kein Sperling vom Dach fällt. Dann ließ er den wackeren jungen Mann holen, überreichte ihm einen Wechsel über fünfhundert Dollar und sagte: »Nimm das zum Lohn für deine edle Tat, William Ferguson. Solltest du je eines Freundes bedürfen, so denke daran, daß Thompson McSpadden ein dankbares Herz hat.«

Lasset uns lernen, daß jede Tat ihrem Urheber nützt und frommt, mag er auch so einfacher Herkunft sein.

In der folgenden Woche erschien William Ferguson bei Mr. McSpadden; er erklärte, er könne Größeres leisten, als einen Gemüsewagen fahren, und bitte deshalb seinen Gönner, ihm durch seinen Einfluß eine bessere Beschäftigung zu verschaffen. Mr. McSpadden verhalf ihm denn auch zu einer gut bezahlten Stellung in einem Büro.

Bald darauf erkrankte Williams Mutter, und er ... Doch um es kurz zu machen: McSpadden willigte ein, sie zu sich ins Haus zu nehmen. Nicht lange, so fühlte sie Sehnsucht nach ihren jüngeren Kindern, worauf Marie, Julie und ihr kleines Brüderchen Jimmy gleichfalls bei McSpadden Aufnahme fanden. Jimmy hatte ein Taschenmesser, mit dem er eines Tages allein ins Wohnzimmer drang; ehe noch dreiviertel Stunden vergangen waren, hatte er das Mobiliar, das etwa zehntausend Dollar wert war, derart bearbeitet, daß sein Wert sich nicht mehr schätzen ließ. Ein paar Tage später fiel Jimmy die Treppe hinunter und brach sich das Genick. Siebzehn Anverwandte kamen ins Haus, um dem Begräbnis beizuwohnen. Nachdem sie sich bei der Gelegenheit mit der Örtlichkeit vertraut gemacht hatten, nisteten sie sich in der Küche ein. Auch bekamen die McSpaddens alle Hände voll zu tun, ihnen allen eine Stelle zu verschaffen, und das nicht nur einmal, da sie des öfteren eine Abwechslung brauchten.

Die alte Mrs. Ferguson war dem Trunk ergeben und führte oft gottlose Reden; da hielten es denn die dankbaren McSpaddens für ihre Pflicht, sie von ihren Lastern zu heilen, und widmeten sich hochherzig dieser Aufgabe. William kam häufig, erhielt immer kleinere Geldbeträge und forderte immer höhere und einträglichere Stellungen, zu denen ihm die dankbaren McSpaddens mehr oder weniger rasch verhalfen. Nach einigen Einwendungen willigte McSpadden sogar ein, William auf eine höhere Schule zu schicken; aber als der Held vor den ersten Ferien aus Gesundheitsrücksichten eine Europareise verlangte, da empörte sich der bedrängte McSpadden endlich gegen seinen Tyrannen. Er schlug ihm die Forderung rundweg ab.

William Fergusons Mutter war darüber so verblüfft, daß die Schnapsflasche ihr aus der Hand fiel und ihr die Verwünschungen in der Kehle steckenblieben. Als sie sich vom ersten Schrecken erholt hatte, stieß sie keuchend hervor: »Das also ist Ihre Dankbarkeit! Wo wären Ihre Frau und Ihr Junge heute ohne meinen Sohn?«

William sagte: »Das ist also Ihre Dankbarkeit? Habe ich Ihrer Frau das Leben gerettet oder nicht? Sagen Sie mir das.«

Sieben Anverwandte strömten aus der Küche herbei und wiederholten einer nach dem andern: »Das also ist Ihre Dankbarkeit?«

Williams Schwestern standen starr vor Verwunderung. »Das also ist Ihre ...« begannen sie, wurden jedoch von ihrer Mutter unterbrochen, die in Tränen ausbrach und rief: »Und im Dienst eines solchen Ungeheuers hat mein kleiner seliger Jimmy sein Leben geopfert!« Da schwoll dem empörten McSpadden die Zornesader und er entgegnete heftig:

»Hinaus aus meinem Haus, Bettelpack! Die Moraltraktätchen hatten mich betört, doch das passiert mir nicht wieder – einmal genügt.« Und zu William gewandt, brüllte er: »Ja, du hast meiner Frau das Leben gerettet, und dem nächsten, der das wagt, dreh ich auf der Stelle das Genick um!«

Da ich kein Geistlicher bin, setze ich meinen Bibeltext ans Ende meiner Predigt statt an den Anfang. Hier ist er, entnommen den Erinnerungen Mr. Noah Brooks an Präsident Lincoln, die seinerzeit in *Scribner's Monthly* erschienen:

»J. H. Hackett war ein Schauspieler, der in der Rolle des Falstaff Mr. Lincoln viel Freude bereitete. Aus der gewohnten Neigung heraus, anderen seine Dankbarkeit zu bezeugen, schrieb Mr. Lincoln dem Schauspieler ein paar freundliche Zeilen, worin er zum Ausdruck brachte, welches Vergnügen er bei der Vorstellung empfunden hatte. Mr. Hackett schickte als Antwort irgendein Buch; vielleicht eines, das er selbst verfaßt hatte. Auch schrieb er dem Präsidenten ein paar Zeilen. Eines Nachts, sehr spät, als ich den Vorfall längst vergessen hatte, ging ich ins Weiße Haus, wohin mich eine Botschaft gerufen hatte. Im Vorzimmer des Präsidenten sah ich zu meiner Überraschung den Schauspieler Hackett sitzen, als warte er auf eine Audienz. Der Präsident fragte mich, ob noch jemand draußen wäre. Auf meine Auskunft hin sagte er bekümmert: ›Ach, ich kann ihn nicht empfangen, ich kann nicht; ich habe schon gehofft, er wäre weggegangen.‹ Dann fügte er hinzu: ›Das zeigt wieder einmal die Schwierigkeiten, die sich ergeben, wenn man in dieser Stadt Freunde und Bekannte besitzt. Sie wissen, wie mir Hackett als Schauspieler gefiel, und daß ich ihm dies auch schrieb. Er schickte mir darauf ein Buch, und damit hielt ich das Ganze für abgetan. Er ist ein Meister in seinem Beruf und, wie ich glaube, auf der Bühne am rechten Ort; aber bloß weil wir einen kleinen freundlichen Schriftwechsel hatten, wie es leicht zwischen zwei Menschen vorkommt, hat er jetzt ein Anliegen. Was glauben Sie wohl, was er möchte?‹ Ich konnte es nicht erraten, und Mr. Lincoln erklärte: ›Nun, er möchte durchaus Konsul in London werden. Du lieber Himmel!‹«

Zum Schluß bemerke ich noch, daß die Geschichte mit William Ferguson sich in meiner persönlichen Bekanntschaft tatsächlich zugetragen hat, doch habe ich alle Einzelheiten derart verändert, daß William sich darin nicht wiedererkennen dürfte.

Jeder Leser dieser Skizze hat wohl einmal in einer süßen und sentimentalen Stunde seines Lebens die Rolle des edlen Wohltäters gespielt. Ich möchte wissen, wie viele von ihnen bereit wären, heute über das Erlebnis zu reden und sich an die Folgen erinnern, die es nach sich zog.

Die große Revolution auf Pitcairn

Ich will des Lesers Erinnerung ein wenig auffrischen! Vor etwa hundert Jahren meuterte die Mannschaft des britischen Schiffes *Bounty,* setzte den Kapitän und die Offiziere auf der offenen See aus, bemächtigte sich des Schiffes und segelte südwärts. Von den Eingeborenen auf Tahiti verschaffte sie sich Weiber, dann steuerte sie auf einen einsamen Felsen mitten im Stillen Ozean zu, der die Pitcairninsel genannt wird; dort schlug sie das Schiff zu Trümmern, nahm alles Nutzbare davon und siedelte sich am Ufer an.

Pitcairn liegt so abseits der Wasserstraße, daß oft Jahre vergehen, ehe dort ein Schiff sichtbar wird. Sie galt stets für eine unbewohnte Insel, so daß im Jahre 1808, als ein Schiff letztlich dort Anker warf, der Kapitän nicht wenig erstaunt war, diese Stelle bevölkert zu finden. Obgleich die Meuterer miteinander in Streit geraten waren und sich allmählich bis auf zwei oder drei gegenseitig töteten, geschah dies doch erst, als eine Anzahl Kinder bereits geboren worden war. So hatte dann im Jahre 1808 die Insel eine Bevölkerungszahl von siebenundzwanzig Personen. John Adams, der Hauptmeuterer, gehörte zu den Überlebenden und er lebte noch manches Jahr als Leiter und Patriarch der Gemeinde. Aus dem Meuterer und Mörder war ein frommer Christ und Prediger geworden, und sein Völkchen von siebenundzwanzig Köpfen war jetzt das frömmste und reinste der Christenheit. Adams hatte vor langer Zeit schon die britische Fahne gehißt und seine Insel als Teil der britischen Krone erklärt.

Heute zählt die Bevölkerung neunzig Seelen: sechzehn

Männer, neunzehn Frauen, fünfundzwanzig Knaben und dreißig Mädchen, alle Abkömmlinge der Meuterer, alle deren Familiennamen führend, alle englisch, nur englisch sprechend. Die Insel ragt hoch und steil über die See empor. Sie ist etwa dreiviertel englische Meilen lang und stellenweise eine halbe Meile breit. Der nutzbare Boden ist den einzelnen Familien zugeteilt, gemäß einer vor Jahren getroffenen Bestimmung. Es gibt da auch einige Tiere: Ziegen, Schweine, Hühner, Katzen, aber keine Hunde und auch kein größeres Vieh. Die einzige Kirche dient auch als Rathaus, Schule und öffentliche Lesehalle. Durch zwei oder drei Generationen hindurch war der Titel des Gouverneurs: ›Magistrat und Oberster Leiter, untergeordnet Ihrer Majestät der Königin von Großbritannien‹. Sein Amt war, Gesetze zu geben und auch auszuführen; es wurde gewählt, jede Person, die das sechzehnte Jahr überschritten hatte, war stimmfähig, welchem Geschlecht sie auch angehören mochte.

Die Beschäftigung der Bevölkerung bestand aus Bodenbau und Fischerei; ihre einzige Erholung war der Gottesdienst. Sie hatten weder Geschäfte noch Geld. Tracht und Lebensweise war primitiv, die Gesetze kindlich einfach. Sie lebten in tiefer Stille, fern der Welt mit ihrem Streben und Sorgen, unbewußt und unbekümmert dessen, was in den mächtigen Reichen vorgehe, die weit von ihrem Ozean liegen.

Einmal in drei oder vier Jahren berührte ein Schiff ihre Küste, versah sie mit allen Nachrichten von blutigen Kriegen, verheerenden Epidemien, gestürzten Königen, zertrümmerten Dynastien; dann tauschte es von ihnen für etwas Seife und einige andere Dinge Lebensmittel ein und segelte fort, die Bewohner ihren friedlichen Träumen und ihrem frommen Tun überlassend.

Am 8. September vorigen Jahres besuchte Admiral de Horsey, Oberkommandant der britischen Flotte im Stillen Ozean, die Pitcairninsel und äußerte sich dann in seinem amtlichen Bericht an die Admiralität folgendermaßen: »Sie haben Bohnen, Rüben, Kohl, etwas Mais, Ananas, Feigen, Orangen, Zitronen und Kokosnüsse. Kleider erhalten sie von landenden Schiffen im Tausch für Lebensmittel. Es gibt keine Quellen auf der Insel; doch regnet es einmal im Monat, so daß sie genug Wasser haben, obgleich es in früheren Jahren zuweilen vorkam, daß sie an Dürre zu leiden hatten. Alkoholische Getränke werden nicht verwendet, außer für Heilzwecke, und ein Betrunkener ist da ein unbekanntes Wesen.

Die von den Inselbewohnern benötigten Gegenstände lassen sich am besten durch ihren Tausch erkennen. Es sind dies Flanell, Seide, Stoff, Halbschuhe, Kämme, Tabak und Seife. Auch mangelt es ihnen fühlbar an Landkarten und Schiefertafeln für die Schule; ferner sind ihnen Werkzeuge aller Art willkommen. Ich ließ ihnen von den Vorräten eine Flagge geben zum Hissen bei der Ankunft von Schiffen, und eine Säge, was wohl die Billigung Eurer Lordschaft erhalten wird. Wenn die freigebige Bevölkerung Englands von dem Mangel dieser kleinen entlegenen Kolonie Kenntnis erhält, so dürfte diese nicht lange ohne Unterstützung bleiben ...

Der Gottesdienst wird jeden Sonntag um zehn Uhr dreißig Minuten vormittags und drei Uhr nachmittags abgehalten in dem Gebäude, das John Adams für diesen Zweck erbaut hat und wo er bis zu seinem 1829 erfolgten Tod amtete. Die Andacht wird auch genau nach der Liturgie der anglikanischen Kirche von Mister Simon Young abgehalten, ihrem erwählten und hochgeschätzten Pastor. Jeden Mittwoch findet eine Bibelstunde statt, welcher alle nach Belieben beiwohnen können. Auch wird am ersten Freitag eines jeden Monats eine allgemeine Betversammlung abgehalten. In der Familie ist das Gebet morgens das erste und abends das letzte; keine Mahlzeit wird genommen, ohne Gottes Segen vorher und nachher zu erflehen. Vor dem religiösen Gefühl dieser Insulaner muß jeder seine Hochachtung bekunden. Ein Volk, dessen größtes Vergnügen, dessen größte Annehmlichkeiten im Beten zu Gott liegt und das frei von den Lastern anderer Gemeinden ist: so ein Volk braucht keine Priester ...«

Nun aber komme ich zu einem Satze in dem Bericht des Admirals, den dieser wahrscheinlich unbekümmert aus seiner Feder gab, der ihm sicherlich keinen Anlaß bot, sich irgendwelche Nachgedanken zu machen. Er dürfte sich kaum vorgestellt haben, welche Fülle tragischer Prophezeiung er damit zum Ausdruck brachte. Dieser Satz lautete: »Ein Fremder, ein Amerikaner, ist auf der Insel angelangt, eine zweifelhafte Errungenschaft.«

Eine zweifelhafte Errungenschaft, in der Tat! Kapitän Ormsby von dem amerikanischen Schiff *Hornet* berührte etwa vier Monate nach des Admirals Besuch diese Insel, und die Tatsachen, die er hier zu erfahren Gelegenheit hatte, besagen uns alles über diesen Amerikaner. Versuchen wir diese in geschichtlicher Form wiederzugeben: Der Name des Amerikaners war Butterworth Stavely. Sobald er mit allen Insulanern bekannt war – dazu brauchte er natürlich nur wenige Tage – begann er alle seine Künste anzuwenden, um sich bei ihnen einzuschmeicheln. Er wurde auch außerordentlich populär und angesehen. Vor allem gab er seine weltliche Lebensweise auf und ergab sich völlig der Religiosität. Er las die Bibel, betete, sang Psalmen, oder erflehte sonstwie des Himmels Gnade. Keiner kam ihm da gleich, keiner konnte so ausdauernd und so eindringlich beten.

Als er dann die Zeit für gekommen erachtet hatte, begann er die Saat der Unzufriedenheit unter dem Völklein auszustreuen. Es war von Beginn an sein wohlüberlegter Plan, die Regierung zu stürzen, aber natürlich schwieg er anfangs davon. Dazu gebrauchte er bei den verschiedenen Personen verschiedene Mittelchen. Hier erweckte er Unzufriedenheit, indem er auf die Kürze des Sonntagsgottesdienstes aufmerksam machte; er meinte, es müßten drei Stunden statt zwei sein. Einige hegten schon früher diese Meinung und nun verbanden sie sich, um die Sache durchzusetzen. Den Frauen wieder erklärte er, sie kämen bei den Betversammlungen nicht genügend zur Geltung, und so bildete sich eine zweite Partei. Nichts ließ er unbeachtet. Selbst zu den Kindern stieg er hinab und erweckte Unzufriedenheit in ihren Herzen, weil sie – wie er herausfand – nicht genügend Sonntagsschule hätten. So war die dritte Partei geschaffen.

Als Oberhaupt all dieser Parteien hielt er sich nun für den Mächtigsten der Gemeinde. Jetzt glaubte er einen Schritt mehr wagen zu dürfen, und das war nichts weniger als eine Anklage gegen das Oberhaupt James Russel Nickoy, einen Mann von Charakter, Fähigkeiten und einem stattlichen Vermögen. Er besaß ein Haus, das einen Salon enthielt, ziemlich viel guten Boden und ein Walfischboot, das einzige der Insel. Unglücklicherweise kam auch diese Anklage zur rechten Zeit. Eines der ältesten und trefflichsten Gesetze der Insel war das Gesetz über das Hausrecht. Es wurde hoch in Ehren gehalten und als Schutz der Volksfreiheit betrachtet. Da geschah es nun, daß vor dreißig Jahren eine wichtige Angelegenheit dieser Art vor den Richter kam. Ein Huhn, das der Elisabeth Young gehörte (diese war damals achtundfünfzig Jahre alt, eine Tochter John Mills, einer der Meuterer der *Bounty*), kam an einem Donnerstag im Oktober auf den Grund und Boden des Christian (dieser, neunundzwanzig Jahre alt, war ein Enkel des Fletcher Christian, eines der Meuterer), und dieser tötete das Huhn. Nach dem Gesetz durfte Christian das tote Huhn für sich behalten, oder er konnte auch, wenn er es vorzog, dieses dem Eigentümer zurückgeben und dagegen eine ›Buße‹ beanspruchen, entsprechend dem Schaden, den das Huhn bei ihm angerichtet hatte. Das Gericht protokollierte, daß ›der genannte Christian das tote Huhn an die genannte Elisabeth Young ausliefern will und für den verursachten Schaden ein Scheffel Jamskraut beansprucht‹. Doch Elisabeth Young hielt diese Forderung für zu hoch und da keine Einigung zu erzielen war, wurde die Angelegenheit von Christian zur richterlichen Entscheidung gebracht. Er verlor da seine Sache insofern, als ihm nur die Hälfte des geforderten Jamskrautes zugesprochen wurde. Er appellierte. Die Angelegenheit schleppte sich in verschiedenen Instanzen jahrelang fort, wobei das erste Urteil stets verringert wurde. Endlich kam sie vor den obersten Gerichtshof, wo sie zwanzig Jahre lang unerledigt blieb. Endlich aber traf im vergangenen Sommer dieser Gerichtshof seine Entscheidung, indem er es bei dem ersten Urteil beließ. Aber Stavely, der auch anwesend war, flüsterte ihm zu, er möge darauf bestehen, daß ›nur der Form wegen‹ das betreffende Gesetz vorgezeigt werde, um zu erhärten, daß es wirklich existiere. Das schien zwar eine wunderliche Idee, aber dabei auch eine sehr klug erdachte. Ein Bote wurde nach dem Magistratshause abgesandt; kam aber bald mit der Meldung zurück, dieses Gesetz sei aus dem Archiv verschwunden.

Der Gerichtshof erklärte nun sein letztes Urteil als ungültig, weil es sich auf ein Gesetz stützte, das nicht vorhanden war.

Eine große Aufregung entstand. Über die ganze Insel hin verbreitete sich die Neuigkeit, daß der Schutz der Freiheit verlorengegangen sei; es hieß, daß es verräterisch vernichtet wurde. Im Verlauf einer halben Stunde hatte sich das ganze Völkchen im Gerichtssaal, das heißt in der Kirche versammelt. Auf Stavelys Rat hin wurde die Anklage gegen das

Oberhaupt der Gemeinde erhoben. Dieser trat dem Mißgeschick mit der ganzen Würde seines Amtes entgegen. Er stritt nicht, er gab keine Erörterungen zu Gehör, sondern erklärte ganz einfach, er habe mit der vermißten Gesetzniederschrift nichts zu tun gehabt, er habe das Staatsarchiv in derselben Kerzenkiste gelassen, in der es sich von Anfang an befand, kurz, er sei unschuldig an dem Verlust oder an der Vernichtung des Dokumentes.

Doch das half ihm nichts. Er wurde des Verrates schuldig erklärt und seines Amtes enthoben; auch wurden alle seine Güter beschlagnahmt.

Am törichtsten bei dieser beschämenden Angelegenheit war noch die Begründung, die seine Feinde für sein Vergehen vorbrachten: er habe, sagten sie, das Schriftstück zugunsten Christians vernichtet, weil dieser sein Vetter sei. In der ganzen Kolonie war eben Stavely der einzige, der nicht sein Vetter war. Der Leser möge sich freundlichst erinnern, daß alle diese Leute die Nachkommen eines halben Dutzend Männer waren; daß die ersten Kinder untereinander heirateten, ebenso die nachfolgenden, so daß heute alle blutsverwandt miteinander sind. Überhaupt sind dort die Verwandtschaftsverhältnisse gar wunderlich und eigenartig. So sprach zum Beispiel ein Fremder zu einem Insulaner: »Sie sprechen von der jungen Frau als sei sie Ihre Base; vor einer Weile haben Sie sie noch Ihre Tante genannt.«

»Ganz recht! Sie ist meine Tante und auch meine Base; auch meine Stiefschwester, meine Nichte, meine Base im vierten, dreiunddreißigsten und zweiundvierzigsten Grade, meine Großtante, meine verwitwete Schwägerin und nächste Woche wird sie auch noch mein Weib.«

Der Vorwurf des Nepotismus, der gegen den Führer gerichtet wurde, war daher hinfällig. Doch einerlei, ob richtig oder unrichtig – Stavely wurde sein Nachfolger. Erneuerungen aus allen Poren schwitzend, ging er nun ans Werk. In kurzer Zeit hatte die Betwut alle erfaßt. Das zweite Frühgebet am Sonntag, das sonst etwa eine halbe Stunde währte und wobei das Heil der Welt, dann das der Nation und schließlich das des eigenen Stammes erfleht wurde, erhielt eine Ausdehnung auf anderthalb Stunden und schloß Bitten für alle möglichen Völker der Welt in sich. Jedermann war davon entzückt, jedermann meinte: »Ja, das ist etwas Rechtes!« Ferner wurde die übliche dreistündige Predigt verdoppelt. Das Völkchen versammelte sich, um dem neuen Führer seinen Dank zu bekunden. Das alte Gesetz, das das Kochen am Sonntag verbot, wurde dahin erweitert, daß auch das Essen verboten wurde; ferner wurde die Sonntagsschule auch auf die Woche ausgedehnt. Die Freude aller kannte keine Grenzen mehr. In kurzer Zeit war der neue Führer der Abgott des Völkchens geworden. Jetzt fand dieser Mann die Zeit gekommen, den nächsten Schritt vorzunehmen. Er begann, anfangs sehr vorsichtig, die öffentliche Meinung gegen England aufzuhetzen. Er nahm die vornehmsten Bürger beiseite, einen nach dem andern, und plauderte mit ihnen von der Sache. Bald wurde er kühner und lauter. Er sprach, das Volk sei es sich selbst schuldig, seiner Ehre, seinen großen Traditionen, sich machtvoll zu erheben und ›das drückende englische Joch‹ abzuschütteln.

Doch die einfachen Insulaner antworteten: »Wir haben keinen Druck verspürt. Was sollte da drücken? England schickt alle drei oder vier Jahre ein Schiff her, das uns Seife und Kleidungsstücke bringt und noch andere Dinge, die wir nötig brauchen und dankend entgegennehmen. Aber es belästigt uns nicht, es läßt uns unserer Wege gehen.«

»Es läßt euch eurer Wege gehen? So haben Sklaven jederzeit gefühlt und gesprochen! Diese Worte bezeugen, wie tief ihr gesunken, wie erniedrigt, wie vertiert ihr unter dieser qualvollen Tyrannei seid. Ist aller Mannesstolz in euch gestorben? Gilt euch die Freiheit nichts? Genügt es euch, nur das Anhängsel einer fremden, hassenswerten Herrschaft zu sein? Ihr könnt euch doch erheben, um den rechtmäßigen Platz in der erhabenen Völkerfamilie einzunehmen! Groß, frei, erleuchtet, unabhängig, nicht als Günstling eines Zepterträgers, sondern als Richter des eigenen Geschickes, als eine Stimme, eine Macht bei den Bestimmungen eurer geschwisterlichen Beherrscher der Welt.«

Derartige Reden wirkten allmählich. Die Bürger begannen das englische Joch zu fühlen. Sie wußten zwar nicht genau, wie und wo sie es fühlten, waren aber vollkommen überzeugt, daß sie es fühlten. Sie begannen zu murren, unter dem Druck der Fessel zu seufzen und sich nach Erlösung zu sehnen. Sie haßten die englische Flagge, das Symbol ihrer nationalen Erniedrigung; sie blickten nicht mehr nach ihr, wenn sie am Rathaus vorübergingen, sondern schlugen die Augen nieder und knirschten mit den Zähnen. Eines Morgens wurde sie sogar neben dem Stock, auf dem sie gehißt war, in den Kot getreten gefunden, und keine Hand rührte sich, sie aufzuheben. Und es geschah nun, was früher oder später geschehen mußte: einige der angesehensten Bürger wandten sich an den Führer mit der Frage: »Wir können diese verhaßte Tyrannei nicht mehr länger ertragen, wie schütteln wir sie ab?«

»Durch einen Staatsstreich.«

»Wie?«

»Durch einen Staatsstreich. Das heißt jeder bereitet sich vor, und im geeigneten Moment erkläre ich, als rechtlich gewähltes Oberhaupt des Volkes, dessen Unabhängigkeit und entbinde es von dem Eid der Treue, den es irgendeiner fremden Macht geleistet hat.«

»Das klingt einfach und leicht. Wir wollen das tun. Aber was soll nachher geschehen?«

»Dann werden alle Verteidigungsmaßregeln getroffen, das Kriegsgesetz bekanntgegeben, Armee und Marine auf den Kriegsfuß gestellt und das unabhängige Kaiserreich bekanntgegeben.«

Dieses kühne Programm behagte den naiven Insulanern und sie sprachen: »Das ist groß, das ist prächtig! Aber wird nicht England Widerstand leisten?«

»Möge es. Dieser Fels ist ein Gibraltar.«

»Richtig. Aber das Kaiserreich? Wir brauchen kein Kaiserreich und keinen Kaiser.«

»Was ihr braucht, meine Freunde, ist Einigkeit. Blickt auf Deutschland, auf Italien! Sie sind geeinigt. Einigkeit ist alles. Sie macht das Leben erst wert, sie macht den Fortschritt. Wir müssen eine Armee und eine Marine haben. Natürlich werden auch Steuern eingeführt. All dies zusammengenommen, ergibt die Größe. Einigkeit und Größe – was braucht ihr noch mehr! Wahrlich, nur das Kaisertum kann euch diese Gnaden spenden.«

So wurde denn am 8. Dezember die Pitcairninsel als freier, unabhängiger Staat proklamiert. Und an demselben Tage fand auch die Krönung von Butterworth I. als Kaiser der Pitcairninsel unter großer Freude und Festlichkeiten statt. Das ganze Volk – mit Ausnahme von vierzehn Personen, meistens kleine Kinder – defilierte mit Fahnen und Musik um den Thron. Die Begeisterung war schrankenlos.

Jetzt begannen die kaiserlichen Reformen. Ein Adel wurde eingesetzt; ein Marineminister ernannt und das Walfischboot repariert; ein Kriegsminister wurde mit der Errichtung einer stehenden Armee betraut. Ein Schatzkanzler wurde bestimmt und ihm aufgetragen, einen Steuerentwurf zu machen, sowie mit fremden Mächten Verhandlungen über Handelsverträge und Bündnisse zu eröffnen. Weiter wurden Generäle, Admirale, Kämmerer, ein Hofmarschall und noch andere Amtspersonen ernannt.

Somit war aber das ganze Menschenmaterial aufgebraucht. Der Großherzog von Galili, Kriegsminister, beklagte sich, daß alle sechzehn erwachsenen Männer des Reiches Stabsoffiziere geworden waren, und somit das stehende Heer nicht vorhanden sei. Der Marquis von Ararat, Marineminister, hatte eine ähnliche Klage. Er meinte, er wolle das Boot schon selbst steuern, doch müsse er jemand zum Rudern haben.

Der Kaiser tat das beste, was er unter diesen Umständen tun konnte: er nahm alle Knaben, die über zehn Jahre alt waren, ihren Müttern weg und steckte sie in die Armee. Das ergab ein Korps von siebzehn ›Mann‹, kommandiert von einem Generalleutnant und zwei Generalmajoren. Solches gefiel wohl dem Kriegsminister, rief aber dagegen die Feindseligkeit aller Mütter im Lande hervor. Sie sagten, ihre Kinder würden auf den Schlachtfeldern ihre blutigen Gräber finden und er wäre dafür verantwortlich. Andere erbitterte und bekümmerte Frauen lauerten sogar dem Kaiser auf und bewarfen ihn, ungeachtet seiner Leibgarde, mit Jamskraut.

Bei dem spärlichen Menschenmaterial war es nötig geworden, von dem Generalpostmeister Herzog von Bethany zu verlangen, in der Marine Ruderdienste zu verrichten, dasselbe von einem Vornehmen minderen Ranges, dem Oberrichter Viscount Canaan. Dies gab dem Herzog Anlaß zur lauten Unzufriedenheit und machte ihn zu einem heimlichen Verschwörer.

Doch die Dinge kamen noch viel schlimmer. Eines Tages hatte nämlich der Kaiser Nancy Peters in den Peerstand erhoben. Am nächsten Tage heiratete er sie, trotzdem ihm das Kabinett die Ehe mit Ermeline, der ältesten Tochter des Erzbischofs von Bethlehem, aus Staatsrücksichten empfohlen hatte. Diese Sache verursachte nun die Unzufriedenheit einer mächtigen Partei: der Kirche. Die neue Kaiserin verschaffte sich den Beistand und die Freundschaft von zwei Dritteln der sechsunddreißig erwachsenen Frauenzimmer, indem sie sie zu Hofdamen erwählte, was ihr jedoch die Todfeindschaft der restlichen zwölf brachte. Die Familien der Hofdamen begannen bald zu rebellieren, weil diese den Haushalt im Stich ließen. Die zwölf verschmähten Frauen wiesen den angebotenen Küchendienst bei Hofe zurück, so daß die Kaiserin von der Gräfin von Jericho und anderen hohen Damen vom Hofe forderte, sie möchten Wasser herbeibringen, fegen und sonstige Hausdienste verrichten, was auch hier viel böses Blut machte.

Alle aber beklagten sich, daß die Steuern, die zur Erhaltung der Armee, der Marine und der sonstigen kaiserlichen Einrichtungen erhoben wurden, unerträglich drückend wären und die Nation an den Bettelstab brächten. Sie wurden nicht befriedigt von des Kaisers Antwort: »Seht auf Deutschland, auf Italien! Seid ihr besser als die? Und habt ihr nicht eure Selbständigkeit?«

Sie antworteten: »Die Selbständigkeit kann man nicht essen, und wir sind ausgehungert. Der Acker liegt brach. Jedermann dient im Heer, in der Marine, in öffentlichen Staatsdiensten, jedermann geht in Uniform daher, ohne etwas zu tun. Wir haben nichts zu essen und keiner bestellt das Feld.«

»Schaut auf Deutschland, schaut auf Italien! Dort findet ihr dasselbe. So ist einmal die Selbständigkeit und es gibt kein anderes Mittel für sie. Auf anderem Wege ist sie nicht zu erlangen«, erwiderte der Kaiser.

Doch die Murrenden antworteten immer wieder: »Wir können die Steuern nicht bezahlen. Wir können das nicht!«

Dazu kam noch, daß das Kabinett eine Nationalanleihe

von fünfundvierzig Dollar vorschlug, einen halben Dollar für jeden Kopf. Es hatte gehört, daß dergleichen bei solchen Verlegenheiten üblich sei. Ferner schlug es Export- und Importabgaben vor, endlich auch die Herausgabe von Staatsschuldscheinen und Papiergeld, zahlbar innert fünfzig Jahren in Jams- und Kohlköpfen. Die Regierung meinte, Armee, Marine, die ganze Staatsmaschine sei der Gefahr ausgesetzt, ins Stocken zu geraten, und wenn nicht etwas getan würde, und zwar sofort, so sei der Staatsbankrott unvermeidlich, ebenso der Aufstand, die Revolution. Der Kaiser beschloß nun eine Maßregel zu treffen, wie sie bisher auf der Pitcairninsel noch nicht vorgekommen war. Im Staatskleid, von der Armee begleitet, ging er am Sonntagmorgen zur Kirche und befahl dem Schatzmeister eine Geldkollekte vorzunehmen.

Das war der Tropfen, der den Eimer zum Überlaufen brachte. Es erhoben sich einige Bürger, die diese unerhörte Plünderung abwiesen. Doch jeder Abweisung folgte sofort die Beschlagnahmung des Vermögens des Unzufriedenen. Diese Strenge schüchterte die Mißvergnügten ein und die Kollekte wurde unter einem düsteren Schweigen fortgesetzt. Als sich der Kaiser mit seinen Truppen zurückzog, rief er den Leuten zu: »Ich will euch lehren, wer hier der Herr ist!« Einige Personen riefen zurück: »Nieder mit der Selbständigkeit!« Sie wurden sofort verhaftet und von den Soldaten abgeführt.

Doch gleichzeitig, als ob es ein Prophet verkündet hätte, zeigte sich der Sozialdemokrat. Als der Kaiser neben der Kirche seinen vergoldeten Schiebkarren bestieg, warf der Sozialdemokrat seine Harpune fünfzehn- oder sechzehnmal gegen ihn, aber das mit einer so eigenartigen sozialdemokratischen Ungeschicklichkeit, daß er stets sein Ziel verfehlte.

Noch in derselben Nacht kam die Empörung zum Ausbruch. Das Volk erhob sich wie ein Mann, obwohl neunundvierzig der Revolutionäre dem andern Geschlechte angehörten. Die Infanterie warf ihre Heugabeln fort, die Artillerie ihre Kokosnüsse; die Marine revoltierte; der Kaiser wurde in seinem Palast gefangen genommen und an Händen und Füßen gefesselt. Er sprach: »Ich befreite euch von der drückenden Tyrannei, ich erhob euch aus eurer Erniedrigung und machte euch zu einem Volk zwischen Völkern; ich gab euch eine starke, feste, zentralisierte Regierung; ich gab euch die beste aller Gaben: die Selbständigkeit. Das alles habe ich getan und mein Lohn ist Haß, Schmähung und diese Fessel. Nehmt mich hin, macht mit mir was ihr wollt. Ich lege hiermit meine Krone und alle meine Würden nieder. Gerne entledige ich mich dieser überschweren Bürde. Um euretwillen nahm ich sie auf, um euretwillen lege ich sie nieder. Der kaiserliche Schmuck ist dahin, nun zerstört und besudelt die nutzlos gewordene Ordnung.«

Einstimmig verurteilte das Volk den Exkaiser und den Sozialdemokraten zu lebenslänglichem Ausschluß von der Kirchengemeinschaft oder zu lebenslänglicher Zwangsarbeit als Galeerensklaven auf dem Walboot. Am nächsten Tage versammelte sich das Volk wieder und hißte die britische Flagge, setzte die britische Tyrannei wieder ein, reduzierte die Edelleute wieder auf ihren früheren Stand. Dann wandte es seine Aufmerksamkeit sofort den verwüsteten und vernachlässigten Feldern zu, der Herstellung der alten nützlichen Gewerbe und der alten tröstlichen Frömmigkeit. Der Exkaiser gab das vermißte Hausrechtgesetz heraus mit dem Bemerken, er habe es gestohlen, nicht um jemand zu beleidigen, sondern um seine politischen Absichten zu fördern. Der alte Führer erhielt nun wieder sein Amt und sein eingezogenes Vermögen.

Nach reiflichem Ermessen wählten der Exkaiser und der

Sozialdemokrat lebenslänglichen Ausschluß von der Kirchengemeinschaft statt lebenslängliche Zwangsarbeit auf der Galeere ›mit Zulassung zum Gottesdienst‹, wie es bezeichnet wurde. Das Völkchen glaubte daher, die armen Teufel hätten den Verstand verloren und beschloß, sie vorläufig hinter Schloß und Riegel zu setzen. So geschah es auch.

Das ist die Geschichte von Pitcairns ›zweifelhafter Errungenschaft‹.

Die Geschichte vom guten kleinen Jungen

Es war einmal ein guter kleiner Junge namens Jacob Blivens. Er gehorchte stets seinen Eltern, so töricht und unvernünftig auch ihre Befehle waren. Er lernte immer seine Aufgaben und kam nie zu spät in die Sonntagsschule. Er schwänzte nie die Schule, selbst dann nicht, wenn ihm die klare Vernunft sagte, daß es das beste wäre, was er tun könnte. Er benahm sich so sonderbar, daß keiner der andern Knaben ihn begreifen konnte. Er log niemals, wie bequem es gerade auch sein mochte, denn er sagte sich, es sei unrecht zu lügen, und das genügte ihm. Seine Rechtschaffenheit war einfach lächerlich. Sein seltsames Tun übertraf alles, was bisher dagewesen. Er hatte am Sonntag nie Murmel gespielt, er hatte nie Vogelnester ausgehoben, dem Affen des Drehorgelspielers hatte er nie einen heißgemachten Penny gereicht. Er schien an gar keiner Art rationellen Vergnügens Interesse zu haben. Die andern Jungen versuchten der Sache auf den Grund zu kommen und ihn zu verstehen, ohne jedoch dabei zu einem befriedigenden Schluß zu kommen. Sie hielten ihn gewissermaßen für ›leidend‹, nahmen ihn in Schutz und gestatteten nicht, daß ihm eine Unbill zugefügt wurde.

Dieser gute kleine Junge las alle Sonntagsschulbücher. Sie machten ihm die größte Freude, und das war das ganze Geheimnis seines Wesens. Er glaubte an die guten kleinen Jungen, wie sie in Sonntagsschulbüchern zu finden sind, und in sie setzte er sein ganzes Vertrauen. Er sehnte sich danach, einmal im Leben einem solchen Knaben zu begegnen, was aber nie geschah. Vielleicht sind sie alle vor seiner Zeit gestorben. So oft er von einem besonders guten Jungen las, blätterte er rasch nach dem Ende, um zu sehen, was aus ihm geworden sei, denn er trug das Verlangen, tausend Meilen weit zu reisen, um ihn zu sehen. Indessen war das vergeblich, denn dieser gute kleine Junge starb stets im letzten Kapitel und es gab da eine Abbildung des Begräbnisses, mit allen Verwandten. Die Sonntagsschulkinder standen rund um das Grab, in Hosen, die zu kurz, und Mützen, die zu groß waren, jeder in sein Taschentuch schluchzend, das nicht weniger als anderthalb Ellen maß. Derart wurde er immer enttäuscht. Er vermochte niemals einen dieser guten kleinen Jungen zu sehen, weil diese jeweils im letzten Kapitel starben.

Jacob hegte den edlen Ehrgeiz, in einem Sonntagsschulbuch geschildert zu werden. Er wollte darin stehen, mit Illustrationen, die seine löbliche Abneigung, die Mutter zu belügen, und wie sie darob vor Freude weint, darstellen. Bilder, die zeigen, wie er an der Schwelle steht und einem armen Bettelweib mit sechs Kindern einen Penny reicht, dabei bemerkend, sie möge großzügig, aber nicht verschwenderisch damit umgehen, denn Verschwendung sei Sünde. Bilder auch, die seine Großmut bekunden, wie er sich weigert, den bösen Jungen zu nennen, der ihm stets beim Heimweg von der Schule an der Straßenecke auflauert, mit dem Lineal nach ihm schlägt und ihm ein höhnisches ›Hi! Hi!‹ nachruft, wenn er ängstlich nach Hause rennt. Das war der Ehrgeiz des jungen Jacob Blivens. Er wollte ins Sonntagsschulbuch kommen. Allerdings empfand er zuweilen ein kleines Unbehagen, wenn er bedachte, daß die guten kleinen Jungen immer starben. Er liebte nämlich das Leben und das war für einen Sonntagsschulbuchknaben der unpassendste Zug. Er wußte, gut sein war nicht gesund. Er wußte, daß so übernatürlich gut sein, wie es die Knaben in den Büchern sind, ärger als die Schwindsucht war. Er wußte, daß bisher keiner dieser Jungen lange leben durfte, und der Gedanke schmerzte ihn, daß er das Buch nicht sehen werde, wenn er einmal darin geschildert würde, oder daß das Buch nicht beliebt werden könnte, wenn es vor seinem Tode noch erschiene und demnach am Schluß nicht das Bild von seinem Begräbnis brächte. Ein Sonntagsschulbuch, das nichts von den Ratschlägen zu sagen wußte, die er den Versammelten im Sterben gab, konnte nicht viel taugen. So mußte er sich natürlich am Ende die Sache so zurechtlegen, wie es unter diesen Umständen am besten war. Recht leben, so lang es eben geht, und seine letzten Worte bereithalten, wenn die Zeit gekommen wäre.

Indessen wollte dem guten kleinen Jungen nichts gelingen, nichts wollte sich so ereignen wie mit den guten kleinen Jungen in den Büchern. In den Büchern nahm für sie die Sache stets eine gute Wendung und die bösen Jungen brachen das Bein; hier aber mußte irgendwo eine Schraube locker geworden sein, denn alles verwandelte sich in das Gegenteil. Als er sah, wie Jim Blake Äpfel stahl, trat er an den Baum heran, um dem Missetäter die Geschichte von dem bösen Jungen zu erzählen, der von des Nachbars Apfelbaum herunterfiel und sich den Arm brach. Jim fiel auch tatsächlich herunter, aber er fiel auf *Jacob* und brach *ihm* den Arm, ohne daß er sich selber irgendwie weh getan hätte. Jacob konnte das nicht begreifen. So etwas war in den Büchern nicht zu finden.

Als eines Tages einige böse Jungen einen Blinden in den Morast hineingeführt hatten und Jacob herbeieilte, um ihm zu helfen, um dann dafür gesegnet zu werden, bekam er von dem Blinden keineswegs den Segen, sondern jener schlug ihm mit seinem Stock auf den Kopf und meinte, wenn er ihn packen könnte, wollte er ihn niederschlagen, um ihm seinerseits Hilfe anzubieten. Nichts dergleichen stand in den Büchern!

Was sich Jacob sehnlichst wünschte, war, einen lahmen Hund zu finden, der keine Ruhestätte hatte, hungrig und verfolgt war, damit er ihn heimbringe, pflege und sich des Hundes unvergänglicher Dankbarkeit erfreue. Endlich fand er einen und war glücklich. Er brachte ihn nach Hause, fütterte ihn, doch als er ihm schmeicheln wollte, sprang der Hund auf ihn los, riß ihm die Kleider vom Leibe und vollführte einen Höllenlärm. Er befragte die Bücher in dieser Angelegenheit, ohne jedoch Klarheit zu gewinnen. Der Hund war von derselben Rasse wie der Hund im Buche und zeigte sich doch ganz anders. Was immer dieser Junge anstellte, brachte ihm Schwierigkeiten. Dieselben Angelegenheiten, die den Jungen in den Büchern Belohnung bringen, wurden für ihn die unlohnendsten, die man sich nur denken kann.

Als er einst zur Sonntagsschule ging, sah er ein paar böse Buben, die vergnügt in einem Segelboot losfuhren. Er wurde ganz ängstlich, denn vom Lesen her war ihm bekannt, daß Knaben, die sonntags Boot fahren, unabänderlich ertrinken. So lief er denn eilends hinunter, um sie zu warnen, wobei es geschah, daß er selbst in den Fluß fiel. Ein Mann zog ihn noch rechtzeitig heraus, der Arzt pumpte das Wasser aus ihm und brachte ihn zu neuem Leben, aber er wurde dann fieberkrank und lag neun Wochen im Bett. Aber das Seltsamste war, daß es den bösen Buben im Boot ganz gut erging, sie sich vergnügten und merkwürdigerweise heil und munter nach Hause kamen. Jacob Blivens meinte, nichts dergleichen stände in den Büchern. Er war ganz verwirrt.

Nach seiner Genesung war er ein wenig entmutigt, aber er beschloß auszuharren. Er wußte wohl, daß seine Erfahrungen nicht für ein Buch geeignet waren, aber er hatte noch nicht die für gute kleine Jungen festgestellten Lebensbedingungen erreicht und er hoffte, mit Ausdauer bis zum Ende seiner Tage noch dahin zu gelangen. Und wenn alles fehlschlüge, so bliebe ihm doch noch die Rede auf dem Sterbebette übrig.

Er suchte Rat bei seinen Wegweisern und fand, es sei nun Zeit, als Schiffsjunge zur See zu gehen. Er suchte einen Schiffskapitän auf, um seine Dienste anzubieten. Als der Kapitän nach seinen Empfehlungen fragte, zog er stolz ein Büchlein aus der Tasche und wies auf die Widmung hin: ›Jacob Blivens herzlich zugeeignet von seinem Lehrer.‹ Doch der Kapitän war ein gewöhnlicher, ungebildeter Mensch und meinte: »Ach, darauf pfeif ich. Das ist noch lange kein Beweis, daß du Tische abwaschen und mit einem Abfalleimer umgehen kannst. Ich brauche dich nicht.« Das war das Seltsamste, das Jacob in seinem Leben vorgekommen war. Eine freundliche Buchwidmung vom Lehrer hat nie verfehlt, auf Schiffskapitäne den rührendsten Eindruck zu machen und den Weg zu allen Würden und Vorteilen zu öffnen, welche sie zu vergeben hatten – niemals in allen Schriften, die ihm zu Gesicht gekommen waren. Er traute kaum seinen Sinnen.

Dem Jungen ging es gar schlecht. Nichts kam so, wie es nach seinen Lehrbüchern hätte kommen müssen. Schließlich, als er eines Tages umherstreifte, um böse Jungen zum Guten zu ermahnen, fand er in einer alten Eisenhütte ein Dutzend Kerle, die sich damit vergnügten, zehn oder fünfzehn Hunde zusammenzubinden und ihre Schwänze mit leeren Nitroglyzerinkanistern zu schmücken. Jacobs Herz war bewegt. Er setzte sich auf eine dieser Kannen – er scheute ihren fettigen Inhalt nicht, wenn es um die Pflicht ging – faßte den vordersten Hund beim Kragen und blickte streng auf den bösen Tom Jones. In diesem Augenblick aber lief zornentbrannt der Ratsherr McWelter herbei. Die bösen Jungen machten sich aus dem Staub. Jacob Blivens aber, seiner Unschuld bewußt, erhob sich und begann eine jener bekannten Sonntagsschulbuchreden, die stets mit ›Oh, Herr!‹ beginnen, obgleich in Wirklichkeit kein Junge, mag er nun gut oder böse sein, seine Rede jemals mit ›Oh, Herr!‹ beginnt. Doch der Vorsteher wartete die Fortsetzung gar nicht ab. Er nahm Jacob Blivens beim Ohr, drehte ihn herum und versohlte ihm mit der flachen Hand den Hintern; da schoß dieser gute kleine Junge durchs Dach, flog durch die Lüfte der Sonne entgegen, zusammen mit den Fragmenten der fünfzehn Hunde, die wie ein Papierdrachenschwanz an ihm hingen. Auch der Vorsteher und die Eisenhütte waren spurlos vom Erdboden verschwunden und dem jungen Jacob Blivens bot sich keine Gelegenheit, die letzten Worte vor seinem Ableben zu sprechen, um derentwillen er so viel Ungemach erduldet hatte, es sei denn, er hätte sie an die Vögel gerichtet. Sein Rumpf fiel zwar auf den Apfelbaum einer benachbarten Gegend zurück, die restlichen Stücke dagegen verteilten sich auf vier verschiedene Stadtgebiete, und es gab fünf Untersuchungen, um festzustellen, ob er tot sei oder nicht und wie das geschehen. Einen so ›zerstreuten‹ Jungen hat man bestimmt noch nie gesehen!

Ja, so ging der gute kleine Junge zugrunde, der immer das Beste, was er vermochte, tat, dem aber nichts nach dem Vorbild der Bücher gelang. Jeder Knabe, der sonst handelte wie er, hatte Erfolg. Nur er nicht. Dieser Fall ist wahrhaft merkwürdig; wahrscheinlich wird er nie erklärt werden können.

Die Geschichte vom bösen kleinen Jungen

Es war einmal ein böser kleiner Junge namens Jim – obgleich ihr, wenn ihr der Sache einige Aufmerksamkeit widmen wollt, finden werdet, daß in euren Sonntagsschulbüchern die bösen kleinen Jungen gewöhnlich James heißen. Es war seltsam, dennoch *dieser* böse Junge hieß Jim.

Er hatte keine kranke Mutter – eine kranke Mutter, die fromm gewesen wäre und an der Schwindsucht gelitten hätte, die lieber im Grab gelegen und nur von der großen Liebe zu ihrem Kinde aufrecht erhalten worden wäre, von dem Angstgefühl erfüllt, die Welt würde kalt und streng mit ihm verfahren, wenn sie einmal nicht mehr sei. Die meisten bösen Jungen der Sonntagsschulbücher heißen James und haben eine kranke Mutter, die sie beten lehrt: ›Müde bin ich, geh zur Ruh‹, sie mit süßer, klagender Stimme in den Schlaf wiegen, ihnen den Gutenachtkuß geben, um dann neben ihrem Bett niederzuknien und zu weinen. Bei diesem Burschen war das anders. Er hieß Jim, und mit seiner Mutter war nichts los – keine Schwindsucht, nichts dergleichen. Sie war eher robust, keineswegs fromm und überdies um Jim gar nicht besorgt. Sie meinte, wenn er den Hals bräche, wär's kein großer Schaden. Sie schickte ihn immer mit barschem Ton ins Bett, gab ihm nie einen Gutenachtkuß, im Gegenteil, sie riß ihn an den Ohren, wenn sie ihn los sein wollte.

Eines Tages stahl dieser kleine Junge den Schlüssel zur Vorratskammer, schlüpfte hinein und tat sich an der Marmelade gütlich. Damit die Mutter den Verlust nicht bemerkte, füllte er den leeren Topf mit Teer. Hierbei überkam ihn nicht plötzlich ein Angstgefühl und nichts flüsterte ihm zu: ›Ist es recht, ungehorsam gegen die Mutter zu sein? Ist es nicht sündhaft, solches zu tun? Was geschieht mit bösen kleinen Jungen, die von der Marmelade ihrer lieben, guten Mutter naschen?‹ Auch kniete er nicht einsam nieder mit dem Gelöbnis, nie mehr böse zu sein, um dann mit erleichtertem frohem Herzen sich zu erheben, zu seiner Mutter zu gehen, ihr alles zu sagen, ihre Verzeihung zu erflehen, um schließlich von ihr gesegnet zu werden, wobei sich ihre Augen mit Tränen des Stolzes und der Dankbarkeit füllten. Nein, das kommt wohl bei allen bösen Buben in den Büchern vor, aber, seltsam genug, bei Jim war das ganz anders. Er aß die Marmelade und meinte in seiner sündigen gemeinen Weise, das sei prächtig, er goß den Teer in den Topf und fand das ebenfalls ganz prächtig, und meinte lachend: »Die Alte wird sich ärgern, wenn sie es bemerkt.« Und als sie es bemerkte, leugnete er Stein und Bein, etwas von der Sache zu wissen. Sie prügelte ihn kräftig, und er schrie, was nur das Zeug hielt. Alles an dem Jungen war seltsam, alles geschah ganz anders, als es bei den bösen James in den Büchern gewöhnlich geschieht.

Eines Tages erkletterte er des Nachbars Apfelbaum, um Äpfel zu stehlen. Er brach sich nicht das Bein, er fiel nicht hinunter, um dabei den Arm zu brechen. Der Haushund stürzte sich nicht auf ihn, er lag nicht wochenlang auf dem Krankenbett, um dann reuig und gebessert aufzustehen. Oh, nein! Er stahl so viel Äpfel wie er wollte und kam heil wieder herunter. Auch mit dem Haushund wurde er fertig, indem er ihn mit einem Ziegelstein traktierte, als er sich nähern wollte. Es war seltsam, nichts dergleichen ist je in den erwähnten Büchlein vorgekommen.

Eines Tages stahl er des Lehrers Federmesser, und als er befürchtete, die Tat könnte entdeckt werden und er könnte

Prügel erhalten, schob er es in George Wilsons Mütze, dem Sohn der Witwe Wilson, dem sittsamen Knaben, dem guten kleinen Jungen des Dorfes, der stets seiner Mutter gehorchte, nie eine Unwahrheit sagte, seine Aufgaben immer konnte und die Sonntagsschule fleißig besuchte. Als das Messer in der Mütze gefunden wurde und der arme George errötend sein Haupt senkte, als ob ihn das Gewissen drücke, als der Lehrer ferner, schmerzlich berührt, ihn des Diebstahls bezichtigte und daran ging, die Rute auf des Jungen zitternde Schulter niedersausen zu lassen, da erschien kein weißhaariger, ehrwürdiger Friedensrichter plötzlich in ihrer Mitte, um in imponierender Haltung auszurufen: »Verschonen Sie diesen edlen Knaben, dort ist der nichtswürdige Schuldige! Ich ging unbemerkt an der geöffneten Schultüre vorüber und sah, wie der Diebstahl begangen wurde.« Auch erhielt Jim nicht die gerechte Strafe, der ehrwürdige Richter hielt an die weinenden Schuljungen keine Ansprache, er nahm George nicht bei der Hand mit den Worten, daß solch ein Knabe eine Auszeichnung verdiene, sagte ihm dann nicht, er möge zu ihm kommen und bei ihm weilen, die Amtsstube fegen, Feuer machen, Einkäufe besorgen, Holz spalten, die Rechte studieren und seinem Weibe im Haushalt helfen; in der übrigen Zeit aber dürfe er spielen, und für dies alles würde er vierzig Cents im Monat bekommen und könnte glücklich sein. Nein, das wäre wohl in den Büchern so gegangen, aber nicht bei Jim. Kein alter Richter trat plötzlich ein, um dem Musterknaben George aus der Patsche zu helfen, und Jim freute sich dessen, weil er sittsame Knaben haßte.

Das Seltsamste aber war, daß er, als er sonntags bootfahren ging, nicht ins Wasser fiel und daß, als er ebenfalls sonntags fischen ging, kein Gewitter kam und er vom Blitz nicht erschlagen wurde. Seht alle Sonntagsschulbücher durch, von Neujahr bis Weihnachten, und ihr werdet keinen Fall wie diesen entdecken. Im Gegenteil, ihr werdet finden, daß alle bösen Jungen, die sonntags Boot fahren, unabänderlich ertrinken und alle bösen Jungen, die sonntags fischen, unfehlbar vom Gewitter überrascht und vom Blitz getroffen werden. *Immer* ziehen böse Jungen am Sonntag im Boot aus und *immer* stürmt es, wenn böse Jungen am Sonntag fischen gehen. Daß Jim dem entgehen konnte, bleibt mir ein Rätsel. Dem Jungen konnte nichts passieren. Er gab dem Elefanten in der Menagerie eine Handvoll Schnupftabak, und der Elefant schlug ihm nicht mit dem Rüssel den Schädel ein. Er stöberte im Schrank nach Pfefferminzbranntwein und er machte keinen Fehlgriff, um *Aqua fortis* zu trinken. Er stahl dem Vater die Flinte und ging am Sonntag jagen und schoß sich dabei keineswegs drei oder vier Finger fort. Er schlug im Zorn seine kleine Schwester heftig mit der Faust, und sie kränkelte nicht den ganzen Sommer hindurch, um schließlich mit sanften Worten der Vergebung, die seine Herzensangst verdoppelten, zu sterben. Nein, sie kam davon. Er entlief, um zur See zu gehen, doch nicht um dann, nach seiner Heimkehr, sich einsam und verlassen zu finden, alle seine Lieben auf dem stillen Friedhof ruhend, das rebenumrankte Heim seiner Jugend verödet und verfallen. Oh, nein, betrunken wie ein Landsknecht kam er heim, und sein erster Weg führte ihn ins Wirtshaus.

Er wurde älter und heiratete, gründete eine vielköpfige Familie, die er eines Nachts alle mit der Axt totschlug. Er wurde durch alle möglichen Spitzbübereien und Schurkereien reich, und ist jetzt der größte Gauner seines Heimatorts, allgemein geachtet und Mitglied des gesetzgebenden Körpers.

Ihr seht also, daß es in den Sonntagsschulbüchern keinen bösen James gibt, der in seinem Leben ein so verteufeltes Glück gehabt hätte, wie dieser sündhafte Jim.

Selbstbiographie

Ich stamme aus einem vornehmen alten Geschlecht. Es reicht weit, weit in die Vorzeit zurück. Merkwürdigerweise hieß unser Ahnherr, der im elften Jahrhundert in Aberdeen in Schottland lebte, nicht Twain, sondern Higgins. Jener Twain war offenbar ein Haus- oder wie man wohl sagen muß, ein Burgfreund der Familie, mit der er in recht vertraulicher Gemeinschaft lebte. Warum unser Zweig seitdem diesen Namen trägt und nicht den Familiennamen Higgins, ist ein Geheimnis, das bis jetzt noch nie weiter aufgedeckt worden ist. Das ist unsere Stammsage, und wie alle alten vornehmen Familien lassen wir die Überlieferung auf sich beruhen.

Jener älteste Twain, Arthur mit Vornamen, scheint ein sehr bekannter Mann gewesen zu sein, an den man sich noch lange erinnerte. Er war Zolleinzieher auf den Landstraßen und beschäftigte sich auch mit andern mehr oder weniger düsteren Geschäften. Im Alter von dreißig Jahren setzte er sich schon zur Ruhe, im bekannten altenglischen Kurort Newgate. Leider kehrte Arthur Twain von dort nicht mehr zurück, denn er starb plötzlich auf unaufgeklärte Weise.

Sein Enkel, Augustus Twain, lebte um das Jahr 1160 und auch er scheint ziemlich viel von sich reden gemacht zu haben. Es war ein Spaßmacher, dessen humoristische Ader sich auf Kind und Kindeskinder vererbte, wie ihr selbst seht. Er war ein Freund scharfgeschliffener Worte, aber auch scharfgeschliffener Säbel. Mit einem solchen stellte er sich nachts an einen dunklen Ort hin und kitzelte dabei die vorbeikommenden Leute. Oft war er nicht vorsichtig genug und so bohrte er den Leuten den Säbel zu tief in die Bäuche. Schließlich veranlaßte die Obrigkeit, einen bestimmten Teil seines Körpers zu entfernen und auf eine Stange zu stecken, um ihn auf einer schön gelegenen Anhöhe zur Besichtigung auszustellen.

Während der folgenden zweihundert Jahre weist unser Stammbaum eine Reihe wackerer Krieger auf, die oft in die Schlacht zogen, und zwar dicht hinter dem Heer, um sich mit lautem Geschrei dicht vor ihm zurückziehen.

Zu Beginn des fünfzehnten Jahrhunderts finden wir dann Theophrastus Twain, mit dem Beinamen *doctus*, der Gelehrte. Dieser Mann war ein Genie in allem, was sich auf die Schrift bezog. Zwar lebte er nicht nach der Schrift, aber nur für sie und von ihr. Er konnte jedermanns Schrift nachahmen und hatte viel Vergnügen und Vorteile von dieser Begabung. Doch eines Tages unterschrieb er einen Vertrag, worin er sich verpflichtete, für eine bestimmte Landstraße die Steinlieferung zu übernehmen. Bei dieser rauhen Arbeit verdarb er sich Hände und Handschrift. Diese neue Tätigkeit war ihm aber so ans Herz gewachsen, daß er ihr sein Leben lang treu blieb und seinen Steinbruch nicht mehr verließ. Dort führte er ein musterhaftes Leben und war auch Gründungs- und Ehrenmitglied einer geheimen Wohltätigkeitsgesellschaft, die sich die ›Kettenglieder‹ nannten. Sein Haar trug er kurzgeschnitten und hatte eine Vorliebe für auffallend gestreifte Anzüge. Nach zweiundvierzig Jahren starb er in seinen Gruben. Er wurde auf Staatskosten beerdigt, denn es war ein schmerzlicher Verlust für ein Land, in welchem eine so regelmäßige Lebensführung zu den seltenen Ausnahmen gehört.

Von seinem einzigen Sohn Martinus Isidorus ist wenig bekannt; desto mehr jedoch von dessen zweitem Sohn John Morgan Twain. Im Jahre 1492 schiffte er sich mit Kolumbus nach Amerika ein. Er muß von unerfreulicher Gemütsart gewesen sein. Während der ganzen Überfahrt beklagte er sich über das Essen; dabei konnte er, soviel er auch zu sich nahm, nichts bei sich behalten. Er bummelte meist auf dem Deck umher und machte sich über den italienischen Kapitän lustig. Als der historische Ruf ›Land, Land!‹ ertönte, blieb John Morgan völlig ungerührt und sagte nur, indem er auf die dunkel auftauchende Linie am Horizont hinwies: »Blödsinn! Das ist kein Land, das ist ein Walfisch!«

Als er an Bord des Schiffes gekommen war, bestand sein Gepäck nur aus einem Taschentuch, gezeichnet B. G., einem baumwollenen Strumpf, gezeichnet L. W. G., einer wollenen Socke, gezeichnet O. M. R. und einem Nachthemd mit den Initialen D. F. Diese Habseligkeiten waren in eine alte Zeitung gewickelt. Kolumbus verzeichnete es in seinem bekannten Logbuch als ›ungewöhnlichen Umstand‹, daß ein Passagier das Schiff nur mit einem Zeitungspaket bestieg, dieses aber mit vier Schrankkoffern, sechs Handtaschen und elf Champagnerkörben verließ. Es wird dann weiter verzeichnet, daß John Morgan bald darauf auf das Schiff zurückkam mit der Behauptung, es fehlten ihm mehrere Gegenstände. Da warf man ihn aber kurzerhand über Bord.

Die Schiffsbesatzung wartete neugierig, ob er nicht wieder emportauchte, doch es zeigte sich nicht einmal eine Luftblase an der Oberfläche des Wassers. Plötzlich bemerkte der Kapitän, daß das Schiff abtrieb und es stellte sich heraus, daß der hineingeworfene Twain untergetaucht, den Anker abgeschnitten und damit fortgeschwommen war. Er soll ihn dann an den Häuptling eines Indianerstammes verkauft haben, der ihn bis zu seinem Tode um den Hals trug, um ihn dann seinem Sohne zu hinterlassen.

Auch sonst machte sich John Morgan Twain um die kulturelle Hebung der Wilden dieser Gegend verdient. Er baute ihnen ein wunderschönes Gefängnis und einen kunstgerecht einwandfreien Galgen. Hier jedoch bricht die alte Chronik mit der Bemerkung ab, er habe beim ersten Versuch des Galgens schwere Verletzungen davongetragen, denen er bald darauf erlegen sei.

Der Urenkel dieses ausgesprochenen Kulturträgers war Thomas Twain, genannt der ›alte Admiral‹. Er kommandierte während längerer Zeit eine Flotte von schnellen, schwerbewaffneten Schiffen, die den Handelsverkehr zur See förderten. Jedes Schiff, auf das mein Vorfahre sein Adlerauge geworfen hatte, beschleunigte seine Fahrt und überquerte den Ozean in Rekordzeit. Wenn ein solches Schiff jedoch zu langsam machte, wurde Thomas Twain sehr ärgerlich und konnte oft nicht mehr an sich halten. So bemächtigte er sich dieses Schiffes, nahm es mit in seine Heimat und bewahrte es dort sorgfältig auf. Er hielt es zur Verfügung der Eigentümer, welche aber, vermutlich aus Furcht vor einer Strafe, ihre Ansprüche niemals geltend machten. Den Matrosen dieser Schiffe trieb er ihre Trägheit so aus, indem er sie veranlaßte, kalte Bäder zu nehmen. Er nannte das ›über Bord springen‹. Offenbar gefiel das seinen Zöglingen, denn man hat später nie eine Klage darüber gehört. Die Schiffe verbrannte er jeweils, bevor das Versicherungsgeld dafür verfallen war. Im besten Mannesalter erstickte er, weil er eine für seinen Hals zu eng angefertigte Krawatte trug. Und dabei war der, der sie ihm anmaß, Lieferant des Königs.

So endete einer meiner bedeutendsten Vorfahren. Noch eine ganze Reihe anderer sind in der Geschichte mit ihren Spitznamen bekannt, daß ich mir die Mühe ersparen kann, ausführlicher von ihnen zu berichten oder sie in geordneter Zeitfolge aufzuzählen. Ich will hier nur die berühmtesten erwähnen. Da ist einmal Edward Brinsley Twain, genannt ›Pulver-Ede‹, ein Zeitgenosse und Freund des großen Verschwörers Guy Fawkes, zu Beginn des siebzehnten Jahrhunderts, da ist ferner John Wentworth Twain, genannt ›Schinderhannes‹, der um die Mitte desselben Jahrhunderts auf allen Wegen Pennsylvaniens lagerte; weiterhin James Hogarth Twain (1743–1797), bekannter unter der Bezeichnung ›Jack der Aufschlitzer‹, sowie sein Bruder Ananias oder ›der neue Münchhausen‹. Dann nicht zu vergessen dessen Söhne Jerobeam, genannt ›Sardanapal‹ und Ephraim, genannt ›Bileams Esel‹, die bereits in unser erleuchtetes Jahrhundert hineinragten und deren Ruf sich bis auf unsere Tage erhalten hat.

Bei einer Abfassung einer Selbstbiographie ist es jedoch nicht ratsam, seine Ahnenreihe zu nahe an die eigene Person heranzuführen. Am besten bricht man beim Urgroßvater ab, spricht vom Großvater nur noch in undeutlichen Ausdrücken und springt unbekümmert zu sich selbst über.

Meine Eltern waren weder sehr arm, noch besonders ehrenhaft. Ich kam ohne Buckel zur Welt, was mich vorteilhaft von Richard dem Dritten unterscheidet, dafür aber ohne Zähne, die er mir wiederum voraus hatte. Meine Lebensgeschichte ist bis jetzt im Vergleich zu meinen Ahnen so harmlos und daher uninteressant verlaufen, daß es den Lesern gegenüber rücksichtsvoller ist, mit ihrer Veröffentlichung zu warten, bis ich gehängt bin. Wenn manch andere Selbstbiographie sich der gleichen Bescheidenheit beflissen hätte, wären dem Publikum viele Enttäuschungen und unnütze Ausgaben erspart geblieben!

Mark Twain im Diogenes Verlag

Gesammelte Werke in 5 Bänden
Aus dem Amerikanischen von Lore Krüger, Günther Klotz, Otto Wilck, Ana Maria Brock, Gertrud Baruch, Martin Beheim-Schwarzbach, Hannelore Novak und Werner Peterich. Herausgegeben, mit Anmerkungen und einem Nachwort von Klaus-Jürgen Popp detebe 21338

Tom Sawyers Abenteuer
Roman. Deutsch von Lore Krüger. Mit einem Nachwort von Jack D. Zipes. detebe 21369

Huckleberry Finns Abenteuer
Roman. Deutsch von Lore Krüger. Mit einem Essay von T.S. Eliot. detebe 21370

Kannibalismus auf der Eisenbahn
und andere Erzählungen. Deutsch von Günther Klotz. detebe 21488

Der gestohlene weiße Elefant
und andere Erzählungen. Deutsch von Günther Klotz. detebe 21489

Die Eine-Million-Pfund-Note
und andere Erzählungen. Deutsch von Ana Maria Brock und Otto Wilck. detebe 21490

Der Prinz und der Bettelknabe
Eine Erzählung für junge Menschen jeden Alters. Herausgegeben und mit Anmerkungen von Klaus-Jürgen Popp. Deutsch von Lore Krüger. detebe 21507

Durch Dick und Dünn
Aus dem Amerikanischen von Otto Wilck detebe 21877

Leben auf dem Mississippi
Deutsch von Otto Wilck. detebe 21878

Die Arglosen im Ausland
Deutsch von Ana Maria Brock. detebe 21879

Bummel durch Europa
Deutsch von Ana Maria Brock. detebe 21880

Ein Yankee aus Connecticut an König Artus' Hof
Deutsch von Lore Krüger. detebe 21881

Meistererzählungen
Achtundzwanzig ausgewählte Skizzen und Erzählungen. Mit einem Vorwort von N.O. Scarpi. Auswahl und Bearbeitung von Marie-Louise Bischof und Ruth Binde. detebe 21888